루미평전 :
나는 바람, 그대는 불

이 도서의 국립중앙도서관 출판시도서목록(CIP)은 서지유통지원시스템 홈페이지(http://seoji. nl.go.kr)와 국가자료공동목록시스템(http://www.nl.go.kr/kolisnet)에서 이용하실 수 있습니다. (CIP 제어번호: CIP 2013028613)

루미평전 : 나는 바람, 그대는 불

지은이 / 안네마리 쉼멜
옮긴이 / 김순현
펴낸이 / 조은경
편   집 / 이부섭
디자인 / 박민희
펴낸곳 / 늘봄

등록번호 / 제300-1996-106호 1996년 8월 8일
주소 / 서울시 종로구 동숭4길 9 (동숭동 19-2)
전화 / 02)743-7784
팩스 / 02)743-7078

초판 발행 / 2014년 1월 5일
3쇄 발행 / 2019년 10월 25일

ISBN 978-89-6555-025-9 03890

Rumi: Ich bin Wind und Du bist Feuer: Leben und Werk des großen Mystikers
by Annemarie Schimmel
Copyright © 1998 by Diederichs Verlag
a division of Verlagsgruppe Random House GmbH, München, Germany.

Korean translation rights © 2014 Nulbom Publishing
Korean translation rights are arranged with Kösel-Verlag through Amo Agency Korea.

※ 값은 표지에 있습니다.

Rumi

루미평전: 나는 바람, 그대는 불

안네마리 쉼멜 지음

김순현 옮김

늘봄

17세기 인도에서 상상으로 그린 루미 초상화. 보스턴 Fine Arts 박물관.

Contents

{일러두기}

- 본문에 사용된 'Gott'는 이슬람 한국본부의 번역을 따라 '하나님'으로 옮겼습니다.
- 모음 뒤에 오는 'dd'의 첫 번째 'd'를 받침자 'ㅅ'으로 표기했습니다.
- 루미의 원저작에서 아랍어 인용인 것은 굵은 글씨로 표시했습니다.
- 인명 및 지명의 로마자 표기는 「찾아보기」를 참고하십시오.

1

마울라나 젤랄렛딘 루미
: 한 신비가의 전기

"자비롭고 동정심 많은 하나님의 이름으로"(바스말라Basmala).
16세기 터키 서예가 아흐마드 카라히사리Ahmad Karahisari의 글씨.

1. 마울라나 젤랄렛딘 루미 : 한 신비가의 전기

1273년 12월 초하루, 콘야의 주민들은 공포에 사로잡혔다. 여러 날에 걸쳐 밤낮을 가리지 않고 대지가 진동했기 때문이다. 마울라나 젤랄렛딘 루미의 건강 상태도 더욱 악화되었다. 그는 마지막으로 이렇게 말했다. "대지가 굶주려 있다. 이제 곧 대지가 한 무더기의 흙덩이를 삼키고 나서 평안을 줄 것이다." 그는 자신을 에워싼 벗들에게 다음과 같은 시구로 위로하였다. 육신의 새장에 갇힌 영혼에게 해방을 약속하고, 대지에 떨어진 씨알에게 풍성한 새 생명을 약속하는 시구였다.

> 그들이 임종의 날에
> 나를 땅속 깊이 가라앉힐지라도

그대들은 잊지 마라

나의 마음은 지상에 머무르고 있다는 것을.

나의 관이 움직이는 것을 보더라도

'분리'라는 말이 들리지 않게 하여라.

간절한 만남이

영원히 내게 있으니.

사람들이 나를 무덤 속으로 데려갈지라도

"이젠 이별이로구나!" 하고 탄식하지 마라.

나를 위해 복이

장막 뒤에 마련되어 있으니!…[1]

젤랄렛딘은 12월 17일 해넘이 즈음에 영면하여, 영원한 태양과 하나가 되었다. 그러나 그가 남긴 작품의 여광餘光은 지금까지도 생생히 살아 있다. 요제프 폰 하머푸르크스탈(1818년)이 아래와 같이 말한 것은 정당하다.

마울라나는 기성 종교의 모든 외적인 형식을 뛰어넘는 최상의 종교적 영감의 날개를 타고서 감각적이고 일시적인 일체의 것에서 완전히 벗어나, 영원한 빛의 가장 순수한 원천인 영원한 본질을 간절히 사모한다. 그는 여느 서정 시인들과 달리 흔들림 없이 해와 달, 시간과 공간, 창조와 타락, 예정이라는 태고의 약속,

끝없이 이어지는 세계 심판의 주문을 뛰어넘는다. 그는 영원한 기도자가 되어 영원한 본질과 하나가 되고, 영원한 연인이 되어 영원한 사랑과 하나가 된다.[2]

마울라나 젤랄렛딘의 시는 뤼케르트가 번안하여 독일에 처음 소개하였다.(1819년) 그의 시는 이슬람 세계의 시인들과 사상가들에게 끝없이 새로운 영감과 활력을 불어넣었다. 페르시아와 터키의 여하한 문학작품도 그의 영향을 받지 않은 것이 없다. 그의 영향은 14세기 아나톨리아의 문학에 처음 자취를 드러내기 시작하여, 오늘날 '파키스탄의 영적인 아버지'로 일컬어지는 무하마드 이크발의 작품에 이르기까지 계속되고 있다. 루미의 언어는 이란의 신비 철학은 물론이고 인도 말과 벵골어로 된 민중문학 속에도 생생히 살아 있다. 비록 괴테가 『서동시집西東詩集풀이』Noten und Abhandlungen zum West-Östlichen Divan에서 젤랄렛딘을 그리 추어주는 편이 아니었고, 자기가 잘 알지 못했던 견본 시들의 무질서한 특징에 화를 내긴 하였지만, 루미의 명성은 유럽은 물론이고 최근에는 미국에서도 신비스러운 황홀경을 푸는 암호가 되었다. 루미의 가르침은 여러 갈래의 관점으로 표현되었다. 특히 그가 영감을 주었고, 그의 아들이 설립한 메블레비 수도회 곧, '춤추는 수도승'을 흉내 내는 이들도 있었다.

페르시아의 시인 자미는 15세기 말에 루미에 대하여 다음과 같이 말했다. "그는 결코 예언자가 아니다. 하지만 그는 한 권의 책을 쓰지 않았는가?" 그 책이 바로 신비적인 교훈시집 곧, 2만6천여 구로 이루어진 《마스나비》Mathnawi이다. 이외에도 3만6천 구에 이르는 서정시가 있으며, 아랍어로 된 설교와 서간을 모아 엮은 산문집 《피히 마 피히》Fīhī mā Fīhī가 있다. 읽을 때마다 독자의 눈을 새로이 띄워줄 이 굉장한 저작들을 이해하려면 먼저 루미가 처해 있던 환경과 역사적인 맥락을 살펴볼 필요가 있다.

무하마드 젤랄렛딘은 발흐에서 태어났다. 아프가니스탄의 중앙 지대 북쪽 가장자리에 위치한 발흐는 중앙아시아 평원을 향해 열려 있는 도시였다. 그 도시는 박트리아 왕조의 중심지였다가 기원紀元무렵에는 불교의 중심지가 되었으며, 이슬람교가 태동한 뒤에는 이슬람교도들에게 정복되었다.(663년) 벽으로 둘러싸인 발흐는 학문의 중심지이자 금욕적인 신앙의 중심지로서 이슬람 동부 지역에서 가장 중요한 도시 가운데 하나였다. 젤랄렛딘의 아버지 바하엣딘 왈라드는 명망 있는 신학자로서 그 도시에서 활동하였다. 그는 이슬람 신비주의 역사 안에서 독보적이라고 할 만한 비전과 체험을 다룬 난해하고도 매혹적인 기록을 남겼다. 이 기록은 강렬하고 충격적이다. 젤랄렛딘의 생일은 1207년 9월 30일로 추정되지만, 《피히 마 피히》의 한 언급에 따르면, 그는 이미 관찰력을 갖춘 소년으로서 1207년 사마르칸트 포위 공격을 경험했던 것 같다.[3]* 기이하고 신비한 체험을 한 것으로 전해지는 이 소년에게는 적어도 한 명의 아우가 있었던 것 같다. 하

---

* 저자는 이 책의 참고문헌 끝부분에서 연도표기를 1211년으로 정정한다-역주.

지만 이후로 그의 아우는 더 이상 언급되지 않는다.

발흐는 1206년에 무하마드 콰리즘샤에 의해 점령되었다. 이로부터 10년 뒤에 젤랄렛딘은 신비스러운 연인과의 이별이 자신을 어떻게 피눈물 짓게 하였는지를 시에 담고자 애쓰면서, 콰리즘샤와 그 이전의 통치자인 고리덴 사이에 벌어진 유혈 사태를 풍자하였다.[4]

젤랄렛딘의 어머니는 콰리즘샤 가문 출신이었다. 콰리즘샤 가문은 신비가를 적대시하는 신학자 파흐렛딘 라지의 조언을 존중하였지만, 바하엣딘 왈라드는 종교적인 문제들을 철학적으로 다루는 것을 몹시 싫어하였다. "그의 축복 받은 성격은 신의 위엄을 수없이 표현함으로써 위엄과 기품이 넘쳤다."[5] 젤랄렛딘도 아버지를 따라서 이러한 자세를 취했다.

1218년, 콰리즘샤는 경솔하게도 칭기즈칸이 보낸 몽골 상인 몇 명을 살해하고 말았다. 이로 인해 콰리즘샤는 몽골 사람들의 분노를 샀고, 몇십 년 내에 이슬람 세계를 파괴하고 중동지역에 완전히 새로운 질서를 몰고 올 대참사를 불러들였다. 바하엣딘 왈라드는 임박한 위험을 예견하였다. 늦어도 1219년 무렵에는 가족 및 딸린 식구들을 데리고 그 도시를 떠났으며, 이란 동쪽에 위치한 코라싼을 떠돌았다. 바하엣딘 왈라드와 그 가족은 위대한 신비주의 시인인 니샤푸르의 파리덴딘 아타르를 방문했다고 한다. 이 백발의 신비가는 나이 어린 젤랄렛딘에게 흠뻑 반했다고도 전해진다.

혹자는 이 이야기를 전설의 나라로 밀어낼는지도 모르겠다. 하지만 이란 동부의 시인들이 젤랄렛딘의 성장에 결정적인 영향을 미쳤다는 것은 분명한 사실이다. 이슬람 신비주의는 페르시아 동부와 현재의 아프가니스탄에서 엄격한 금욕주의의 모습으로 처음 출현하였다 – 나중에 사피ṣāfī(순수한)라는 말과 결부되기는 했지만, 수피Sufī라는 명칭은 금욕주의자들의 털옷ṣūf을 의미한다. 우리는 이집트와 이라크의 9세기 인물들 중에서 위대한 신비가들을 만날 수 있다. 이집트에는 둔눈(859년 사망)이 있었고, 이라크에는 사랑의 신비가인 라비아가 있었다. 바그다드의 주나이드(910년 사망)로 이어지는 굴지의 무리도 그들과 연결되어 있었다. 이 무리는 신적인 합일의 신비를 보다 깊이 파고들었다. 영혼 도야의 방법을 개선하고 발전시켰으며, 하나님과 인간 사이에서 이루어지는 사랑의 신비를 곰곰이 숙고하였다. 이와 동시에 이란에서는 '희망의 설교자'인 야히야 이븐 무아드(872년 사망)와, 페르시아 북부 초원에서 희미한 불꽃처럼 반짝이던 고독한 바예지드 비스타미(874년 사망)가 활을 당기고 있었다. 신비주의 운동은 할라지에게서 가장 먼저 절정에 달했다. 이 신비가는 "나는 절대적인 진리이다."라고 말했는데, 이것은 이후 수많은 시인에게 날개를 달아준 말이 되었다. 할라지는 자신의 가르침으로 인해 정통파와 정치가들은 물론이고 온건한 신비가들에게서도 노여움을 샀다. 인격적인 하나님 체험을 목표로 삼는 그의 신앙심이 그들에게 너무나 도발적이었기 때문이다. 오랫동안 소송이 진행된 뒤인 922년에 할라지는 바그다드에서 처참하게 처형당함으로써 이슬람교 최초의 순교자 곧, '하나님을 사랑한 순교자'가 되었다. 그의 가르침은 피상적으로나마 이란에서, 특히 쉬라스에서 폭넓게 유포되었다. 12세기 후반, 이란에서는 그를 추모하는 물결이 확고한 자리를 차지하였다. 루미는 종종 자신의 시에서 '만수르' 할라지와 그의 교수형을 언급했고, 그러한 순교가 필요하다고 말했다. 루미는 임종의 순간에 다음과 같은 말로 제자들을 위로했다. "할라지가 사후 1년 6개월이 지나서 파리넷딘 아타르에게 현시顯示했듯이, 나도 너희와 항상 함께 할 것이다."[6]

　　이란에서는 9세기 후반부터 신新 페르시아어로 독자적인 시를 짓는 경향이 나타나기 시작했다.* 처음에는 신비주의를 다룬 문서를 기록하기 위해 페르시아어가 사용되었다. 헤라트의 수호성인 압달라히 안사리(1089년 사망)가 페르시아어로 섬세한 기도문을 썼고, 같은 시기에 후즈위리는 인도 북서부에 위치한 가즈나비덴의 수도 라호르에서 수피즘을 포괄적으로 다룬 최초의 이론서를 페르시아 말로 저술했다.[7]

　　이로부터 반세기 뒤에 강력한 터키 가즈나비덴 왕국의 수도 가즈나에서는 최초로 신비주의 지침서를 시로 쓴 시인 사나이(1131년경 사망)가 살고 있었다. 사나이는 마스나비의 형식 곧, '대구 형식'을 신비적 교훈을 실어 나르는 수레로 삼았다. 그가 저

---

* 신 페르시아어는 아랍문자를 쓰고 아랍어 어휘를 차용해서 쓰는 언어다. 9세기 이전에는 아랍문자를 사용하는 중세 페르시아어가 통용되었다-역주.

술한《진리의 정원》Garten der Wahrheit은 일화와 설화 그리고 실용적인 조언을 담담하고 솔직한 문체로 수록하고 있다. 이 책은 이후에 등장하는 모든 교훈시의 귀감이 되었다. 그의 서정시는 힘차고 일부는 빼어날 정도로 수려하다. 그는 바하엣딘 왈라드와 그의 제자들이 좋아하는 시인이었다. 따라서 젤랄렛딘이 종종 사나이의 시구를 넌지시 언급하거나 인용한 것은 전혀 이상할 것이 없다. 특히 젤랄렛딘이 쓴 조시弔詩는 오래 전에 작고한 대가를 기린 것으로 유명한데, 이것은 사나이의 시구를 토대로 하여 발전시킨 것이다.

> 사람들은 말했지, "사나이 스승은 더 이상 살아 있지 않다!"고.
> 하지만 스승의 죽음은 장중하기만 하구나!
> 그는 바람에 흩날리는 왕겨도
> 한파에 얼어붙는 물도
> 머리카락 속에서 부스러지는 빗도
> 흙 속에서 으깨어지는 낟알도 아니었다.
> 두 세계를 하찮은 것으로 여겼으니,
> 그는 모래 속에 숨어 있는 보화였구나….[8]

사나이보다 쉰 살이나 어렸던 아타르도 동일한 신비주의 시인에 속한다. 그가 쓴 성인전들과 수많은 서사시로 보건대, 그는 탁월한 이야기꾼이었다. 이 서사시 가운데 가장 유명한 것이 바로

「새들의 대화」다. 이것은 「새들의 회의」로 알려져 있기도 하다. 이 시에서 그는 영혼의 새들이 일곱 가지 이야기의 오솔길을 지나서 신화적인 새의 제왕 시무르[9]에게 이르는 여정을 묘사한다. 「무시바트나메」Musībatnāme라는 또 다른 작품에서 아타르는 초심자가 되어 40일 동안 수도원의 밀실에서 살았던 경험을 묘사하였다. 바하엣딘 왈라드와 그의 식구들이 아타르의 임종 전에 그를 잠시라도 만났는지 그렇지 않은지는 중요하지 않다. 분명한 것은 사나이의 영향보다는 경미하지만 아타르의 시가 젤랄렛딘에게 영향을 미쳤다는 사실이다.

바하엣딘 왈라드는 가족을 데리고 메카 순례를 한 다음 시리아에서 잠시 살았다. 이때 젤랄렛딘은 시리아의 다마스쿠스와 알레포에서 잠시 공부했던 것으로 보인다. 1220년 초에 바하엣딘 왈라드와 그의 가족은 아나톨리아 중앙의 룸Rūm에 이르렀다. 이때부터 젤랄렛딘은 루미라는 별명으로 알려졌다. (물론 아프가니스탄에서는 언제나 그의 출생지를 따라서 발히라는 별명으로 불렸다.) 바하엣딘과 그의 가족은 맛좋은 복숭아로 유명한 라란다 곧, 오늘날의 카라만에 자리를 잡고 살았다. 젤랄렛딘의 어머니는 이곳에서 숨을 거두었다. 그녀의 무덤은 오늘날 성지가 되어 있다. 이곳에서 젊은 젤랄렛딘은 아내를 맞이하였다. 그와 마찬가지로 그의 아내 가우하르 차툰도 동부에서 난을 피해 도망 온 난민의 처지였다. 그녀는 1226년 첫 아들을 낳았고, 조부의 이름을 따서 술탄 왈라드라고 불렀다.

아나톨리아의 정경이 루미를 깊이 사로잡았다. 우리는 그의 시에서 길게 늘어선 대상隊商들이 낙타의 등에 무거운 짐을 싣고 끌고 가는 모습을 접할 수 있다. 여기서 낙타는 신적인 연인에 의해 끌려가다가, 마부의 음성을 듣고 짐을 짊어진 채 춤을 추는 인간을 상징한다.[10] 또한 그의 시에서는 예민한 개가 지키는 투르크멘 유목민의 천막을 마주할 수도 있다. 사람이 악마에게 맞서서 대담하게 주문을 외기만 한다면, 제아무리 악마라 해도 그 개처럼 신적인 왕의 천막 앞에 앉지 못할 것이고, 결국에는 추방될 수밖에 없지 않겠는가?[11] 셀주크 족의 영주들이 30km에 걸쳐 잘 축조된 도로망을 설치하고 대상들의 숙소마다 우물을 설치했는데, 이 우물들은 겉보기에 매개체를 이용하는 것처럼 보이는 하나님의 활동을 상징한다.

> 길가와 대상의 숙소 그리고 연못의 가장자리에는 돌로 만든 인물의 상像 또는 새의 상이 있었다. 이 상들의 입에서 물이 흘러나와 연못으로 흘러들었다. 지각 있는 사람이라면 물이 돌로 된 새의 입에서 나오는 것이 아니라 어떤 다른 장소에서 나오는 것임을 알아차렸을 것이다.[12]

그리고 루미는 현세주의자들이 이 세상의 재물을 향해 돌진하듯이, 잔뜩 굶주려 여윈 아나톨리아의 개들이 한 입의 음식을 얻기 위해 서로 다투며 짖어대는 소리를 알고 있었다.[13] 셀주크 왕국의 수도인 콘야 곧, 카라만에서 북서쪽에 위치한 콘야까지 가는 데에는 사흘(100km)이 걸렸다. 1228년 왈라드는 콘야로 초빙되었고, 수많은 메드레제* 가운데 한 곳에서 신학을 가르쳤다.

고대에 이코니움으로 불렸던 콘야는 태곳적부터 문화의 중심지였다. 그 도시의 남부에 위치한 바이셰히르 호숫가에는 히타이트의 성소가 있는데, 민중은 이곳을 '플라톤의 우물'이라고 부른다. 소문에 의하면 이곳에서 플라톤이 마법을 부렸다고 한다. 플라톤 철학이 근동 지역에서 어느 정도 자리를 잡았고, 신플라톤주의는 후기 이슬람 신비주의를 이끌었다. 젤랄렛딘은 자신의 비유적 표현에서 플라톤을 위대한 기적을 일으키는 의사로 묘사하였다. 고전적인 도시 고르디온도 콘야에서 그리 멀지 않았다. '당나귀처럼 긴 귀를 가지고 있었다고 하는 미다스 왕'의 전설은 서민들 사이에 생생히 살아 있었다. 왕의 심복이 이 섬뜩한 비밀을 갈대에게 털어놓는다. 하지만 갈대는 피리가 되어 온 세상 사람들에게 비밀을 누설한다. 마울라나가 쓴 신비주의적인 지침서의 서시 《마스나비》에 실려 있는 「갈대피리의 노래」는 이 전설에 뿌리를 두고 있다.[14]

콘야는 초기 기독교의 중심지보다 더 중요한 도시였다. 비록 사도 바울이 그 도시에서 추방되기는 하였지만, 그 지역은 일찍부터 기독교 지역이었다. 이코니움에서 며칠 걸리지 않는 거리의 카파도키아에는 니사의 그레고리, 나지안주스의 그레고리, 대

---

* 메드레제Medrese는 법과 신학을 가르치는 이슬람교의 대학이다-역주.

바질과 같은 동방 기독교의 위대한 신비 신학자들이 살았다. 이후에는 괴레메의 독특한 동굴수도원에서 수도자들이 생활하기도 하였다. 마울라나가 살던 시대에도 콘야 평원의 주민 대다수는 기독교인이었다. 마울라나는 기독교의 수도승 및 사제들과 교류하였으며, 그의 시 가운데 상당수는 여느 이슬람 시인에게서는 찾아볼 수 없을 만큼 기독교 사상에 대한 정확한 지식을 바탕에 깔고 있다. 하지만 1071년 터키의 셀주크 왕조가 현재의 터키-페르시아 국경에 위치한 만치케르트 전투에서 비잔틴 주민들을 격퇴하고 아나톨리아 동부와 중부에 뿌리를 내린 후에는 이슬람교의 신비주의도 아나톨리아 중부에서 확고한 기반을 다졌다. 당시에 인기가 있었던 말놀이言語遊戱는 콘야라는 지명이 어떻게 유래되었는지를 잘 설명해준다. 두 명의 성인聖人이 코라싼에서 천천히 산악지대를 넘어 왔다. 비옥한 평야를 보자마자, 그들 가운데 한 사람이 나머지 한 사람에게 이렇게 물었다. "코날림 미?"Konalīm mi?(이곳에 정착하고 싶지 않습니까?) 그러자 나머지 한 사람이 이렇게 대답했다. "콘 야!"Kon ya!(그래요, 이곳에 정착합시다!) 그때부터 그 지역이 이름을 얻게 되었다고 한다.

콘야는 셀주크 왕조의 치세 때 번창하는 도시였다. 콘야의 번영은 십자군의 침략에도 멈추지 않았다. 그 당시의 화려한 시장에는 저 유명한 아나톨리아의 양탄자들이 즐비했다고 한다. 젤랄렛딘은 종종 자신의 시에서 수공예를 넌지시 언급함은 물론이고 터키의 귀족이 즐기던 폴로와 매사냥 같은 오락도 언급한다. 바하엣딘 왈라드의 가족이 아나톨리아로 떠나기 얼마 전인 1220년에 셀주크 왕조의 가장 성공한 군주로서 '왕국의 번영을 위해 낮과 밤의 시간을 완벽하게 나누었다.'[15]고 하는 알라엣딘 카이카보드는 콘야에 회교 대사원을 짓게 한다. 이 사원은 언덕 위에 세워진 그의 궁궐에 접해 있었다. 이 산뜻한 건물은 거의 4천 명에 가까운 사람을 수용하는 주랑柱廊 현관과 정교하게 조각된 목조 강단과 화려하게 장식된 기도벽祈禱壁이 딸려 있다. 이 건물은 지금도 여전히 콘야의 살아 있는 중심이다. 콘야에는 신학대학과 사원들이 많았다. 고령의 바하엣딘 왈라드는 이 중 한 대학에서 교수로 임명되었다. 그는 1231년 1월에 죽었다. 그의 아들 젤랄렛딘이 '자리를 물려받아 설교와 해석의 양탄자를 넓혔고, 판결과 훈계로 명성을 떨쳤으며, 종교 율법의 깃발을 펼쳤다…'[16]

이때까지 마울라나 젤랄렛딘은 주로 '외적인' 학문을 다루었던 것으로 보인다. 그는 아라비아의 시에 마음이 끌렸고, 후일 몸소 아랍어로 시를 썼다. 바하엣딘 왈라드가 죽은 지 1년쯤 지나자 티르미드 출신으로 그의 옛 제자 가운데 한 사람이었던 부르하넷딘 무하키크가 난민의 신세가 되어 콘야를 찾았다. 루미는 그를 통해 아버지의 환상적인 저작을 전수 받고,[17] 엄격하고 금욕적인 스승 밑에서 신비주의의 오솔길을 익혔다. 이 스승은 루미를 수도원으로 보내어 40일간 은둔 생활을 하게 했다. 몇몇 자료가 주장하는 것처럼, 젤랄렛딘이 이 시기에 잠시 시리아로 가서 몇몇 중요한 신비주의 스승에게 사사했는지는 분명하지 않다. 설령 루미가 시리아로 가서 신지학神智學과 신비주의의 대가인 이븐 아라비를 만났다고 해도, 그는 이븐 아라비의 닳고 닳은 체계화에 낯설어했을 것이다. 이후에 거의 모든 해석자가 루미의 저작을 이븐 아라비가 말하는 신비주의의 범주로 설명하긴 했지만 말이다.

부르하넷딘 무하키크는 1240년 콘야를 떠났다. 그 후 얼마 지나지 않아서 그는 가이사리아에서 죽었다. 가이사리아에는 눈으로 뒤덮인 우람한 에르시아 산이 있는데, 그는 이 산 아래에 안치되었다. 지금도 신심 깊은 사람들이 그의 무덤을 방문하고 있다. 부르하넷딘이 콘야에 체류하는 동안 아나톨리아는 내적으로 심각한 불안에 휩싸였다. 술탄 알라엣딘이 죽자 그의 병약한 아들이 즉위하였다. 이 아들은 몽골 사람들을 피해 콰리즘에서 아나톨리아의 동부로 이주하는 난민 문제를 마무리 짓지 않으면 안 되었다. 이란의 국경을 넘은 몽골 사람들이 아나톨리아의 동부까지 난민들을 추격해왔기 때문이다. 콰리즘 주민들은 가이사리아로 이주되었다. 하지만 그들의 불복으로 말미암아 새로운 불안이 싹텄고, 그들 가운데 일부는 아나톨리아를 정처 없이 떠돌던 이상한 신비 집단들에 입회하기도 했다. 이들 집단 가운데 일부는 사회 개혁을 시도하여 통치의 근거지를 공격하고 왕국의 약화를 촉진했고, 1242년 몽골 군대가 재차 침략하여 손쉽게 승리를 거머쥐었다. 왕국의 북부 중심지 가운데 하나였던 시바스는 변변히 싸워보지도 못한 채 항복하고 말았다. 당시 시바스에는 오스티란에서 피난 온 신비가 나즈멧딘 다야가 체류하고 있었다. 가이사

리아는 쑥대밭이 되었다. 후일 마울라나 젤랄렛딘은

> 사람들은 몽골 사람들을 피해 달아나고
> 우리는 몽골 사람들의 창조주를 섬기는구나.[18]

라고 말했다. 셀주크 사람들은 항복한 뒤 막대한 조공을 바쳐야
했다. 1251년 몽골의 군주 묑케칸은 세 명의 셀주크 왕자로 이루
어진 삼두정치를 승인했다. 하지만 머지않아 이들 형제 사이에
서 불화와 살육이 일어났다. 마지막까지 살아남은 형은 무이넷
딘 파르와나 장관의 노리개로 전락했다. 1264년 무이넷딘 파르
와나는 미성년자인 아들로 하여금 그 왕자를 대신하게 했다. 셀
주크 사람들이 몽골의 지배를 인정하던 날, 루미의 삶도 완전히
뒤바뀌고 말았다.

> 더 이상 타타르의 대 참사에 대하여 말하지 말라.
> 더 이상 타타르의 사향노루에 대하여 말하지 말라![19]

'몽골 군대의 화염이 이 세계에 닥치긴 했지만', 젤랄렛딘은 영원
한 태양을 보았다. 1244년 10월 마지막 날, 콘야에서 타브리즈의
샴스엣딘 곧, '믿음의 태양'을 만났던 것이다.

> 우리의 가슴에는 그대의 환영이 있었고,

우리는 여명을 보고 태양을 예감했다오![20]

그들의 첫 만남에 대해서는 많은 일화가 전해지고 있다. 아플라키는 아래와 같이 전한다.

> 어느 날, 마울라나는 면화상인들의 메드레제에서 돌아오고 있었다. 그는 낙타를 타고 있었고, 제자들과 학자들이 그를 수행했다. 갑자기 타브리즈의 샴스엣딘이 나타나서 마울라나에게 이렇게 물었다. "바예지드가 위대한가? 아니면 마호메트가 위대한가?" 마울라나는 이렇게 대답했다. "무슨 질문이 그렇습니까? 마호메트는 예언자들의 봉인인데, 도대체 마호메트가 바예지드와 무슨 상관이 있단 말입니까?" 샴스는 이렇게 말했다. "마호메트는 '우리는 그대를 알지 못하오!'라고 말했고, 바예지드는 '나야말로 존엄하니, 나에게 영광이 있을지어다!'라고 말했네." 마울라나는 이 난데없는 질문에 낙타에서 떨어져 혼절하고 말았다.

항상 의식적으로 '하나님의 종'이 되고자 했던 이슬람교의 예언자 마호메트와, 역설로 수많은 사람을 격앙시켰던 이란의 신비가 바예지드를 비교하는 것은 실로 불경스러운 짓이었다. 그러나 마흔 살도 안 된 학자와, 출신이 전혀 알려져 있지 않은 방랑 수도승 사이에 오간 짧막한 대화는 강렬한 불꽃을 일으켰고, 루미는 6개월 동안 만사를 제쳐 놓았다. '그는 낮이든 밤이든 아무것도 먹지 않고, 아무것도 마시지 않고, 인간적인 욕망을 전혀 느끼지 않은 채 벗과 함께 살라헷딘 자르쿠브의 천막 속에 앉아 있었다.'[21]

> 샴스엣딘이여, 그대의 얼굴은 태양을 닮았구려.
> 마음을 끌어당기는 구름 같구려![22]

샴스의 신비적인 잠언은 물론이고 그에 관한 전설들도 그가 비범한 영적 자부심을 지닌 강력한 인물이었음을 짐작케 한다. 그는 동시대의 신비가들을 신랄하게 조롱했다. 신지학자 이븐 아라비조차 마울라나가 루비라면, 샴스는 '부싯돌'이라고 말할 정도였다.[23] 샴스는 오랫동안 스승을 찾아 떠돌아다녔다. 그가 12세기 말엽부터 이슬람 세계에서 형성되기 시작한 신비주의 종파 가운데 한 종파에 속했는지는 알려져 있지 않다. 어쩌면 그는 규정된 예배 형식에 적응하지 못한 떠돌이 수도승이었을 것이다. 후일 루미가 떠돌이 수도승을 기리기 위해 쓴 시구는 이 추측을 뒷받침하는 것처럼 보인다. 그는 이렇게 말했다. "(그는) 영험한 약보다 귀한 사람, 불 속에 사는 불의 요정."

    샴스엣딘은 여느 신비가와 달리 더 이상 '사랑하는 자'가 되겠다고 고집하지 않았다. 그는 자신을 일컬어 '사랑 받는 자', '사랑 받는 자들의 정점'이라고 불렀다.[24] 루미는 샴스를 그러한 사람으로 대했다. 샴스가 하나님께 "나의 무리를 용납할 당신의 사람이 한 명도 없단 말입니까?"라고 묻자, 하나님께서 그에게 아나톨리아로 가라고 명령했다는 것이 참말이라면,[25] 그것은 샴스와 루미의 관계가 길가메쉬와 엔키두의 신화적인 우정에 견줄 만큼 강렬했다는 것을 의미한다.

콘야의 주민 사회가 깜짝 놀랐듯이, 우리는 존경할 만한 학자가 자신의 종교적 의무, 교수의 직무, 사회적 의무를 뒤로한 채, 한 대상隊商의 숙소에서 만난 이 불가사의한 수도승 무리에 끼여 시간을 보내는 모습을 그려볼 수 있다! 이곳에서 거의 2년 동안 루미와 집중적으로 대화를 나눈 샴스는 불미스런 폭력 사태가 일어나기 전에 콘야를 떠나는 것이 낫겠다고 생각했다.

루미는 울적했다. 그는 페르시아어로 시를 써본 적이 없었으면서도 음악과 춤과 시작詩作에 흠뻑 빠져들었다.

사랑의 불꽃이 가슴속으로 뛰어든 다음부터
그 열기가 다른 모든 것을 삼켜버렸네.
나는 책과 오성을 집어치우고,
시와 노래와 가곡을 배웠네.[26]

나는 금욕주의자였건만, 그대를 만난 뒤부터 노래를 부르고,
들뜬 축제와 포도주를 찾아다녔네!
내가 양탄자에 앉아 차분히 기도하는 모습을 바라보던 그대가
이제는 나를 아이처럼 뛰어 놀게 하는구려![27]

그는 이렇게 자신의 상태를 묘사하고 나서, 멀리 떨어진 벗을 버리지 않겠노라고 다짐했다.

> 그대가 길을 떠나고 싶어 한다는 말이 들립니다.
> 오, 그것은 안 될 말!
> 새로운 벗을 만나서 꽉 찬 사랑을 보고 싶다니요.
> 오, 그것은 안 될 말![28]

그에게 아직도 용서의 여지가 있었을까?

> 세계를 품어 안은 카프 산이 용서라고 한들,
> 그 산조차 '이별'의 햇빛에 눈처럼 녹고 말 것입니다![29]

그의 소원은 당장 타브리즈로 날아가는 것이었다. 그는 거듭해서 편지와 시를 써 보냈다. 하지만 그의 편지와 시는 샴스에게 닿지 못했던 것 같다.

> 편지를 백 통이나 쓰고, 길을 백 번이나 가리켜 주었건만,
> 그대는 길을 알지 못하고, 편지를 한 통도 읽어보지 않은 것 같
>   구려![30]

벗을 다시 불러오기 위해서라면 무슨 짓인들 못하랴?

그대를 사랑하는 자가 피로 그린 지도책과 수놓은 비단을 짜

　고 있으니,

연인의 발밑에 펼쳐두기 위해서라오![31]

수개월 간 기다린 끝에 시리아에서 소식이 날아왔다. 샴스엣딘은 그곳에 있었다. 마울라나는 벗을 그리워하며 노래를 불렀고, 샴스가 발견된 장소인 다마스쿠스는 이제 하나의 주문呪文이 된다. (다마스쿠스는 '사랑'을 뜻하는 디마쉬크Dimaschq와 아쉬크'aschq보다 더 운韻이 맞다.)

우리는 혼과 마음을 다마스쿠스에 바쳤고,

우리의 마음은 다마스쿠스의 정경情景에 닿아 있었소….[32]

루미는 샴스를 데려오기 위해 아들 술탄 왈라드에게 금과 은을 주어 시리아로 보냈다. 당시 술탄 왈라드는 스물 한 살이었다. 샴스는 벗의 부름에 응했다. 그는 술탄 왈라드가 고삐를 잡은 말을 타고서 마침내 콘야에 이르렀다.

그대는 이 정원에서 걸어서 가셔요!

이곳은 장미를 닮은 벗님만이 말을 타는 곳이니![33]

술탄 왈라드는 자신의 책에서 두 신비가의 만남을 다음과 같이

묘사한다. 그들은 서로 껴안고 입을 맞추었으며 '누가 사랑하는 사람이고, 누가 사랑 받는 사람인지 알 수 없었다.'[34] 왜냐하면 사랑과 흡인력은 서로 관련이 있기 때문이다.

> 목마른 사람만 물을 찾는 것이 아니라오.
> 물도 목마른 사람을 찾고 있다오![35]

위의 시는 마울라나의 사랑 이론을 가장 짤막하게 요약한 것이다. 우리는 《마스나비》에 실려 있는 이 시행을 무한한 정신적 사랑의 메아리로 해석해도 좋을 것이다.

벗을 가까이 붙잡아 두려는 욕심에서 마울라나는 샴스를 수양딸과 결혼시켰고, 샴스는 이 키미야를 몹시 사랑했다. 그들은 마울라나의 집에 있는 작은 방에서 살았다. 바로 이곳에서 마울라나의 둘째 아들 알라엣딘이 샴스를 괴롭혔을 것이다. 알라엣딘은 오래 전부터 아버지의 친구에게 증오심을 품고 있었다. 이 증오심을 폭발시킨 것은 사소한 이유였던 것으로 보인다. 키미야가 1247년 늦가을에 죽자, 얼마 지나지 않아서 샴스도 자취를 감추었고 다시는 돌아오지 않았다.

샴스의 실종에 대해서는 여러 갈래의 해석이 있지만, 아플라키가 전하듯이, 샴스가 살해되었다는 것이 정설로 되어 있다. 밤중에 사람들이 그를 집 밖으로 불러내어 찔러 죽인 뒤 우물 속으로 던져 넣은 것으로 보인다. 그 우물은 지금도 존재하고 있다. 그

후 샴스는 은밀하게 매장되었다. 훗날 샴스를 기리기 위해 건립된 작은 성전의 지하에서 큰 무덤 1기가 발견되었는데(1958년), 이 무덤은 온통 셀주크식 진흙화장법으로 급히 칠해져 있었다. 이 무덤의 발견으로 마울라나의 둘째 아들이 이 살해 사건과 무관하지 않다는 게 입증되었다.[36]

사람들은 마울라나가 알지 못하도록 그 사실을 비밀에 부치고자 했다. 마울라나는 겉으로는 태연한 척했지만, 무슨 일이 일어났는지 예감하고 있었다. 그는

> 이 땅은 더 이상 흙덩이가 아니다. 그것은 피로 가득한 그릇이다.[37]

라고 말했다. 사람들이 시리아로 가는 도중에 샴스를 보았다고 보고하자, 그는 이렇게 소리쳤다.

> 누군가 말했지, "내가 샴스엣딘을 보았노라!"고.
> 이에 내가 물었지, "천상에 이르는 길이 어디에 있느냐?"라고.[38]

그는 날이면 날마다 시를 읊조렸고, 악사들은 소용돌이 춤을 추는 그를 따라다니면서 쉬지 않고 연주해야 했다. 그는 어디에서나 벗을 찾아 두리번거렸다.

어젯밤 꿈에 호수처럼 둥근 달이
밝은 은빛으로 아름답게 빛나는 것을 보았다.
행여나 벗에게서 기별이 왔을까 하여
이 문 저 문을 오가며 서성거린다.[39]

그는 시리아를 딱 한 번 찾아간 것 같다. 어쩌면 두 번이었을지
도 모른다. 마침내 그는 마음을 가라앉혔다. 그의 아들은 아래와
같이 전한다.

그는 다마스쿠스에서 타브리즈의 샴스를 보지 못했다.
그는 샴스가 자신의 마음속에서 달처럼 밝게 빛나는 것을 보았다.
그는 이렇게 말했다. "비록 나의 육신은 그에게서 멀리 떨어져
　있으나,
육신과 혼이 없어도 우리 둘은 한 빛이라네.
그를 보고 나도 보라.
오, 찾아 헤매는 이여! 내가 그이고 그가 나인 것을."[40]

사랑하는 이와 사랑 받는 이의 완전한 일치가 이루어졌다. 마울
라나와 샴스는 영원히 하나가 되었다.

내 마음은 조개와 같다.
진주는 그대의 모습.

이제 더 이상 내 속을 뒤지지 않는다.
그가 내 마음속을 가득 채우고 있으니.[41]

루미는 자신의 서정시 가운데 가장 뛰어난 몇 편의 종결부에서 자신의 이름 대신 샴스엣딘의 이름을 지은이로 사용한다. 이제 샴스엣딘은 무게가 있는 시구 속에서 공간적으로 떨어져 있는 연인들의 합일을 찬미할 수 있게 되었다.

우리가 궁궐에서 머물던 순간,
그대와 나는 하나.
육신은 혼을 가를 수 없으니,
그대와 나는 하나….
우리가 이 세상의 한 구석에서
하나 되는 기적이 일어났으니,
비록 수천 마일을 떨어져 있어도,
그대와 나는 하나![42]

마울라나는 샴스가 '죽었다'는 것을 결코 인정하지 않았다.

"아아, 영생하는 이가 죽었소!" 하고 말하는 자 누구인가.
"아아, 희망의 태양이 죽었소!"라고 말하는 자 누구인가.
그렇게 말하는 자는 저 태양의 원수다.

그는 두 눈을 가리고 지붕 위로 기어 올라가서
"태양이 죽었다!"고 외치는 자에 불과하다.[43)]

마울라나는 알라엣딘이 공모하여 비극적인 사건을 일으켰다는
것도 알고 있었던 것 같다. 1262년 이 아들이 죽자, 그는 아들의
장례식에 참석하지 않았다. 이 아들이 낳은 자식들은 가족의 나
머지 구성원들에게 친척으로 인정받지 못했다.

샴스엣딘의 용모에 대해서는 억측이 구구하다. 혹자는 그의
존재를 의심한 나머지 그를 가리켜 마울라나가 만들어낸 가공의
인물이라고 말하기도 했다. 하지만 콘야 박물관에 비치된 수도승
의 모자들과, 한때 마울라나의 집이 있었던 장소 맞은편의 무덤
으로 보건대, 그는 실존 인물이었다. 게다가 혹자는 이와 유사한
황홀경을 보여주는 수많은 사례를 수피교 동아리에서 찾아낼 수
도 있을 것이다. 마울라나는 도처에서 샴스를 보았고, 도처에서
그를 찬미하는 소리를 들었다.

나만 끊임없이
샴스엣딘, 샴스엣딘 하면서 노래하는 것이 아니구나.
정원의 꾀꼬리,
산 위의 자고鷓鴣도 그렇게 노래하는구나!
낮이 샴스엣딘 하면서 번쩍이고,
하늘도 샴스엣딘 하면서 돌고,

보석산도 샴스엣딘 하면서 노래하니,
낮에도 밤에도 샴스엣딘뿐이구나….44)

이처럼 그는 몇 시간이고 춤의 리듬에 맞추어 노래를 불렀다. 하지만 그것은 신성의 현현顯現이자 신적인 아름다움의 '증인'으로 존경받고 기림 받는 손윗사람이 아름다운 젊은이에게 표하는 사랑이 아니었다. 그것은 성숙한 두 사람의 정신적인 만남이었다. 한 사람은 견줄 데가 없을 만큼 황홀한 시의 피리를 만들어냈고, 젤랄렛딘은 전대미문의 황홀경 속으로 뛰어들었다.

그 결과는 다음의 세 마디 말뿐이다.
나는 타올랐다.
나는 활활 타올랐다.
나는 재가 되었다….45)

샴스와 자신이 하나라는 것을 알게 된 지 얼마 되지 않아, 마울라나 젤랄렛딘은 새로운 영감의 원천을 발견했다.

그는 황홀경과 신비스러운 춤으로 세상 사람들에게 유명해졌다. 그는 이 황홀경과 춤에 강력하게 사로잡힐 때마다 금 세공사들의 숙소를 찾았다. 금 세공사들의 망치질에 매료된 마울라나의 내면에 특이한 영감이 뚜렷하게 떠오르고, 그가 선회하기 시작

하면, 제아무리 소란스러운 망치 소리도 그의 복 받은 귓속으로
뚫고 들어갈 수 없었다.[46]

그는 금 세공사 살라헷딘을 데리고 나가서 시장에서 함께 춤을
추었다. 마울라나는 그를 여러 해 전부터 알고 있었다. 금 세공사
살라헷딘은 1235년 젊은 나이로 콘야에 들어왔다. 그는 비록 문
맹이기는 했지만 마울라나의 스승 부르하넷딘의 총애를 받는 제
자가 되었다. 그는 자신이 살던 고향으로 되돌아가서 결혼을 하
고 두 명의 자녀를 두었다. 그 후 콘야로 되돌아온 그는 이미 마울
라나와 친한 상태였다. 그의 천막에서 마울라나와 샴스의 만남이
자주 이루어졌다. 젤랄렛딘을 자주 만나면서 차분한 성격의 살라
헷딘은 스승을 비추는 더할 나위 없는 거울이 되었다. 뜨거운 열
기가 동그라미의 절반을 그렸다면, 평정이 나머지 절반을 그렸다.
마울라나는 새로운 경험을 넌지시 말했다.

> 그 사람, 전에는 붉은 옷을 입고 오더니,
> 올해는 갈색 수도복을 입고 왔구나.
> 전에는 그가 터키 사람인 줄 알았는데,
> 올해는 아랍 사람이 되어 나타났구나…
> 포도주는 같은 포도주인데, 병이 바뀌었구나.
> 이 맑은 포도주가 우리를 어찌나 취하게 하던지![47]

콘야의 주민들은 새로운 충격에 휩싸였다. 적어도 샴스엣딘이 교양 있는 사람이었다면, 모든 사람이 여러 해 전부터 알고 있었던 이 단순한 금 세공사는 한 번도 기도문을 제대로 외지 못했던 것이다! 마울라나는 오만한 시민들을 꾸짖지 않으면 안 되었다. 그는 오만한 이븐 차부쉬를 아래와 같이 꾸짖는다.

> 사람이 제 고국과 부모와 집과 친척과 가족을 버리고, 힌드를 떠나서 신드로 가는 것, 튼튼한 구두를 만들어 너덜너덜해질 때까지 신고 다니는 것은 지식의 향기를 발하는 사람을 만나기 위해서다. 그대는 그대의 집에서 그러한 사람을 만났음에도 그를 저버렸다. 이것이야말로 엄청난 불행이자 실수가 아니고 무엇이란 말인가….

그리고는 살라헷딘을 상심케 하고 푸대접한 이븐 차부쉬에게 아래와 같이 가르친다.

> 만일 그대가 금지된 술을 마시거나 환각제를 들이키거나 음악을 듣거나 그 어떤 것으로 말미암아 기분이 좋아진다면, 게다가 이 시간 그대의 원수와 견해를 같이 하고, 그를 용서하고, 그를 좋아한다면, 그의 손과 발에 입을 맞추지 않겠는가? 지금 그대의 눈에는 신자와 불신자가 동등한 사람으로 보일 것이다. 살라헷딘이야말로 이 모든 정신적인 친구들의 참 뿌리다. 왜냐하면 그

의 내면에는 기쁨의 대양이 자리 잡고 있기 때문이다. 그가 누군가를 미워하거나, 누군가에 대하여 반감을 품었다고 하니, 그것은 당치도 않은 말이다![48]

새로운 관계를 굳게 다지기 위해, 젤랄렛딘은 자기의 아들 술탄 왈라드를 살라헷딘의 딸 파티마와 결혼시키고, 결혼식을 축하하기 위해 기다란 가젤*을 썼다. 사랑하는 며느리에게 보낸 편지들은 마울라나의 새로운 면모를 보여준다.

> 나의 아들 바하엣딘이 너를 해치려 한다니, 이제 나는 그 녀석에게서 나의 사랑을 거두어버리겠다. 그 녀석을 더 이상 사랑하지 않겠다. 그 녀석을 다시는 보지 않겠다. 그 녀석이 나의 장례식에 오지 못하게 하겠다…[49]

그는 친구의 둘째 딸이 결혼할 때 지참금을 챙겨주기도 했다.[50]

　그 시기에 아나톨리아와 동부 이슬람 세계 전체의 정치적 상황이 더 암울해지고 있었다. 1256년 바이주 휘하의 몽골 사람들이 다시 콘야 앞까지 밀고 들어왔다. 전설에 의하면, '성인들의 도시'를 침략하려던 그들의 계획이 루미의 존재로 인해 저지되었다고 한다. 그들은 2년 뒤에 바그다드를 점령하고, 750년부터 통치

---

* 가젤Ghasel은 아라비아, 페르시아의 서정시이다. 운을 맞춘 7 내지 19구의 시형으로 되어 있다-역주.

해온 압바스 왕조를 끝장냈다. 같은 해인 1258년, 콘야에는 인세 미나렐리 메드리제가 설립되었다. 이 대학에서 펴낸 활자본은 대학 정문 주위에 새겨진 꾸란 경구와 함께 이슬람교의 가장 정교한 예술작품에 속한다.

해를 입은 것은 이슬람 세계만이 아니었다. 살라헷딘 자르쿠브가 병에 걸려 오랫동안 앓자, 루미는 결국 벗이 영의 세계로 되돌아가는 것을 '허락했다.' 살라헷딘의 장례는 신비스러운 회전춤 속에서 치러졌다. 왜냐하면 죽음은 이별이 아니라 영적인 '결혼'이었기 때문이다. 루미는 고인이 된 벗을 기리는 송시頌詩를 썼다.

> 그대가 이 세상을 떠나자 하늘과 땅이 흐느껴 울었소.
> 나의 마음과 혼과 오성도 피눈물 지었소.
> 가브리엘 천사와 모든 천사의 날개가 시퍼렇게 멍들고,
> 성인들과 예언자들이 그대를 애도하여 울었소….
> 실로, 그대는 한 개인이 아니라 백 개의 세계였소.
> 어제 나는 보았소, 저승이 이승 사람들을 애도하여 우는 것
> 을….[51]

장례식장에서 빙글빙글 돌며 춤을 추는 것과 같은 사건을 접하고서 콘야의 율법주의자들이 들고일어났다. 마울라나는 기회가 있을 때마다 그러한 트집쟁이들에게 시로 응수했다. 그는 그들을

가차 없이 비꼬았다.

그는 대단히 금욕적인 삶을 살았다. 그를 여러 해 동안 모셨던 전기(傳記) 작가 파리둔 시파흐살라르는 젤랄렛딘의 기나긴 단식과 기도의 시기, 젤랄렛딘의 시에 녹아 있는 경험들을 묘사한다. 사람들이 법률 감정을 문의하면, 젤랄렛딘은 몸소 소용돌이 춤을 추어야만 구체적인 판결을 내릴 수 있었다고 한다.[52] 귀한 사람이나 천한 사람이나 다 그를 찾아왔다. 대단한 권력자였던 무이넷딘 파르와나 장관도 그를 찾아왔다. 그가 젤랄렛딘의 문 앞에서 대기한 것은 한두 번이 아니었다. 젤랄렛딘은 아래와 같이 말했다.

> 그 장관이 찾아왔을 때, 나는 빨리 나가서 그를 맞이하지 않았다. 그렇다고 해도 그는 불쾌하게 생각하지 않았을 것이다. 왜냐하면 이번에 그가 행차한 의도는 내게 경의를 표하거나, 아니면 자기 자신에게 경의를 표하기 위해서였기 때문이다. 그 행차의 목적이 나에게 경의를 표하는 것이었다면, 나를 오래 기다리면 기다릴수록 나를 존경하는 마음이 더 커졌을 것이다. 하지만 그의 목적이 자기 자신을 드높이고 보상을 바라는 것이었다면, 그가 오래 기다리면 기다릴수록, 기다림의 고통을 견디면 견딜수록 그가 받을 보상도 더욱 커졌을 것이다. 그는 황홀해 하면서 행복감에 젖어들었을 것이다![53]

그 장관은 페르시아 북부 다일라미트 가문 출신이었다. 마울라나는 그에게 여러 통의 편지를 썼고, 그 편지들 대다수는 호의적으로 받아들여졌다. 그리하여 마울라나는 가난한 사람을 많이 도울 수 있었다. 파르와나는 예배를 자주 드리겠다는 뜻을 밝혔으나, 유감스럽게도 몽골 사람들과 관련된 문제에 매달리느라 그 뜻을 실행에 옮기지 못하고 있었다. 마울라나는 아래와 같이 회신하였다.

당신께서 매달리고 있는 그 일도 선한 일입니다. 그 일은 이슬람교의 평화와 안정을 도모하는 방책이기 때문입니다. … 하나님께서 당신으로 하여금 그 선한 일에 마음을 두게 하신 것입니다. 당신의 뜨거운 열의야말로 하나님께서 호의를 가지고 계시다는 표시가 아니고 무엇이겠습니까? … 뜨거운 목욕물의 경우를 상상해보십시오. 목욕물의 열기는 마른 풀, 장작, 낙타 똥과 같이 난방용 연료에서 온 것입니다. 숭고하신 하나님께서는 수단을 만들어내시는 분이십니다. 이 수단은 추하고 흉한 것처럼 보이지만 실제로는 신적인 호의의 수단입니다. 그러한 수단에 의해 불이 붙은 사람은 목욕물처럼 뜨거워져, 모든 사람의 유익을 위해 일하게 마련입니다.[54]

하지만 파르와나의 연정聯政은 불안정했다. 파르와나는 결국 술탄 루크넷딘을 암살하고, 그의 아들을 즉위시켰다. 루크넷딘의 아들은 당시 미성년자였다. 파르와나는 루미와 우정을 맺었음에도 자신의 정치적 음모 내지는 어울리지 않는 거동으로 인해 루미에게 여러 차례의 책망을 받았다. (루미가 춤에 빠졌던 반면, 파르와나는 자신에게 어울리지 않는 행동을 즐겼던 것이다.) 파르와나는 콘야의 또 다른 신비가 사드렛딘 코나비를 방문하기도 했다. 사드렛딘 코나비는 콘야와 근동 지역에서 강의와 난해한 문서로 '존재일성론'이라는 학설을 발표한 이븐 아라비의 의붓아들이었다. 이븐 아라비는 '최고의 스승'으로 일컬어졌다.

> 파르와나가 마울라나를 방문하여 조언을 구했을 때, 루미는 이렇게 말했다. "나는 당신이 꾸란을 암기하고, 사드렛딘 족장에게서 예언자 전통에 관한 강의를 받고 있다고 들었습니다." 파르와나는 "예, 그렇습니다."라고 대답했다. "하나님의 말씀과 예언자들의 말씀이 당신을 감동시키지 못했거늘, 내가 무슨 말을 하겠습니까?"[55]

사드렛딘 코나비가 마울라나의 사랑 넘치는 신비주의와 기이한 거동에 항상 동의한 것은 아니었다. 반면에 루미는 음악이 《메카의 개시開始》라는 이븐 아라비의 방대하고 심오한 저작보다 천국에 이르는 길을 훨씬 잘 열어준다는 것을 알고 있었다.[56] 그렇다고 해서 이러한 차이가 두 신비가의 친밀한 관계를 약화시킨 것은 아니었다. 사드렛딘은 마울라나가 눈을 감은 지 몇 달이 지나지 않아서 죽었다. 천장이 없는 그의 무덤은 지금도 콘야에 보존되어 있다.

무이넷딘 파르와나의 마음이 콘야의 두 신비가에게만 기운 것은 아니었다. 그는 페르시아 말로 노래하는 가장 사랑스럽고 신비스러운 가수 가운데 한 사람인 파흐렛딘 이라키를 위해 토카트에다 작은 수도원을 세우기도 했다. 파흐렛딘 이라키는 편잡의 물탄에서 25년간 체류한 뒤에 1265년경 아나톨리아로 이주한 사람이었다. 그는 1277년 파르와나가 참혹하게 죽자 시리아로 이사했고, 다마스쿠스에서 이븐 아라비 곁에 묻혔다.

후일 '우리의 형제, 고귀한 자, 경건한 자'로 통하는 사힙 아타(1288년 사망) 장관이 마울라나의 교제범위에 들어왔다. 그는 루미가 서거하기 1년 전에 화려한 메드레제를 설립했는데, 이 대학은 후기 셀주크 건축양식과 장식술을 보여주는 훌륭한 본보기이다. 부상富商들도 마울라나를 추종했다. 그들 가운데 상당수는 선회 무도에 참여했다. 하지만 영적인 가치를 전혀 갖지 못했던 오만한 속물 콰자는 마울라나의 몇몇 시에서 조롱을 당했다. 루미는 빈번하게 하층 회원들에게 호의를 보였고, 이 때문에 상당수의 회원들이 그를 비난하기도 했다. 그때마다 루미는 그들에게, 이슬람교 신비주의의 고전적인 시기인 9세기와 10세기에는 스스로 모범을 보이는 수피들 문하에 수많은 수공업자들이 등장했음을 깨우쳐주었다. 그러한 수공업자들로는 '대장장이, 지장紙匠, 필경사筆經師, 면직공綿織工' 등이 있었다.[57] 가난한 사람들과 곤경에 처한 사람들이 보호를 청하기 위해 마울라나의 문을 두드렸고, 그의 서신들은 그가 그러한 사람들에게 작은 벌이의 기회라도 주고, 세금을 감면해주고, 돈을 융통해주기 위해 얼마나 노력했는지를 여실히 보여준다.

> 그는 밤에 돌아갈 곳이 없습니다. 그리고 그의 어머니의 남편은 성질이 고약하고 인색한 사람입니다. 그는 자식을 내쫓으면서 이렇게 말했습니다. "내 집에 들어오지도 말고, 내 음식을 먹지도 말아라…."[58]

마울라나는 한 장관에게 다음과 같은 청을 하기도 했다. "가난한 아무개 상인은 존경할 만한 사람입니다. 그에게서 놋그릇 한 벌을 사주시고 곧바로 대금을 치러주시면 고맙겠습니다…."[59]

가난한 사람들과 '채소장수들과 백정들'에게 호의를 보였다고 해서, 그가 예의범절을 쓸데없는 것으로 여겼다는 뜻은 아니다. 그는 기이한 수도승 무리가 동물털옷을 입고 제멋대로 행동하면서 떠도는 것을 보고 나무라기도 했다. 그는 시골사람들을 그다지 존경하지 않았다. (예언자 전승에 의하면 **시골사람들은 무덤 파는 자**를 의미했다.) 그의 시에서 돼먹지 못하고 배우지 못한 촌뜨기는 동물적인 본능을 의미했다. 그런 사람이 도시로 들어와서 온갖 비행을 일삼고, 시장에 해를 끼친다면, '오성'을 의미하는 순경이나 시장 관리인에게 가장 먼저 매를 맞을 것이다.[60]

마울라나는 외적인 형식은 깨우친 자에게 영원한 알맹이를 보여주는 껍데기에 불과하지만 삶 속에서 나름의 역할을 한다는 것을 알고 있었다.

> 살구 씨의 알갱이만을 땅에 심으면 아무것도 싹트지 않는다. 껍데기로 싸여 있는 것을 통째로 심어야 싹이 트는 법이다.[61]

겉모습은 사람의 내적인 자세가 어떠한가를 보여준다.

> 겉볼안이라고, 우리는 책의 표지만 보고도 그 속에 무슨 장章이 들어 있고, 무슨 절節이 들어 있는지 알 수 있다. 우리는 사람들이 겉으로 드러내 보이는 공경의 태도, 머리의 기울기, 그들의 서 있는 자세를 보고도, 그들이 속으로 어떠한 경외심을 품고 있는지, 하나님을 어떤 식으로 공경하는지 알 수 있다. 그들이 겉으로 공경의 태도를 보이지 않을 경우, 우리는 그들의 속이 뻔뻔스러우며, 그들이 독실한 신자들을 존경하지 않는다는 것을 알 수 있다.[62]

넘쳐흐르는 환희에도 마울라나는 아름답게 다듬어진 생활양식을 더 중시했으며, 도시민 전체의 지도자가 되었다. 그 당시 농촌 사람들은 방종한 수도승 집단에 의해 감화를 받거나, 아니면 마울라나와 동시대 사람이었던 하지 베크타쉬를 따랐다. 하지 베크

타쉬가 설립한 교단은 수백 년이 흐르면서 '터키' 신비주의의 가장 흥미로운 현상이 되었다. 그가 터키 왕의 친위대와 밀접한 관계를 맺은 것과 달리, 그의 교단은 궁정 냄새를 전혀 풍기지 않는 독자적 터키 문학을 창출했다. 반면에 루미의 교단은 술탄을 위시하여 개화한 사람들을 끌어당겼다. 루미의 교단은 악사와 시인과 서예가들에게 윤활유가 되었을 것이다.

우리는 다수의 여성이 루미의 집단에 속해 있었다는 것을 간과해서는 안 된다. 그의 서신 가운데 일부는 그들을 칭찬하는 대목으로 가득하다. 마울라나를 깊이 흠모한 사람들 중에는 작은 수도원을 설립하고 그 수도원의 원장이 된 귀부인도 있었고, 악명 높은 여관에서 마울라나가 건져낸 무희舞姬도 있었다.[63] 상류 사회의 귀부인들, 장관의 부인들이 자신들의 집에서 사마sama' 회합을 가졌고, 이들 가운데 한 여인은 마울라나가 소용돌이 춤을 출 때마다 장미를 뿌렸다.[64] 다른 한 여인은 스승에게서 떨어지는 것이 못내 아쉬워 여행 중에 스승의 초상화를 품고 다녔다.[65] 이것은 비잔틴 문화에 가깝다. 왜냐하면 이슬람교에서는 생명 있는 것의 묘사를 금하기 때문이다. 후일 마울라나의 손녀도 교단을 확장하는 일을 거들었다.[66]

루미는 첫 번째 아내가 죽자 키라 차툰을 두 번째 아내로 맞이하였다. 1292년에 죽은 키라 차툰은 모든 덕행의 귀감으로 칭송되었다. 그녀는 수많은 전설의 원천이기도 하다. 그녀가 알림이라는 아들을 낳자, 마울라나는 이레 동안 춤을 추면서 아들의

탄생을 축하했다. 그는 자신의 시에서 이 아들을 가리켜 '정원에
핀 새로운 꽃'이라고 불렀다.[67] 후일 이 젊은이는 아버지가 걸었
던 신비주의의 오솔길을 따르다가, 아버지가 죽은 뒤 얼마 지나
지 않아서 죽었다.(1277년) 마울라나의 막내딸은 멜리카 차툰이
었다. 그녀는 1306년에 사망했다.

  물론 마울라나의 저작 속에는 여성을 경멸하는 금욕주의적
인 태도가 전통적인 이미지로 표현되어 있다. 대개의 경우 그는
'여성을 타고난 저능아'로 여기는 전통을 따른다. 하지만 그는 여
성이 피조물이 아니라 창조자로 불릴 수 있다는 것을 알고 있었
다. 뜻밖에도 그는 여성에 대하여 녹록치 않게 시작되는 《마스나
비》의 한 시구에서 그러한 생각을 전개한다.[68] 그는 수많은 이미
지를 동원하여 어머니에 관해 이야기하는데, 이 이미지들은 그가
어머니처럼 자애로운 여성을 얼마나 흠모했는지를 보여준다. 그
는 어머니의 근심을 정확히 알고 있었다.

> 어머니의 품에서 죽는 자식처럼,
> 나는 은혜로우신 하나님의 품에서 죽는다.[69]

마울라나는 슬픔에 가득 찬 어머니가 죽은 자식과 함께 대화를
나누고 장난치는 모습을 보여주거나, 잔걱정이 많은 어머니가 학
령기에 달한 자식에게 훈계하는 모습을 보여준다. 그는 도처에서
'어머니'를 보고, 사랑이야말로 피조물을 양육하는 위대한 어머

니임을 깨닫기도 한다. 그는 여성을 업신여기는 전통에서 벗어나, 자신이 실제로 느낀 감정을 제시한다. 그의 수많은 시에는 네 명의 자식을 키우면서 경험한 것들이 깔려 있다. 이 시들에서 우리는 아이의 성장 과정 곧, 태어나서 아무 걱정 없이 뛰노는 시기를 지나 힘겨운 배움의 길에 들어서기까지의 과정을 읽을 수 있다. 마울라나에게 아이의 성장 과정은 현세의 관념에서 벗어나 보다 높은 목표를 향해 나아가는 인간의 성장 과정을 의미한다. 태내의 아기가 다채롭게 빛나는 외부 세계를 생각하지 못하듯이, 이 세상에 갇혀 있는 인간도 영적인 세계가 얼마나 화려한지를 생각하지 못할 것이다. 천장에 매달린 요람 속에 포대기에 싸인 아기가 누워 있는 모습은 아직 익지 않은 인간의 모습을 상징한다.

> 똑같은 모습으로 포대기에 싸여 요람에 누인 아기들은 손이 묶여 있어도 만족을 느낄 테지만, 다 큰 성인이 몸을 구부려 요람에 누워 있다면, 그것이야말로 고문이자 감옥일 것이다.[70]

젖먹이가 먼저 젖으로 양육된 다음에야 이가 돋아나서 빵을 씹어 먹을 수 있듯이, 사람도 먼저 단순한 개념의 젖으로 교육받은 뒤에야 '지성의 이'가 돋아나서 보다 깊은 층의 지식을 파고들 수 있는 것이다.

　마울라나는 예배, 명상, 가르침, 소용돌이 춤으로 세월을 보내다가 화창한 여름날이면 메람으로 가곤 했다. 메람은 콘야의 남서부와 경계를 이루는 구릉의 중턱에 있는데, 이곳에는 소풍하기에 알맞은 그늘진 장소가 있었다. 이곳에서 그는 물레방아 소리에 영감을 받아 벗들과 환담을 나누면서 여러 편의 시를 썼다.

> 마음은 낟알과 같고, 우리는 물레방아 같구나.
> 맷돌을 무어라 부를까, 맷돌은 어이하여 도는가?
> 육신을 맷돌이라 부르고, 물을 생각이라 부를까.
> 맷돌이 "물이 그 길을 안다오!"라고 말하니,
> 물이 이렇게 말하네,
> "방앗간 주인에게 물어보셔요.
> 그가 물을 골짜기 쪽으로 끌어들였으니!"…[71]

마울라나는 일 년에 한 번 꼴로 일긴의 온천을 찾았다.

그는 그 이상의 먼 곳으로 가지는 않았다. 아마도 토카트 지역이 그의 마음을 붙잡아 두었을 것이다. 셀주크의 영주 가운데 한 사람이 그를 지중해에 위치한 알라냐 요새나 안탈랴 요새로 여러 차례 초청했지만, 그는 주로 그리스 사람들이 거주하는 남南아나톨리아로 여행하는 것을 탐탁히 여기지 않았다. 그는 콘야를 사랑했다. 그의 시에는 정원이 많은 콘야의 정경이 생생하게 살아 있다. 우리는 그곳에서 인기를 누리던 음식을 맛볼 수 있다. (오늘날에도 콘야는 맛좋은 요리와 탁월한 디저트로 유명하다.) 우리는 아이들이 뛰노는 모습을 볼 수 있고, 어른들이 시장에서 흥정하는 모습을 볼 수 있으며, 터키 사람들이 산악지대에 위치한 여름목장과 겨울목장으로 철따라 이주하는 모습을 볼 수 있다. 한겨울에 콘야 평원을 뒤덮고 있는 눈과 얼음처럼 차가운 바람을 느껴본 사람이라면, 마울라나가 가장 사랑한 주제가 봄이었음을 이해하게 될 것이다. 봄은 잔뜩 움츠러들었던 대상隊商들을 활갯짓하게 했다. 잔뜩 얼어붙어 딱딱해진 물질계가 샴스엣딘의 내면에 나타난 신적인 사랑의 태양을 통해 구원을 얻은 것처럼, 만물은 봄을 끌어당기는 백양궁白羊宮의 태양을 고대한다.[72] 이는 봄이 오면, 온갖 나무가 저승의 소식을 가져오기 때문이다. 싱싱하고 푸른 나뭇잎들은 낙원에 거주하는 사람들의 푸른 비단옷과 같지 않은가?[73] 천둥과, 짧지만 격렬하게 내려 대지에 생명을 주고 밤새 녹색 베일로 정원을 뒤덮는 봄비는 부활을 불러들이는 이스라필의 나팔과 같다.* 사랑의 봄바람은 딱딱하게 굳은 세계에 활기를 준다.

> 사랑 받는 이는 눈부신 태양처럼 빛나고,
> 사랑하는 이는 그를 먼지처럼 화환으로 감싼다.
> 사랑의 봄바람이 불기 시작하자,
> 시들지 않은 가지가지마다 춤을 추며 돈다.[74]

---

* 이스라필Israfil은 이슬람교에서 인정하는 천사들 가운데 하나다. 나팔을 불어 천지의 종말을 고하고 부활을 가져다준다고 함-역주.

모든 꽃이 이 회전춤에 참여하고, 꾀꼬리는 신비스러운 춤을 음악으로 이끈다. 플라타너스는 손을 들어 올려 기도하고, 봄은 재단사인 양 태양 빛 깃이 달린 옷을 튤립에 맞추어본다.[75] 마울라나는 봄을 다룬 시를 무수히 썼다. 그는 이 시구들 속에서 현세적인 기쁨과 초월적인 기쁨을 완전히 하나로 엮어 짠다.

　미소 짓는 봄이여,

　그대는 장소 아닌 곳에서 이곳으로 왔구려!

　그대는 벗님을 조금 닮았으니,

　벗님에게서 보기라도 한 것인가요?

　미소 짓는 시원한 얼굴을,

　사향내 풍기는 갈매 빛 얼굴을.

　벗님에게서 색깔을 사기라도 한 것인가요?

　어찌 그리 벗님을 닮았나요?

　영혼처럼 정숙하여,

　눈에 보이지도 않는 계절이여,

　그대의 존재를 식별하기 어려워도,

　그대의 활동만큼은 눈에 확 띄는구려!

　장미여, 어찌 웃으려 하지 않나요?

　헤어짐의 상태에서 건짐 받고 있으면서!

　구름이여, 어찌 울려고 하지 않나요?

　벗님들과 슬피 헤어졌으면서!

장미여, 이제 정원을 꾸며요.

수풀 속에서 활짝 웃어요.

여섯 달 동안 가시덤불 속에

숨어 있었으니!

새롭게 단장한 정원이여,

장미를 잘 보살펴주어요.

천둥이 그대에게

장미의 귀환을 알려주었으니!

바람이여, 이제 가지들을 흔들어,

춤을 추게 하세요!

일찍이 그대가 합일 위로

불던 때를 기억하세요!

행복감에 젖어 있는

저 나무들을 눈여겨보세요.

그들은 즐거워하건만, 제비꽃이여, 그대는 어찌

고개를 숙이고 수심에 차 있나요?

백합이 꽃봉오리에게 말했어요.

"그대가 그대의 눈을 닫을지언정,

일단 그대의 눈이 열리기만 하면,

그대의 행복감은 점점 더 커질 거라오."[76)]

뤼케르트의 《젤랄렛딘-서정시》Dschelaleddin-Ghazelen를 영어로 옮긴

윌리엄 해스티는 자신의 명시선집(1903)을 《봄의 축제》The Festival of Spring라고 불렀는데, 그것은 당연한 일이었다. 또한 봄은 인생의 모델이기도 하다.

> 세계의 활동은 이런 식으로 이루어진다. 그대는 평화롭고 따스한 봄을 느끼지 못하는가? 봄은 처음에는 조금 다사롭다가 차츰 따사로워진다. 나무들이 얼마나 느리게 움직이는지 살펴보라. 처음에는 엷은 미소를 내비치다가 차츰 잎사귀와 꽃을 조금씩 내보이고, 그 다음에는 수도승과 수피처럼 전부를 드러내 보일 것이며, 종국에는 자기가 가진 모든 것을 내어줄 것이다.[77]

일생동안 루미는 기지개를 켜는 봄에게 흠뻑 매료되어 살았다. 온 도시가 갑자기 야생 올리브 향기로 채워지고 신록으로 뒤덮일 즈음, 콘야에서 봄날을 하루라도 체험해본 사람이라면, 루미의 시가 여느 페르시아 시인이 진부하게 묘사한 봄의 시와는 거리가 멀다는 것을 알게 될 것이다.

젤랄렛딘에게는 신비스러운 영감이 끊이질 않았다. 그의 생애에 위대하고 신비스러운 사랑의 과정이 세 차례나 반복되었다. 샴스를 만나 엄청난 열정을 경험한 후, 금 세공사와 교제하면서 정화의 시기가 이어진다. 그런 다음 활은 다시 지면 쪽으로 가라앉는다. 남은 인생 15년 간 마울라나의 마음은 나이 어린 벗 후사멧딘에게 기운다. 신비가들이 일컫는 것처럼, '하강하는 활' 위에서 마울라나는 최고의 신비가가 되어, 제자들에게 자신의 지식을 전수한다.

후사멧딘 이븐 하산 아치 투르크는 콘야의 중산층에 속했다. 그의 아버지는 아치 조합의 조합원이었을 것이다. 아치 조합은 존경받는 수공업자들과 상인들로 이루어진 종교 결사結社였다. 이들 수공업자들과 상인들은 조합과 여행자들의 안녕에 관심을 두었다. 마울라나는 후사멧딘을 오래 전부터 알고 있었다. 샴스도 금욕적이고 부지런하며 상냥한 그 청년을 아꼈다. 왜냐하면 후사멧딘은 훌륭한 행실을 지시하는 규정들을 완전히 숙달하고 있었기 때문이다. 마울라나가 조직한 동아리의 일원이 된 그는 스승에게 부탁하기를, 제자들이 사나이와 아타르의 작품에만 의지하지 않도록 스승의 지혜를 받아 적게 해달라고 한다. 마울라나는 즉시 저 유명한 18행의 시를 읊었다고 한다. 그 시는 「갈대 피리의 탄식」을 풀이한 것이다.

> 들어 보라, 피리가 어떻게 이야기하는지,
> 이별의 슬픔에 괴로워 탄식하는 소리를.
> "사람들이 나를 갈대밭에서 자른 뒤로,
> 온 세상이 나의 탄식 소리에 흐느껴 운다오."···.[78]

이리하여 「갈대 피리의 노래」는 《정신적인 마스나비》로 알려진 교훈시의 서시가 된다. 모든 피조물, 사랑하는 이들, 예언자들 그리고 성인들이 임의 곁에서 황홀해 하는 모습을 보고, 샴스를 기리기 위해 루미가 쓴 찬가들 가운데에서 가장 열렬한 찬가에는

부인하는 자가 사랑의 대기 속에서 구걸하더라도
후사멧딘이여, 그대만은 이 사랑의 왕이 누린 영광을 기록해다오.[79]

라는 글귀가 등장한다. 그것으로 보아 후사멧딘은 처음부터 이들 모임에 참여한 것으로 보인다. 《마스나비》는 작고한 샴스엣딘을 기린 것으로 여겨졌다. 왜냐하면 마울라나는 어린 벗 후사멧딘에게 지야 울-하크Ziyā ul-Ḥaqq 곧, '진리의 빛'이란 뜻의 별호를 붙여주었기 때문이다. 루미의 설명에 의하면 지야는 태양에서 유래한 것, 이른바 햇빛을 의미한다.[80] 위대한 교훈시는 11음절의 단순한 운율로 쓰였다. 신비 시인들과 종교 시인들이 이 형식을 수세기 동안 사용했다. 그렇게 함으로써 그들은 자신들의 작품 속에 **마스나비**를 손쉽게 접목시킬 수 있었다. 단조로운 운율에도 이야기들과 대화들이 어찌나 신선하고 생생한지 그저 놀라울 따름이다.

흔히들 살라헷딘이 죽은 뒤에야 후사멧딘이 루미의 인생에 들어왔다고 말하지만, 그것은 정확하지 않다. 왜냐하면 후사멧딘은 1240년대 중반부터 루미에게 알려져 있었기 때문이다. 1256년 11월 25일로 날짜가 적혀 있는 장시長詩 한 편에서 루미는 몽골 사람들이 콘야를 침략하는 것과 관련된 특별한 환상을 이야기

하는데, 이 시는 샴스엣딘이나 금 세공사 살라헷딘이 아니라 후사멧딘이라는 이름을 지은이로 달고 있다.[81] 《마스나비》 제1권에는 압바스 왕조의 왕을 풍자하는 대목이 나오는데, 이는 그 1권이 바그다드가 함락되던 해인 1258년 이전에 씌어졌음을 암시한다. 제1권의 서두에는 샴스의 참된 인품에 대하여 대화를 나누는 대목이 나오는데, 이 대목에서 후사멧딘은 호기심이 넘치고 미숙하지만 다정하고 사랑스러운 제자로 등장한다. 제2권의 서두에 이르러서야 후사멧딘은 진정한 영감을 주는 사람으로 등장한다. 제2권의 서문에는 662/1263이라는 날짜가 적혀 있다. 그 서문에서 마울라나는 상당히 오랫동안 영감이 떠오르지 않는다고 탄식한다. 살라헷딘이 1258년 말에 죽고, 곧이어 후사멧딘이 부인을 잃었으니, '메마른' 시기는 1258년부터 1262년까지 계속되었을 것이다. 1262년, 후사멧딘은 마울라나의 대리인이자 잠정적인 후계자로 불렸으며, 제2권의 서두에서 제6권에 이르기까지 끊임없이 새롭게 등장하는 《마스나비》의 목적'[82]이 된다.

> 어서 오라, 후사멧딘, 그대 진리의 빛이여,
> 그대 없이는 초원의 풀이 자라지 않는구나![83]

이 제자는 마울라나가 사원을 찾든 목욕탕엘 가든 소용돌이 춤을 추든 간에 스승이 가는 곳이면 어디든지 따라다니면서 스승의 입에서 흘러나오는 시를 받아 적었다. 그런 다음 그는 이 시들을 스승 앞에서 다시 한 번 낭독했다. 완성된 시는 제자들에게 분배되었다. 이 받아쓰기는 마울라나가 임종하는 달까지 계속되었다. 제6권은 이렇다 할 종결이 없으며, 이야기의 매듭이 지어지지 않은 채로 남아 있다.

아타르의 신비적인 서사시가 그러하듯이, 《마스나비》도 체계적으로 구성된 작품이 아니다. 시구가 서로 미끄러지고, 시상詩想은 시어가 일으키는 연상으로 인해 곁길로 빠졌다가 다시 돌아오거나, 트집 잡는 청중에 의해 끊기기도 한다.

> 바른 길에서 멀리 벗어났으니,
> 오 스승이시여, 돌아갑시다! 우리의 오솔길은 어디에 있나요?
> 우리가 이야기를 나눌 때마다 사람들의 질투가 가득하건만,
> 당신의 나귀는 절름거리고, 쉼터는 아득하기만 합니다![84]

그리고 이미 사용된 시의 소재가 각기 다른 출전에서 인용되기도 한다. 대다수의 시구는 꾸란의 경구와 예언자 전승을 넌지시 암시한다. 이슬람교 신비주의의 전통을 떠올리기도 하고, 그리스와 인도, 페르시아와 터키의 이야기들을 따오기도 한다. 민담과 성인들의 이야기는 물론이고 루미가 거침없이 말하는 음담淫談까지도 교화敎化에 이바지한다. 그는 사나이의 것으로 추정되는 시구를 인용하여 아래와 같이 말한다.

내가 말하는 음담은 음담이 아니다.

그것은 가르침일 뿐이다.[85)]

때로는 자유의지라든가 예정豫定과 같은 문제를 다루기도 하고,
때로는 사랑과 기도의 심오한 신비를 다루기도 하며, 한 경험의
영역에서 다른 경험의 영역으로 슬쩍 넘어가기도 한다. 서양의
독자들이 《마스나비》를 이해하는 데 어려움을 겪는 것은 이러한
다층성 때문이다. 흔히들 《마스나비》를 수천 가닥의 실로 비비꼬
인 밧줄에 비유하는데, 이는 타당한 비유라고 하겠다. 혹자는 개
개의 이야기들을 발췌하여, 그것들의 신비적인 의미를 무시한 채
재미있게 읽히는 단편소설이나 옛이야기 모음집으로 출판할 수
도 있을 것이다. 혹자는 개개의 시구에서 깊고 오묘한 지혜를 찾
아낼 수도 있을 것이다.

　자미는 《마스나비》를 일컬어 "페르시아어로 된 꾸란"이라고
불렀다. 이 책은 1251년 콘야에 설립된 메드레제의 천장과 어깨
를 견줄 정도라고 하겠다. 젤랄렛딘 카라타이 장관이 이 대학을
짓게 했는데, 그는 마울라나의 벗이었다. 정방형의 작은 중앙공
간에 이르면, 소위 '터키 삼각형'이 눈에 들어오는데, 청색의 바
닥에서 천장의 하부로 이어지는 그 삼각형에는 마호메트, 초창기
에 활동한 네 명의 왕 그리고 꾸란에서 언급하는 몇몇 예언자의
이름이 고대 아라비아 문자로 적혀 있다. 그리고 천장에는 꾸란
의 경구가 대단히 복잡한 필체로 꾸며져 있다. 터키 삼각형에서

천장의 정점까지는 모서리가 많은 크고 작은 별들이 매달려 있으며, 이 별들은 대단히 정교하게 짜 맞추어져 있다. 천장의 정점은 활짝 개방되어 있어서, 밤이면 누구나 진짜 별들을 볼 수 있다. 그리고 이 별들은 공간의 중앙에 설치된 작은 대야에도 비친다.

《마스나비》도 이와 같다. 하나님의 말씀을 묵상하는 일 - 그것은 이슬람교의 확고한 토대다 - 과 더불어 시작하는 《마스나비》는 독자를 이끌어, 정교하게 엮어진 수천 편의 비유 속에서 숨은 진실을 찾아내게 한다. 궁극적인 비밀을 공개적으로 드러내는 것은 금지되어 있었다. 《마스나비》는 서두에서 다음과 같이 말한다.

> 아무도 벗의 비밀을 드러내서는 안 된다.
> 그대는 이야기의 참뜻에 귀를 기울여라!
> 지난날의 전설과 이야기 속에서
> 벗의 비밀은 더 잘 드러나느니![86]

위의 시구는 거의 격언이 되어버렸다. 마울라나는 자신이 하고 있는 시작詩作의 가치를 잘 알고 있었던 것 같다. 《마스나비》는 '통일성의 가게'였다.[87] 만일 그가 자신의 생각을 전부 털어놓았다면, 마흔 마리의 낙타라도 책의 무게를 감당하지 못했을 것이다.[88] 당시의 교양 있는 사람들은 그가 고매한 이론서를 쓰지 않았다는 사실에 여러 번 놀랐다. 그는 제3권에서 이렇게 말한다.

한 뚱뚱한 열간이가 욕쟁이 여인처럼 갑자기

마구간 밖으로 머리를 내밀고 말했다.

"이것-마스나비-은 천한 말이다.

이것은 예언자와 그를 따르는 제자들의 이야기일 뿐이다.

성인聖人들이라면 말馬의 머리를 논쟁과 고차원의 신비 쪽으로

　돌렸을 테지만,

이것은 그러한 것들에 대해 전혀 언급하지 않는다…"[89]

우리는 루미의 《마스나비》 각 권에서 관심사가 바뀌는 것을 알아챌 수 있다. 1260년대 중반에 나왔을 3권과 4권에서는 서정적으로 이야기하는 서두에 이어 보다 이론적인 설명들이 뒤를 잇는다. 이 시기에 루미는 철학적인 가르침들과 보다 집중적으로 씨름했던 것으로 보인다. 그는 영혼이 피조물의 다양한 단계를 거치면서 부단히 발전한다는 사상을 다양한 변주로 되풀이한다. 뤼케르트가 가장 먼저 독일어로 번역한 저 유명한 시를 읽어보자.

보라, 나는 돌이었다가 죽어서 식물로 피어났고,

식물이었다가 죽어서 동물의 길을 걸었고,

동물이었다가 죽어서 사람이 되었다. 죽음마저도

나를 끌어내리지 못했거늘, 내가 무엇을 두려워하랴!

내가 사람이었다가 죽으면,

내게 천사의 날개가 주어질 것이고,

내가 천사였다가 죽으면,

내 알지 못하는 무엇 곧, 하나님의 숨이 되리라![90]

이러한 사상은 음식으로 요리되어 인간 존재에 참여하는 콩 이야기에서도 드러난다.[91] 존재의 각 단계에서 이루어지는 자기희생은 보다 높은 발전의 전제조건이다.

《마스나비》가 구술되던 시기에 아나톨리아의 정국은 한층 악화되었다. 당시에 콘야와 시바스 북부에 웅장한 건물들이 세워지긴 했지만, 이것들이 왕국의 몰락을 감추지는 못했다. 루미의 서신들은 콘야의 주민을 불안에 떨게 한 군인들의 약탈과 불쾌한 사건들을 다루고 있다. 약삭빠른 정치인들은 나라를 버리고 시리아나 이집트로 도주했다. 왜냐하면 이제 막 권좌에 오른, 이집트 맘루켄 왕조의 바이바르스 왕이 1260년 아인 잘루트에서 최초로 몽골 사람들의 발을 묶고 승리를 거머쥔 다음 시리아를 합병했기 때문이다. 하지만 북동 지역의 몽골 사람들은 전보다 더 강대해졌고, 셀주크 왕국은 붕괴하고 말았다. 루미도 탈진했다. 그는 오솔길의 모든 단계를 체험했고, 불타는 사랑의 도취, 절망적인 그리움, 정신적인 합일을 경험했으며, 30년간 경험한 것을 6만여 구의 시로 토해냈다. 그는 지쳤다. 의사들은 1273년 가을에 그에게 덮친 병을 제대로 진단하지 못했다. 제자들이 방방곡곡에서 콘야로 모여들었다. 그가 1273년 12월 17일 저녁에 이 세상을 하직하자, 모든 종교 단체가 그의 장례식에 참석하여 저마다 나름의 의식을 거행하면서 그를 기려 이렇게 노래했다. "그는 우리의 예수, 우리의 모세였다." 환희의 춤이 몇 시간이고 이어졌다. 그의 관 위에는 아래와 같은 글귀가 씌어졌다.

> 흙먼지 같은 내게서 밀이 싹트면,
> 그대는 그것으로 빵을 굽고, 술기운은 후끈 달아오르리라!
> 반죽과 빵 굽는 이는 잔뜩 신들릴 것이고,
> 오븐은 얼큰한 시를 노래하리라.
> 그대가 나의 무덤을 찾으면,
> 용마루는 춤추는 것처럼 보이리라…
> 북鼓이 없으면 내 무덤을 찾지 말라,
> 하나님의 잔치에는 근심일랑 어울리지 않으니…
> 나는 술에 취한 사람, 사랑의 포도주는 나의 근원.
> 취하는 것 외에 내게서 무엇이 나오겠느냐?[92]

전하는 바에 의하면, 루미의 암고양이가 음식을 거부하고 일주일 후에 죽자, 딸이 그 고양이를 아버지 곁에 묻어주었다고 한다. 루미는 자신의 시에서 말 없는 피조물을 일컬어 인간이 본받아야 할 모범이라고 말하지 않았던가.

후사멧딘이 제자들의 모임을 이끌었다. 고분고분한 아들로서 언젠가 아버지의 첫 번째 벗을 시리아에서 모셔왔고, 아버지의 두 번째 벗에게 사위와 제자의 자격으로 몸을 의탁했던 술탄 왈라드는 아버지의 세 번째 벗도 어른으로 모셨다. 1283년 후사 멧딘이 죽고, '고아가 된' 뒤에야 비로소 그는 제자들의 모임을 이끌었다. 그는 제자 집단을 진정한 교단으로 조직하고, 춤 의식儀式을 제정했다. 그는 아버지의 인생에 대한 많은 것을 페르시아 시로 설명하고, 터키 시로는 아버지의 사상을 널리 퍼뜨리고자 애썼다.

마울라나는 언젠가 샴스엣딘에게 이렇게 말했다.

> 임이여, 잠시만이라도 우리 집으로 들어오세요!
> 우리의 혼에 잠시만이라도 생기를 부어주어요!
> 한밤중에 밝은 해가 빛나는 것을
> 하늘이 잠시만이라도 볼 수 있도록,
> 사랑의 빛이 콘야에서 비치어
> 사마르칸트와 부하라에 이르도록…![93]

샴스엣딘과 마울라나의 우연한 만남으로 점화된 불꽃이 지금도 여전히 콘야 곧, 루미의 무덤을 뒤덮고 있는 '갈매 빛 둥근 지붕'에서 온 세계 위로 빛을 발하고 있다.

2

경험의 거울에서 떨어진 먼지
: 시인 루미

"오 고귀한 마울라나"(야 하즈레티 메블라나Ya Hazret-i Mevlâna).
메블레비 수도승 무하마드 제키 알메블레비Muhammad Zeki alMevlevi의 글씨(1292년)

2. 경험의 거울에서 떨어진 먼지 : 시인 루미

페르시아어로 신비적인 시를 쓴 사람 가운데 그 언어를 가장 탁월하게 구사한 사람이 루미라는 것은 틀림없는 사실이다. 그는 전통적인 시학과 수사학에 정통했다. 하지만 그는 언뜻 보면 전혀 눈에 띄지 않을 정도로 그것들을 무의식적으로 사용하고 자기의 열정적인 시에 접목하는 것처럼 보인다. 그의 어법은 신비적인 교훈시를 쓴 두 명의 선구자 곧, 사나이와 아타르의 영향을 받았다. 루미는 무엇보다도 사나이의 견실한 말을 자주 인용했으며, 사나이가 즐겨 사용한 이미지 가운데 일부도 자주 인용했다. 하지만 루미는 아버지 바하엣딘 왈라드가 쓴 비망록의 영향을 받아 시어와 이미지를 고르기도 한다. 힘차고 다채로우며 종종 충격을 주기도 하는 이 비망록은 루미의 눈을 열어주어 도처에서 하나님의 현현을 보게 했다.

그러나 루미의 저작에 가장 깊은 영감을 준 것은 꾸란이었다. 자미가 《마스나비》를 일컬어 "페르시아어로 된 꾸란"이라고 부른 것은 당연한 일이었다. 자미는 루미의 아들 술탄 왈라드가 주장한 관점을 따른다.

> 하나님의 벗들이 지은 시는 모두 꾸란의 비밀을 풀이한 것이다. 그것은 하나님을 통해서 생성된 것들이기 때문이다.[1]

술탄 왈라드의 말은 그 시들이 하나님의 언어에 관여하고 있다는 뜻이다. 루미는 경전 말씀을 자주 언급하며, 《피히 마 피히》에서 자신의 경전 이해를 이렇게 제시한다.

> 경전은 양면兩面 비단이다. 어떤 이는 한 쪽 면을 좋아하고, 어떤 이는 다른 면을 좋아한다. 하지만 양쪽 다 참되고 바르다. 왜냐하면 고귀하신 하나님께서는 한 여인이 남편과 젖먹이를 데리고 있는 것과 똑같은 방식으로 두 기질의 사람들이 양분을 취하기를 바라시기 때문이다. 남편과 젖먹이는 저마다 다른 식으로 그 여인을 좋아한다. 젖먹이는 젖가슴과 모유를 좋아하고, 남편은 잠자고 입 맞추고 껴안는 것을 좋아한다. 젖먹이는 오솔길 위에 있는 자들이다. 그들은 꾸란의 글자 뜻 그대로를 좋아한다. 반면에 성숙과 완전에 도달한 자들은 다른 것을 향유하고, 꾸란의

속뜻을 다른 식으로 이해한다.²⁾

중세 신학자들은 꾸란을 깊이 아는 것은 물론이고 예언자의 전승들hadīth을 아는 것도 중시했다. 루미는 예언자의 전승들을 풍부하게 엮어 짰으며, 때로는 기발하게 해석하기도 했다.

배운 사람이 아라비아의 고전적인 시를 아는 것은 자신을 아는 것으로 통했다. 마울라나의 저작 속에는 그러한 전승에서 따온 것이 다양하게 들어 있다. 그는 아불 파라지 알 이스파하니(967년 사망)의 《시가서》Kitāb al aghānī는 물론이고 아부 누와스(814년 사망)의 《주연가》酒宴歌와 마카멘 하리리(1122년 사망)의 번뜩이는 단어장식도 알고 있었다. 그가 좋아한 시인은 무타나비(965년 사망)였으며, 무타나비는 화려한 송시頌詩의 대가였다. 루미는 무타나비를 남달리 편애했고, 샴스엣딘은 그런 루미에게서 무타나비에 대한 사랑을 노골적으로 없애고자 애썼다. 그럼에도 루미는 《디반》Diwan에서 무타나비의 시구를 몇 차례 인용하면서 그러한 편애를 드러내 보인다. 아랍어로 쓴 루미의 시는 단순하고 거의 노래 같다. 아랍어로 쓴 그의 산문은 대개 신학자 풍으로 되어 있다.

또한 루미는 동물우화들도 읽었다. 인도에서 처음 비롯되어 아랍-페르시아어 권에서 《칼릴라 와 딤나》Kalīla wa Dimna로 알려진 이 우화들은 전 세계의 우화작가들이 소재를 공급한 것이었다. 이 우화들은 라퐁텐에게까지 전해진다. 하지만 루미는 이러한 우화문학이 외적인 사실들을 언급한 것에 불과하다고 말한다. 그는 자신의 작품에 사용하기 위해 동물우화 한 편을 개작하면서 이렇게 말한다.

> 그대들은 《칼릴라》에서 그 이야기를 읽었을 것이다. 하지만 그것은 이야기를 싸는 보자기에 불과하다. 내가 개작한 이것이야말로 영혼의 알속이다.[3]

페르시아 문화권에서 자란 사람이라면 누구나 페르시아의 민족서사시 즉, 피르도시가 지은《샤흐나메》Schāhnāme를 당연히 알고 있었다. 하지만 마울라나는 당시의 시인들과 달리《샤흐나메》를 좀처럼 언급하지 않는다. 오히려 그는 자신의 서정시에서 구르가니의《비스 우 라민》Wīs u Ramīn이나《바미크와 아즈라》Wāmiq und ʼAzrā는 물론이고, 니자미(1209년 사망)가 전설을 개작하여 쓴《라일라와 마즈눈》Laila und Madschnun 내지는《코스라우와 쉬린》Khosrau und Schirin 등의 낭만적인 연애소설을 언급한다. 그는 '사로잡힌 자'란 뜻의 마즈눈을 남달리 좋아했다. 그에게 마즈눈은 그의 지적 능력을 앗아간 연인의 모델이었다. 마울라나는 차카니(1199년 사망)의 시문도 잘 알고 있었다. 차카니는 페르시아의《카시다》Qaṣīda 즉, 대단히 복잡한 송시와 서술의 대가였다. 그는 코카서스 산맥 출신이었다. 마울라나의 가젤에는 이 시인의 대담한 이미지와 유사한 것들이 종종 등장한다.

루미는 수피즘을 다룬 고전적인 안내서들도 공부했다. 이 안내서들에는 쿠샤이리(1074년 사망)의 《수피즘에 대하여》Risāla와 이맘 가잘리(1111년 사망)의 《종교학의 진흥》Iḥyā' 'ulum ad-dīn 등이 있다. 그는 자신이 지은 교훈시의 여러 대목에서 이같이 율법에 충실한 신비주의 안내서의 논지를 따르는 것처럼 보인다. 그는 자신과 동시대 사람이자 손윗사람이었던 이븐 알-파리드(1235년 사망)의 「포도주-송시」를 알고 있었을 것이다. 왜냐하면 그의 시 가운데 상당수가 이 시를 페르시아어로 의역한 것처럼 보이기 때문이다. 루미는 자신이 시의 소재로 인용한 각기 다른 전승들에 대해 전혀 입을 열지 않지만, 혹자는 그가 쓰는 어법의 수많은 출전을 찾아낼 수도 있을 것이다. 그가 자신에 대하여 아래와 같이 말한 것은 전적으로 타당하다.

> 전에는 연인들의 전설을 주야로 읽었지만,
> 이제는 내가 그대의 사랑으로 인해 전설이 되었구나![4]

그는 샴스를 만난 뒤부터 완전히 바뀌었다. 말년에 그는 《디반》에 실린 열정적인 시구들을 회상하고, 방문자들에게 낭송하곤 했는데, 그만큼 그의 변모는 대단했던 것으로 보인다. 터키어로 운을 맞춘 한 편의 시에서 그는 아래와 같이 말한다.

> 나는 어디에 있으며 시는 어디에 있는가?

그것은 내 속에서 끊임없이 숨 쉬고 있다.

저 터키 사람, 저 한 사람이 내게로 와서

"그대는 누구인가?"라고 묻는다.[5]

그는 계속해서 말한다.

이 벗들이 나를 찾을 때마다, 나는 그들이 지루할까봐 시를 읊어주고, 그들로 하여금 시에 푹 빠지게 한다. 시를 읊어주는 일 외에 달리 무슨 일을 하랴? 하지만 나는 하나님과 함께 있을 때에는 시를 짓지 않는다. 내가 보기에는 하나님과 함께 있으면서 시를 짓는 것만큼 나쁜 것도 없는 것 같다. 이는 마치 어떤 사람이 내장 속으로 손을 집어넣고 씻는 것과 같다. 손님이 내장을 먹고 싶어 한다면, 그는 그렇게 해야 할 것이다.

사람들은 각 도시에 어떤 물품이 필요한지, 도시의 주민들이 어떤 상품을 사고 싶어 하는지 곰곰이 생각한다. 혹자는 다소 질이 떨어지는 상품을 사고팔고, 혹자는 양질의 상품을 지니고 있다. 나는 많은 학문을 쌓았다. 나를 찾아오는 학자들과 연구자들, 교양인들과 사상가들에게 훌륭하고 기이하며 값진 것을 주기 위해 많은 노력을 기울였다. 고귀하신 하나님께서도 내가 그렇게 하기를 원하셨다. 그분께서는 내가 이 일에 몰두하도록 이 모든 학문과 이 모든 노력을 한데 모으셨다―내가 무엇을 할 수 있으랴? 나의 조국과 나의 동포들은 시를 짓는 것을 창피스럽게 여긴다. 만일 내가 조국에서 살았다면, 자연과 조화를 이루며 살았을 것이고, 강의하고 책을 쓰고 설교하고 훈계하고 금욕하고 바깥일에 주의를 기울이는 것과 마찬가지로 자연이 원하는 것을 실천했을 것이다…⁶⁾

후세 사람들은 루미가 고향 발흐에서 수많은 신학자들 가운데 한 사람으로 살아가는 모습을 상상도 할 수 없을 것이다! 그가 당시에 이룬 문학적 성취로 보건대 그의 말은 기이하게 들린다. 그가 '시작'詩作을 비판한 것은 꾸란의 경구를 염두에 두었기 때문일 것이다. 꾸란은 시인들을 가리켜 **'말만 앞세우고 실천은 하지 않는'**(Sura 26/226) 자들이라고 공격했다. 시를 '음란한 것'으로 여겨 혐오하는 이슬람 정통파의 태도는 방금 언급한 구절에서 연유한다. 왜냐하면 포도주를 즐기는 것과 음란한 사랑은 꾸란이 금하는 것 가운데 하나였기 때문이다. 바로 그러한 것들이 아라비아 시와 페르시아 시 그리고 터키 시의 주제를 형성했던 것이다. 마울라나는 그 점을 알고 있었다. 그는 다른 자리에서 이렇게 말하기도 한다.

한때 내게는 시를 짓지 않으면 안 될 엄청난 충동이 있었다.⁷⁾

이 충동은 시간이 지나면서 다소 약화되었다. 시에 대한 그의 비판은 일시적인 기분 저하에서 이루어졌을 것이다. 그럼에도 그는 자신의 시가 불멸하리라는 것을 알고 있었다.

> 이 시는 백 년이 지나면
> 요셉의 아름다움처럼 밤새 이야기될 것이다![8]

마울라나를 시인으로 만든 사람은 샴스 곧, '저 터키 사람, 저 한 사람'이었다. 그는 샴스를 통해서만 영감을 얻었다.

> 그대의 말이 없으면 내 영혼은 귀를 잃어버리고
> 그대의 귀가 없으면 내 영혼은 혀를 잃어버린다![9]

샴스를 그리워하는 마음 때문에 그의 머리카락마저 한 올 한 올 시가 된 것처럼 보인다.[10]

> 내가 시를 읊지 않으면
> 그가 내게 입을 연다![11]

이 표현은 시적인 영감의 문제를 건드린 것이지만, 신비 체험과 말들의 관계를 건드린 것이기도 하다. 신비 체험과 말의 관계는 모든 신비가가 맞닥뜨리는 중요한 문제다. 신비가는 모든 감상적인 경험을 넘어서 몸소 체험한 것을 말로 나타내고 싶어 하지만, 기껏해야 어렴풋하게 근접하고자 시도할 수 있을 따름이다. 《마스나비》에서 루미는 이와 관련하여 자주 인용되는 시구를 말한다.

> 내가 운해(韻)을 생각하면, 임은 이렇게 말한다.
> "내 얼굴 외에는 아무것도 생각하지 마세요!"[12]

왜냐하면 임을 생각하지 않고서는 신비가는 입을 다물 수밖에 없기 때문이다. 신비가는 벗이 자신을 취하게 할 때에만 입을 열 수 있다.

> 내가 4행시를 읊자, 그가 말했다, "그게 아니에요! 더 나은 게 있어요!"라고.
> 그렇다면 먼저 고르고 고른 포도주를 내게 주셔요![13]

루미는 자신에게 시의 신비를 보여준 샴스엣딘을 사랑하던 시기에 그렇게 노래했다.[14] 신비가는 신성한 연인의 음성을 메아리치는 시나이 산과 같고, 모방자는 희미한 메아리만을 만들어내는 벽과 같기 때문이다.[15] 그리하여 모방자는 신비가의 음성이나 신비가의 숨결을 그리워한다. 왜냐하면 피리는 연주자의 입술에 닿을 때에만 소리를 낼 수 있기 때문이다. 그러한 '접촉'에서 태어난 시만이 죽지 않고 살아남는다.

> 백 년이 지나도

사람들이 노래할 시를 읊어주오.
하나님이 짜신 비단은
영원히 썩지 않는 법이니.[16]

그리움에서 싹튼 루미의 생생한 창작의 비결은 가장 아름다운 시행으로 표현되었을 것이다. 이 시들은 연인이 실종된 뒤에 읊어졌을 것이다.

아주 오래 전에 보았던 달은 그이의 얼굴,
시와 가젤은 그이의 향기.
향기는 바라봄을
믿지 않는 이에게 보내는 관심.[17]

오래 전에 잎이 졌어도 장미수薔薇水는 장미 향기를 지닌다. 이와 마찬가지로 마울라나는 언어의 마법을 부려 실종된 벗을 시의 '향기' 속에 붙잡아두고자 시도했다. 만일 그가 벗을 바라보는 것을 즐겼더라면, 그는 시를 쓰지 않았을 것이다.[18] 장미를 앞에 둔 사람이 무엇 때문에 장미유薔薇油를 필요로 하겠는가? 시는 이별에서 싹튼다. 합일이 이루어지는 곳에서 언어는 죽게 마련이다. 달콤한 꿈이었을지언정 합일을 경험한 뒤에 마울라나는 적절한 말을 찾을 수 없었다.

저 달이 그이의 얼굴을 내 얼굴 위에 올려놓았고,

그날 이후로 나는 사전을 뒤적거린다.[19]

우리는 마울라나가 섬세한 표현과 운韻이 떠오르지 않아 짜증내는 모습을 여러 차례 본다. 그는 시를 정확한 운율에 따라 낭송하는 데 꼭 필요한 아랍어 표현이 떠오르지 않자 아래와 같이 말한다.

내 마음이 궁지에 빠졌다![20]

그는 연인의 영감이 부족할 때마다 자신이 지은 시를 낡은 손수건처럼 찢어버렸을지도 모른다.[21] 게다가 아이의 탄생을 축하하는 잔치음식'aṣīda이 마련되어 있는데,[22] 다시 말해서 정신적인 탄생을 축하하는 천상의 음식이 기다리고 있는데, 송시qaṣīda가 무슨 소용이 있겠는가?

여느 신비가와 마찬가지로 루미도 예언자의 두 마디 진술 곧, '**하나님을 아는 자는 벙어리가 된다.**'와 '**하나님을 아는 자는 말이 많다.**' 사이에서 끊임없이 서성거린다. 끊임없이 침묵하리라 다짐하면서도 신비주의에 관한 방대한 논문을 쓴 여느 신비가들처럼, 루미도 문자와 숨결과 운율이 낯선 것임을 알면서도[23] 영감이 떠오를 때마다 끊임없이 새로운 시를 노래했다. 그는 수많은 가젤의 끄트머리에서 "침묵하라!"고 외친다. 혹자는 이 외침을 그의 이름으로 여길지도 모르겠다.

> 그대에게 말을 거시고,
> 문과 자물쇠를 만드시고, 열쇠도 만드신
> 주님이 이제 말씀하시니,
> 그대 침묵하라![24]

그는 반쯤 농담 섞인 어조로 아래와 같이 말하기도 한다.

> 잠잠하여라, 잠잠하여라! 그대는
> 물장수의 말馬보다 천하지 않으니.
> 상인도 말을 보면,
> 말의 목에서 방울을 떼어내더라![25]

마울라나는 침묵이 대양과 같으며, '언어'의 물결이 그 대양에서 비롯된다는 것을 잘 알고 있었다.[26] 그는 이렇게 확신한다.

> 우리가 이 세상에서 하는 말은 온통 허점투성이다.
> 허점이 없는 말은 저 세상에서 온다.[27]

마울라나는 사랑의 잔치에 사로잡혀 '나는 너희의 주가 아니더냐?'(Sura 7/171)라고 하시는 하나님의 말씀에 사로잡혀 때로는 말하고 때로는 침묵했다.[28] 말은 드러내기도 하고 감추기도 한다. 태양을 마주 바라보려면 베일과 유색 안경이 필요하듯이, 하나님의 눈부신 아름다움과 장엄함도 자신의 적나라한 광채를 가려주어 그 광채를 볼 수 있게 하는 상징과 말을 필요로 한다. 불이 더운 물에 미치는 영향을 알고 물을 매개로 하여 불을 즐기는 사람은 있어도, 활활 타오르는 불꽃 속으로 뛰어들 사람은 없을 것이다.[29]

그런 이유로 마울라나는 말과 그 이면에 숨어 있는 속뜻 사이의 관계에 대하여 자주 숙고하였다. 보통 사람은 아이처럼 장난감을 필요로 하고, 그것으로 자기의 힘을 길러 이후의 삶을 대비하게 마련이다. 하지만 그는 아직도 학교에서 책을 읽는 학생일 뿐이다. 반면에 사랑이 무르익은 사람은 장난감과 책을 더 이상 필요로 하지 않는다. 보통의 독자에게 상징과 은유와 '지난날의 옛이야기'가 필요한 것은 그 때문이다.[30]

직유는 일치와는 다르다. 영지주의자는 이완과 행복과 축제와 완화가 '봄'과 같고, '수축'과 근심은 '가을'과 같다고 말한다. 도대체 축제와 봄 사이에 무슨 유사성이 있으며, 근심과 가을 사이에 무슨 유사성이 있단 말인가? 하지만 이것은 직유일 뿐이다. 이 직유가 없으면, 지성은 참된 의미를 이해하지 못한다.[31]

오감은 깊은 속뜻을 담는 그릇과 같다. 물이 너무 많으면 약한 그릇은 깨질 수도 있다. 때문에 현자는 자기가 듣는 만큼만 말해야 한다. 루미도 연륜이 쌓이면서 그렇게 되었다.

말은 사람의 이해력에 맞게 다가온다. 우리의 말은 물을 맡아 관리하는 사람이 흘려보내는 물과 같다. 그 관리인이 물을 어느 밭으로 흘려보낼지, 이를테면 오이 밭으로 흘려보낼지, 배추 밭으로 흘려보낼지, 양파 밭으로 흘려보낼지, 아니면 장미울타리로 흘려보낼지 물이 어찌 알겠는가? 나는 그것을 알 수 있다. 물이 흘러넘치면 땅이 매우 메말라 있다는 뜻이고, 물의 양이 적으면 땅이 작다는 뜻이다. 하나님께서는 듣는 이의 열망에 맞게 설교자의 입술을 통해 지혜를 심으신다.[32]

다른 자리에서 그는 약장수가 설탕을 배분하는 과정에 대해 언급한다. 약장수는 보통의 환자에게는 수요가 많은 약재의 소량만을 종이에 꼼꼼히 싸서 주지만, 큰 자루를 가지고 있거나 큰 무리의 대상隊商을 거느린 사람에게는 많은 양의 설탕을 배분한다.[33]

이와 같은 진술은 마울라나의 경우 《마스나비》의 저술에 해당된다. 그는 《마스나비》에서 광범위한 청중을 대상으로 자신의 경험들을 설명한다. 하지만 《디반》은 완전히 개인적이고 거의 소통될 수 없는 경험들을 표현한 것이다.

루미가 《마스나비》의 마지막 쪽에서 말하는 것처럼, 말은 안이 깊은 냄비와 같다.

혀는 냄비의 뚜껑과 같다.
혀가 움직이는 것만 보고도, 그대는 속에서 무엇이 끓고 있는지 알 수 있다.

영리한 사람은 김만 보고도

달콤한 음식인지 시큼한 죽인지 알아채기 때문이다.[34]

우리는 사람들이 자신에 대하여 표현하는 말과 목소리만으로도 그들의 성격을 알 수 있다. 이는 마치 도공이 도자기의 소리만 듣고도 도자기가 온전한 상태인지, 아니면 보이지 않게 금이 간 상태인지를 알아채는 것과 같다.[35] 생각이 표출되지 않는 한, 신자이건 불신자이건 다투지 않고 다함께 한자리에 앉아 있을 수 있다. 왜냐하면 생각은 공중을 나는 새와 산양과 같기 때문이다.[36] 하지만 말은 엉큼하다. 우리는 둘러 말함으로써 본심을 감출 수도 있다. 루미는 한 일화에서 이렇게 말한다.

한 여인에게 흠뻑 반한 채소장수가 하녀를 시켜 그 여인에게 다음과 같은 말을 전하게 했다. "나는 지금 이러이러한 상태에 있습니다. 사랑합니다. 나는 뜨겁게 달아올라 도저히 안정을 취할 수도 없습니다. 어제 나에게는 이러이러한 일이 벌어졌고, 간밤에는 이러이러한 상태였습니다…." 그는 하녀에게 사건의 전말을 장황하게 이야기했다.

하녀가 그 여인에게 가서 이렇게 말했다. "채소장수가 당신에게 안부를 전해달라고 하면서 이렇게 말했습니다. '당신과 거시기를 하고 싶으니 와주기 바라오!'" "그는 차가운 사람이냐?"

하고 그 여인이 물었다. 그러자 하녀는 이렇게 대답했다. "아니
요, 그는 장황하게 이야기했습니다. 하지만 골자는 이것이었습
니다."37)

표현과 경험, 말과 실재 사이에는 어느 정도의 연관이 있다. 이야
기는 '의미'라는 알곡을 담는 됫박과 같다.38) 이야기는 아직 항구
에 이르지 못한 사람이 필요로 하는 등대다.39) 이야기는 인간에
게 영원한 과수원에 대해 알려주는 하늘 사과 향기다.40) 하지만
이야기는 실재에로 통하는 창문을 가리고, 문외한의 주의를 독특
한 신비로부터 딴 데로 돌리는 데 이용되기도 한다.

> 말을 하는 것은 창문을 가리는 것과 같고,
> 가장 깊은 표현은 말을 감추는 것과 같다.
> 밤 꾀꼬리처럼 장미의 모습을 노래하라,
> 남들이 장미 향기를 맡지 못하도록···.41)

루미는 말과 의미의 관계를 풀기 위해 수많은 직유를 만들어내기
도 하지만, 거듭거듭 다음과 같은 생각으로 돌아간다. 즉, 말이라
는 것은 '경험'이라는 거울 위에 앉은 먼지, 이른바 '혀'라는 빗자
루가 만들어낸 먼지에 불과하다는 것이다.42)
　　의미 곧, 의도가 같기만 하다면, 말이 어느 언어로 표현되느
냐는 원칙적으로 중요하지 않다. 아랍 사람 이납'inab, 페르시아 사

람 앙구르angūr, 터키 사람 위쥠üzüm, 그리스 사람 이스타필istafīl에 얽힌 유명한 이야기가 그러한 사실을 여실히 말해주고 있다. 그들은 제 나라말로 무언가를 요구하고, 자신들이 갖고 싶어 한 게 포도송이였다고 실토한다.[43) 코끼리의 생김새에 대해 말하는 장님들은 자기가 경험한 것을 기존의 언어로 말해야만 하는 신비가와 동일한 처지에 놓인다.[44) 속뜻은 수풀 속의 사자,[45) 둥지 속의 새처럼[46) 숨어 있다. 《마스나비》 전체는 그러한 속뜻에 이르는 길을 보여주기 위한 시도라고 할 수 있다.

영감 곧, '말의 홍수'가 얼마나 세차게 밀려들었던지, 마울라나는 《마스나비》에서 이전에 시작된 이야기를 마치거나 계속하기 위해 논리적인 순서를 자주 기억해내야 했다. 혹자는 그의 서정시에서도 간혹 영감의 과정을 추적할 수 있을 것이다. 바로 여기에 그의 작품이 지닌 매력과 난해한 점이 있다. 그의 작품은 논리학이나 순수한 철학적 분석으로는 쉽게 설명되지 않는다. 그는 이 상황을 다음과 같은 일화로 이야기한다.

영지주의자와 문법학자 두 사람이 함께 앉아 있었다. 문법학자가 말했다. "품사에는 세 가지밖에 없습니다. 곧, 주어와 동사 그리고 변하지 않는 품사입니다." 그러자 영지주의자가 자기 옷을 찢으며 이렇게 말했다. "아 슬프도다! 내가 삼십 년간 찾아 헤맨 것이 바람 속으로 사라지는구나! 나는 이 세 품사 외에 다른 말이 더 있을 것이라는 희망을 품고서 힘겹게 고투했건만, 그대

는 내게서 그 희망을 앗아가는구려!" 만일 영지주의자가 그 말
을 발견하고 목표를 달성했더라면, 그는 문법 학자를 똑같은 식
으로 흥분시키고 싶었을 것이다.[47]

루미는 그 말을 찾아냈음에 틀림없다. 그의 시문은 고차적이고
유기적인 방식의 논리를 띠는데, 이는 그가 자기의 본성과 자기
의 사랑과 자기의 신앙을 끝까지 견지하고, 모든 사건을 그 내적
인 법칙에 종속시켰기 때문이다. 그는 일어난 모든 사건을 자기
에게 알맞게 만들어 농축시켰다. 그의 서정시의 대상은 한 사람
을 매개로 하여 경험된 신적인 사랑이다. 때문에 그의 서정시를
정확하게 번역할 수 없는 경우도 종종 있다. 왜냐하면 그의 서정
시에는 연애를 주제로 한 시와 기도, 그리움 가득한 몽상과 종교
적 비전이 눈치 챌 수 없을 정도로 뒤섞여 있기 때문이다.

　　전기에 따르면, 한 가죽장수가 마울라나의 집 앞을 지나가면
서 이렇게 소리쳤다고 한다. "틸퀴, 틸퀴tilkü, tilkü – 여우! 여우!" 마
울라나는 이 소리를 다르게 알아듣고 곧바로 다음과 같은 시를
짓기 시작했다고 한다.

　　딜 쿠, 딜 쿠dil kū, dil kū –
　　마음이 어디에 있나요, 마음이 어디에 있나요?[48]

이것은 그의 전형적인 작시법이라고 할 수 있다. 한 마디 말이나

음성이 그를 황홀경으로 밀어 넣으면, 그의 입에서 시구들이 흘러나와 절정에 달하고, 경우에 따라서는 거의 비명에 가까운 소리가 흘러나오기도 한다. 그런 다음에는 최초의 영감이 그쳤음에도 운율이 자체적으로 계속 이어진다. 그러면 시의 나머지 부분이 내용적으로 부실해지지만 단 하나의 각운脚韻이 전체를 관통한다. 환희의 물결 곧, 아주 오래 전에 일어났던 법열의 파도를 묘사한 탁월한 시를 예로 들어보자. 그 시는 수많은 '여행 시편' 가운데 한 편처럼 시작된다.

> 매순간 사랑의 노래는
> 오른쪽에서 우리에게,
> 왼쪽에서 우리에게 다가온다….[49]

그런 다음 시는 대상隊商의 우두머리인 마호메트 예언자의 아름다움을 묘사한다. 시구들은 더욱 생생해지고, 시의 나머지 절반은 심장의 빠른 고동을 표현하기 위해 다시 한 번 운을 맞추어 조화로이 정돈된다. 그러다가 은총의 물결이 일어 바다의 너울이 한층 거세지면, 마울라나는 그것이 아침이 아니라 '하나님의 빛'nūr-i chudāst임을 깨닫는다. 그 깨달음 뒤에 일곱 행의 시구가 더 이어지지만, 그 시구들에서는 시인을 절정으로 몰아간 뜨거운 열정이 느껴지지 않는다.

마울라나의 서정시는 대체로 갑작스러운 영감에서 태어난

다. 때문에 그의 시는 비상한 내용을 통해서든, 독특한 문체를 통해서든, 종종 인상 깊은 시행으로 청중의 주의를 끈다. 징을 치듯이 두 개의 기다란 음절이 자주 보이기도 하고, 때로는 짧고 숨 가쁜 리듬 곧, 듣는 이의 마음을 빼앗는 리듬이 보이기도 한다. 마울라나는 아랍 사람들이 발전시키고 페르시아 사람들이 건네받은 고전적인 시학, 말하자면 음절의 장단에 따라서 운을 정하는 시학의 규칙에 의지하지만, 그의 시들은 억양에 따라서 읽는 것이 더 쉽다. 이때 혹자는 박수로 시의 흥취를 돋울 수도 있다. 그의 많은 시는 곡조를 갖추고 있다. 곡조는 시의 중반부에 휴지休止를 허락하기도 하고, 한 줄 안에서 압운押韻을 허락하기도 한다. 그의 시들은 대중적인 시의 형식과 비슷하고, 터키의 대중가요 형식과 비슷한 것 같다. 이러한 구조로 인해 그의 시들은 춤으로 표현됨은 물론이고 노래로 불리기도 한다. 몇 개의 단어나 온전한 문장이 자주 반복되면서 청중을 춤의 율동 속으로 직접 끌어들이기도 한다.

바하르 아마드 바하르 아마드 바하리 무쉬크바르 아마드Bahār āmad Bahār āmad bahār-i muschkbār āmad

봄이 왔네, 봄이 왔네, 향기 가득한
봄이 왔네.
가장 사랑하는 그이가 왔네, 가장 사랑하는 그이가 왔네,
은총이 두터운

가장 사랑하는 그이가 왔네….

서정시에서조차 문장 시작 부분의 단어가 사슬처럼 길게 이어지며 반복되기도 하고, 수사적인 물음이 빈번하게 반복되기도 한다. "어디어디 어디 어디에?" "언제인가, 언제인가, 언제인가?" 마울라나는 대체로 시가 끝날 때까지 바뀌지 않는 어순이나, 시의 특징을 결정하는 문장을 숱하게 사용한다.

소용돌이 춤에서 태어난 그의 시구들은 모두 감각을 에워싸고, 마음의 온갖 느낌을 드러낸다.

딱딱한 두운頭韻으로 처리된, 스산하고 음침한 시행도 있다.

쿠흐 쿤 아즈 칼라하kūh kun az kallahā….
해골로 산을 만들어라,
우리의 피로 바다를 만들어라,
홍건한 우리의 피로
먼지와 모래가 뒤엉키도록![50]

임을 도축업자에 빗댄 시인은 루미밖에 없을 것이다. 도축업자로 비유되는 임은 사랑하는 자의 머리와 염통과 간장肝腸을 가게에 차곡차곡 쌓아올려 진열해놓는다.[51] 아나톨리아의 곱창장수들은 최근까지도 동물의 장기를 그런 식으로 진열했다.

오오 '이별'이라 불리는 도축업자의 개여,
우리의 피를 부드럽게 핥아다오!⁵²⁾

라고 외친 자도 루미밖에 없을 것이다. 피, 암흑, 잡아먹힘 — 이들 단어는 그가 중요하게 사용하는 어휘에 속한다. 그는 임에게 아래와 같이 농을 건넨다.

"달콤한 노래를 불러 달라"고
매순간 그대는 내게 말합니다.
시를 듣고 싶으시면 내게 입맞춤해주어요,
나의 곁님이 되어 주어요!⁵³⁾

온 세상이 임의 마법을 통해 활력을 얻는다. 페르시아 시 가운데 루미의 시만큼 추상 개념을 의인화시킨 것도 없다. 그의 시에서 사랑은 매우 다양한 모습 곧, 의사, 목수, 순경, 용, 검은 사자, 에메랄드의 모습을 하고서 나타난다. 온 자연이 인간의 사랑과 고통에 참여한다. 왜냐하면 태양 — 샴스 — 이 사라지면, 세계도 슬퍼할 것이기 때문이다.

남편과 사별한 미망인처럼,
밤은 슬픔의 표시로 검은 옷을 입는다.⁵⁴⁾

마울라나가 잠을 청하는 대목은 대단히 독창적이다. 달이 입맞춤해주기를 바라는 마음으로 별을 헤면서 밤샘과 기도로 기나긴 밤을 보낸 그는 끊임없이 새로운 이미지를 만들어낸다. 그 이미지들은 그가 무엇 때문에 불면증에 시달리게 되었는지 넌지시 알려준다.

> 잠이 달아나서
> 아예 돌아오지 않는다.
> 그대와 이별한 후 잠이
> 독배毒杯를 마시고 죽어버렸다.[55]

한 편의 시 전체가 이 주제를 맴돈다.

> 오늘은 눈과 뇌에서 잠이 달아나버리는구나.
> 내 마음이 엉망이 된 것을 보고 달아나버리는구나.
> 마음이 망가져 황무지가 된 것을 보았구나.
> 소금에 절이지 않고 구운 고기로부터 달아나버리는구나.
> 가련한 잠은 사랑의 주먹에
> 맞기도 전에 달아나버리는구나.
> 사랑이 악어처럼 주둥이를 벌리니,
> 잠이 물고기처럼 물속으로 달아나버리는구나….[56]

즉, 사랑하는 자의 눈에 가득 고인 눈물의 바다 속으로 잠이 달아나버린 것이다.

　루미는 모든 영역의 생물에게서 이미지를 끌어낸다. 그는 낙타에서 파리에 이르기까지, 코끼리에서 구더기에 이르기까지 모든 동물을 인간의 바람직한 자세를 일러주는 본보기, 뛰어난 지혜의 상징으로 삼는다. 그가 제시하는 이미지들은 만화경의 그림들처럼 바뀐다. 한 시구에서 긍정적으로 표현되던 것이 다른 문맥에서는 부정적으로 표현되기도 한다. 왜냐하면 그의 이미지들은 갑자기 떠오른 것을 붙잡은 것이기 때문이다. 13세기 콘야 지역의 일상생활이 그의 시구에서 거의 완벽하게 복원되고 있다. 그는 아이들이 고샅길에서 뛰노는 모습을 보여준다. 누군가가 외투를 벗겨가도 모를 만큼 아이들은 모든 것을 잊은 채 뛴다. 그는 아이들이 학교에 가기를 얼마나 싫어하는지, 아이들을 학교에 가게 하려면 이런저런 약속을 해야 한다는 것을 알고 있다. 그것은 신비주의를 가르치는 지도자가 이런저런 약속을 하면서 초심자를 서서히 구원의 길로 이끄는 것과 똑같다.

학교에 가렴! 새를 사줄 테니,
사과와 호두와 편도 씨를 줄 테니![57)

마울라나는 우리를 온천으로 데려간다. 온천은 그가 좋아하는 이미지 가운데 하나다. 그는 욕실에 있는 불에 대해 말하기도 하고,

욕실 벽에 걸린 생명 없는 그림에 대해 이야기하기도 한다. 임의 눈부신 태양이 하맘의 유리구슬을 통해 빛나는 순간, 그 그림은 생기를 얻는다.[58]

그는 부엌에서 건져 올린 이미지들을 특히 좋아한다. 그는 사랑의 행위를 하인이 반죽을 이기는 것과 비교하기를 좋아한다.[59] 그는 세계와 하늘과 인간 존재를 부엌으로 여기고, 영혼을 냄비로 여긴다. 혹자는 마울라나가 언급한 것을 토대로 하여 13세기에 콘야에서 차려졌던 모든 음식의 '신비스러운 차림표'를 완벽하게 작성할 수도 있을 것이다. 우리는 오늘날에도 그 음식 가운데 일부를 콘야에서 맛볼 수 있다. 아래의 시구가 대표적이다. 아래의 시구에는 루미가 대단히 중요하게 여기는 냄새 내지 향기라는 개념이 들어 있다.

> 미숙한 사람이 냄새를 맡지 못하도록,
> 나는 정결한 냄비에 뚜껑을 덮는다.[60]

신적인 은총은 루미에게 맛좋은 음식으로 보인다. 그는 잔치 자리에서 이 음식의 냄새를 더듬어 찾아간다. 그의 영혼이 천상의 음식을 한 숟가락 먹고 싶어 하자, 신성한 요리사가 그에게 숟가락을 들이댄다. 그는 흠뻑 취해 무아경에 빠진다.[61] 또한 그는 예부터 수도승들에게 인기가 있었던 할와Halwa(단것)를 언급하고, 신비체험의 달콤함을 언급하면서 하나님을 위대한 제과업자로 여기기도 한다.

> 하나님께서 오늘 수피들을 위해 할와를 만드셨고,
> 그들은 빙 둘러 앉아 할와를 먹었다오…[62]

그는 태양을 제재題材로 삼아서 사랑의 힘이 포도를 무르익게 한다고 말한다.

> 태양이 신 포도에게 말한다.
> "내가 이 부엌에 들어온 것은,
> 그대가 식초를 팔지 않고, 탐탁하지 않은 것을
> 단 것으로 바꾸게 하려는 것이오!"[63]

왜냐하면 아나톨리아에서는 진한 포도시럽으로 영양이 풍부하고 달콤한 것, 이른바 **페크메즈**Pekmez를 만들기 때문이다.

루미는 과수원과 꽃을 빈번히 묘사하고, 끊임없이 봄을 기린다. 그는 태양이 일으키는 기적도 되풀이해서 기린다. 태양은 얼음과 눈을 녹여 원래의 형태인 물로 변화시킨다.

> 눈이 말한다.
> "나는 녹아서 계곡의 시냇물이 되고 싶어요.
> 바다로 굴러가고 싶어요, 나는 바다의 일부이니!

붙박인 채로 외로움에 떨고, 얼어붙어 딱딱해진 나는
불행의 치아 속에서 얼음처럼 삐걱삐걱 소리 내고 있어요!"[64]

그런 다음 구원이 일어난다.

그대 들었나요? 봄이, 순경이 오자,
"저 미친 동짓달"이, 도둑이 도망갔어요.[65]

봄은 대지를 아름답게 치장하는 천상의 재단사다.

아무도 모르는 가게 안에서
갈매 빛 옷감이 마름질되고 있으니
재단사여, 일어나세요. 당신의 가게로
들어가서 어서 바느질하세요![66]

루미는 페르시아 시문에서 꽃들이 전통적으로 무엇을 상징하는
지 잘 알고 있었다. 그는 제비꽃이 짙은 남색 옷을 입고서 흙더
미에 겸손하게 앉아 명상하거나 기도에 빠진 모습을 본다. 진정
한 수피는 꽃들 한가운데에 있기 때문이다. 그는 예언자가 천상
을 여행할 때 흘린 땀의 소산이 장미라고 말하는 전통을 알고 있
다. 장미는 예언자의 향기를 실어 나른다. 장미는 신적인 영광의
꽃이기도 하다. 마호메트 예언자가 몸소 그렇게 말했고, 마울라

나보다 50년 선배인 쉬라스의 위대한 신비가 루즈비한 바클리도 환상 속에서 그것을 알아챘다.[67] 이처럼 장미는 사랑의 대상을 상 징하는 완벽한 이미지다.

콘야의 봄날은 눈부시고 다채롭다. 콘야의 봄날은 공작의 깃 털처럼 펼쳐진다.[68] 반면에 콘야의 겨울은 검정 상복을 입고 들 판 위에 탐욕스레 웅크리고 앉아 있는 까마귀들의 철이다. 하지 만 자신들이 얼마나 추한 모습인지를 알기만 한다면, 그들은 봄 볕에 수치심을 느끼고 눈 녹듯이 사라질 것이다.[69] 콘야 주민의 삶을 다룬 그림 속에는 바느질과 뜨개질, 양탄자 짜기와 마전, 폴 로 경기와 매사냥은 물론이고 가벼운 담소도 들어 있다. 마울라 나는 자신의 서정시에서 **룰리들**ūlīs 곧, 북과 피리를 가지고 다니 면서 줄타기와 그 밖의 묘기로 사람들의 마음을 사로잡는 집시 들, 도벽이 있기는 하지만 대단히 우아한 집시들에 대해 종종 이 야기한다. 사랑하는 사람의 마음이 어찌 애인의 검은 머리털 위 에서 **룰리**처럼 춤추지 않으랴?[70]

끝없이 이어질 것 같은 마울라나의 상상력은 그가 서정시에 서 사용한 이미지 꾸러미에만 나타나는 것이 아니다. 그의 상상 력은 이야기들 속에도 나타난다. (그는 이야기들을 서정시에 여 러 차례 삽입한다.) 우리는 '우스꽝스러운 유머'로 전개되는 이야 기들로부터 오묘한 진리를 발전시키는 그의 솜씨에 감탄하지 않 을 수 없다. 우리는 가난한 수피가 꿈결에 텅 빈 접시에서 치즈 를 집어 올리는 이야기를 흥겹게 읽기도 하고,[71] 재단사가 우매한 터키 관리에게 가장 비열한 술수를 써서 값비싼 명주를 야금야금 잘라감에도 관리가 전혀 눈치 채지 못하는 이야기를 읽기도 한다.[72] 하지만 우리는 '운명'이라는 재단사가 우리에게서 인생의 나날을 잘라가고 있음을 알고 있다. 수도원에서 피난처를 구하는 불쌍한 수피 이야기도 있다. 그의 동료 수피들은 그보다 더 가난한 처지였다. 그들은 그의 나귀를 팔아서, 오랫동안 맛보지 못했던 설탕 과자를 차리고, 멋진 야회夜會를 연다. 음악이 방문자들의 마음을 사로잡자, 그 수피는 영문도 모른 채 아래의 노래를 따라 부른다.

나귀가 없어졌어요, 나귀가 없어졌어요, 나귀가 없어졌어요.

그는 다음날 아침 실제로 나귀가 없어진 것을 알고 경악한다. 맹목적으로 모방하는 사람에게는 그런 일이 일어나게 마련이다.[73]

우리는 생생한 집안싸움 이야기를 듣기도 하고, 주정뱅이가 오물더미에서 어떻게 뒹구는지 보기도 한다. 또한 우리는 13세기에 주정뱅이가 순경 앞에서 '숨을 헐떡이는' 모습을 보기도 한다. 순경이 거나하게 취한 사람에게 이렇게 요구한다. "자, '아아'라고 따라 해보세요." 그러자 주정뱅이의 입에서는 "**후**"Hū 하는 소리가 흘러나왔다. '후'라는 말은 '그분'이라는 뜻이다. 그것은 '하나님'을 부르는 황홀한 외침이었다.

"자, '아야' 해보세요." 하고 순라군이 말했다.

하지만 취객은 계속해서 **후**Hū 하고 외쳐댈 뿐이었다.

"내가 '아야' 해보라고 하지 않았소. 그런데도 당신은 후라고 말
   합니까!?"

"나는 즐겁고, 당신은 슬프기 때문입니다." 취객이 대답했다.

"아야"라는 말은 아프거나 학대를 받을 때 하는 말이고,

취객이 말한 '후'라는 말은 기쁠 때 터져 나오는 말이다.

순라군은 "나는 당신의 뜻이 무슨 뜻인지 알아먹지 못하겠소.

그러니 수피 식의 말장난을 당장 그만두시오…."라고 말했다.[74]

이 모든 이야기는 우스꽝스러운 상황을 이야기로 구성하는 마울
라나의 감각을 여실히 보여주며, 그가 신비스러운 명상의 구름
위에서만 살지는 않았음을 증명한다. 페르시아 말로 시를 쓴 신
비가 가운데 마울라나만큼 민중의 입을 주목한 사람도 없다. 그
는 자신의 시구와 이야기 속에서 터키와 그리스 말로 된 표현들
을 거침없이 사용한다. 그는 날마다 콘야의 거리에서 그러한 표
현들을 들었을 것이다. 이처럼 그의 언어가 지닌 직접적이고 신
선한 표현이 그의 시를 살아 있게 했을 것이다. 하지만 그것은 종
종 그의 시를 '시적'으로 번역할 수 없게 만들기도 한다.

근동의 시, 특히 신비가들의 시에서는 변화의 과정을 가리키
는 **한** 이미지가 즐겨 사용된다. 말하자면 평범한 돌조차 오랜 기
간 햇볕을 쬐면 루비가 된다는 것이다. 샴스를 만나서 사랑하다

가 마침내 '진리의 태양'과 하나가 된 마울라나는 가장 평범한 대상을 변화시켜 고귀하게 하는 능력을 지니고 있었던 것 같다. 그는 채마밭에 심긴 오이의 성장에 대해 이야기하기도 하고,[75] 호저豪豬를 논박을 통해 점점 더 강해지는 참 신자의 상징으로 보기도 하고,[76] 자신의 시에서 음악과 춤을 가장 감동적으로 묘사하기도 하고, 간절한 그리움의 외침을 갑자기 발하기도 하고, 불쾌한 사람에게 매우 저속한 표현을 던지기도 하는데, 나귀 꼬리에서 은빛 달에 이르기까지 만물이 그의 존재에 닿기만 하면 달라졌다. 그는 외적인 형식 이면에 숨어 있는 불꽃을 훤히 드러내고, 신적인 사랑의 기적과 영원한 애인의 능력을 상징화할 수만 있다면 여하한 것도 하찮게 여기지 않았다. 그는 하나님의 활동 흔적 곧, 겉보기에는 대립하는 것처럼 보여도 창조주의 존재를 암시하는 자취를 도처에서 본다. 그가 보기에 이 세계는 사랑을 통해 하나님이 나타나시는 유일한 곳이 된다. 왜냐하면 그는 돌과 식물, 동물과 천사를 막론하고 만물이 그리움에 가득 차서 하나님 안에서 완성의 길을 걷고 있으며, 저마다 이루 형언할 수 없는 그분의 영광을 드러내고 있다고 보기 때문이다.

3

태양과 베일
: 루미의 신관과 세계관

"하나님은 자기 종들에게 자비로우시다."
메블레비 수도승 이브라힘Ibrahim의 글씨(1217년).

3. 태양과 베일 : 루미의 신관과 세계관

마울라나 젤랄렛딘의 저작은 하나님께 가까이 다가가고, **경동맥**頸動脈**보다 가까이**(Sura 50/16) 계신 분을 늘 새로운 은유로 표현하고, 그분의 위대함과 영광을 다채로운 이미지로 드러내기 위한 부단한 시도라고 할 수 있다. 모든 신비 신학이 그렇듯이, 그가 말하는 신학의 중심에는 **라 일라흐 일라 알라흐**lā ilāh illā Allāh 곧, '하나님 외에는 신성이 따로 없다.'는 신앙고백이 자리 잡고 있다. 이 고백은 하나님을 벗어난 일체의 것을 거부한다. 이 공식은 특히 중세 신비주의 안에서 **그분 외에는 아무것도 존재하지 않는다**는 뜻으로 해석되었다.

　　루미에게 하나님은 창조주이자 심판자다. 하나님은 꾸란에서 자신을 가리켜 그렇게 말한다. 그분은 대자대비한 분이자 장엄한 분이다. 하지만 루미는 하나님의 본질을 경전 바깥의 말로 표현하기도 했다. 그것은 수피들이 좋아하는 주제가 되었다.

나는 숨은 보화이지만 알려지기를 바랐다. 그래서 이 세계를 창조하였다.

지상 세계는 희미하고 어렴풋하게나마 하나님의 아름다움을 반사하는 거울과 같다. 하나님의 영광은 여하한 피조물의 인정에 의지하지 않는다.[1] 하나님은 아름다움의 보화일 뿐 아니라 은혜의 보화이기도 하다. 하지만 인간은 태만이라는 잠에 포위되어 은혜를 전혀 눈치 채지 못한다. 루미는 인간이 어떻게 잠에서 깨어나 그 은혜를 알아채는지 넌지시 말한다.

어머니가 아기의 코를 문지르자,
아기가 잠에서 깨어나 젖가슴을 찾는다…[2]

마울라나가 제시하는 하나님 이미지는 꾸란의 경구에서 차용하여 발전시킨 것이다. 그는 하나님을 인격적인 면에서 전능하시고 은혜로우신 주님으로 여긴다. 하나님은 꾸란의 제왕즉위 시에서 (Sura 2/256) 가장 아름답게 묘사된다.

살아 계신 하나님, 자존하시는 하나님 외에는 신이 없다. 졸음이나 잠으로는 그분을 알 길이 없다. 하늘과 땅에 있는 것이 다 그분의 것이다. 그분께서 허락하시지 않으면, 아무도 그분께 대신 간청할 수 없다. 그분은 그들 앞에 무엇이 있는지, 그들 뒤에 무엇이 있는지 아신다. 하지만 그들은 그분이 원하시는 것 외에는 그분이 알고 계신 것을 조금도 알지 못한다. 그분의 옥좌는 하늘과 땅을 에워싸고, 이 둘을 감독하시는 그분을 성가시게 하지 않는다. 그분은 높고 숭고한 분이시다.

하나님은 **몸소 원하시는 것을 하시고**(Sura 2/253), 옳은 일이라고 생각되면 인간의 형편을 언제든지 바꾸실 수 있다. **그분은 높게도 하시고 낮게도 하신다**(Sura 3/26). **그분은 살리기도 하시고 죽이기도 하신다**(Sura 3/156). 흔히들 하나님께서 하늘과 땅을 창조하셨다고 말하지만, 이것은 편협한 표현에 불과하다. 왜냐하면 가장 저급한 현상들도 그분의 창조물에 속하건만, 사람들은 그분의 창조물 가운데 가장 고귀한 부분만을 찬양하기 때문이다.[3] 하지만 그분께서는 간접적이고 부수적인 원인이 없이 그 모든 일을 하신다.

꾸란 전체는 간접적인 원인들을 끊어낸다는 뜻이다.[4]

꾸란은 하나님께서 만물을 무無에서 창조하셨고, 지금도 창조하고 계신다고 말한다. 어머니 없이 아담을 창조하시고, 아버지 없이 예수를 창조하시는 것이 그분에게 뭐 어려운 일이겠는가?[5]

하지만 인간은 바깥을 싸고 있는 베일에 속아서 모든 사건의 외적인 원인만을 주시한다. 그것은 개미가 이미 완성된 서예작품 위를 산책하는 것과 같다. 서예작품은 개미들에게 정원과 같다. 개미들은 글씨의 형상들에 감탄하고, 그 형상들을 만들어낸 붓에 감탄한다. 개미들은 붓이 손에 의해 움직여졌음을 알아내지만, 붓을 실제로 움직인 것은 정신이라는 것을 알지 못한다.[6]

하나님은 숨은 보화였지만 알려지기를 바라셨다. 하나님께서 온 세상을 창조하신 것은 그 때문이다. 잎사귀와 새와 돌조차 저마다 형언할 수 없는 말로 그분의 위대하심을 찬양하고, 꾸란이 계속해서 강조하는 것처럼, 이 세계를 지으시고 돌보시고 유지하시는 그분께 감사하고 있다.[7]

사람들이 불이라고 부르든, 물이라고 부르든, 바람이라고 부르든, 흙이라고 부르든, 새라고 부르든, 곤충이라고 부르든, 모든 원자는 하나님의 군대다. 하나님은 이 세계를 지어 자신의 장막帳幕으로 삼으셨다.

> 그분께서 몇 사람을 시켜 이 장막을 치게 하셨다. 한 사람이 말했다. "내가 장막용 밧줄을 만들지 않으면, 어찌 장막이 반듯하게 세워지겠는가?" 그러자 다른 사람이 말했다. "내가 장막용 쇠말뚝을 만들지 않으면, 어디에 밧줄을 고정시키겠는가?"

직공織工이 직물 짜는 일을 그만두고 감독자가 되려고 한다면, 세계는 온통 벌거숭이가 되고 말 것이다. 일을 하면서 만족하는 사람에게 기쁨은 주어지게 마련이다. … 고귀하신 하나님은 사람이 저마다 하는 일에서 만족과 기쁨을 누리게 하신다. 그리하여 사람은 십만 년을 살더라도 한결같은 일을 하고, 자기의 일을 사랑하는 마음도 나날이 커지고, 그가 만족과 기쁨을 맛보는 일은 더욱 고상해질 것이다. 왜냐하면 **모든 동아리가 저마다 제 몫을 받고 기뻐할 것**이기 때문이다(Sura 23/55). **그분의 영광을 드러내지 않는 것은 하나도 없다**(Sura 17/44).

밧줄 꼬는 사람이 받을 칭찬이 따로 있고, 장막용 기둥을 만드는 사람이 받을 칭찬이 따로 있고, 양털을 생산하는 사람이 받을 칭찬이 따로 있고, 장막용 천을 짜는 사람이 받을 칭찬이 따로 있고, 장막 안에서 가부좌를 튼 (더할 나위 없는 무아경에 빠져 명상하는) 신자가 받을 칭찬이 따로 있다.[8]

왕의 장막은 각기 다른 작업을 통해 세워진다. 그 작업들은 언뜻 보면 서로 모순된 것처럼 보이지만 실은 같은 일을 하고 있는 것이다. 그 사실을 아는 사람이라면 이 세상을 신적인 창조력의 표현으로 여기고, 이 세상을 가지런하게 하신 창조주를 사랑할 것이다.[9] 하지만 이 세상 자체를 위해 이 세상을 사랑하는 자는 하나님을 믿지 않는 자다.

술 취한 자들을 눈여겨보지 말고, 주막을 눈여겨보아라!

상처 입은 손을 눈여겨보지 말고, 요셉을 눈여겨보아라![10]

사물이 어떤 식으로 무에서 지어졌는지 아는 사람은 없다. 하지
만 주님은 매순간 무엇이 필요한지 아시고, 이미 지어진 것과 지
어지고 있는 것을 제대로 굴러가게 하신다. 주님은 언덕을 솜털
처럼(Sura 70/9; 참조. 101/5) 날려버리실 수도 있고, 사향노루의
피를 값비싼 향료로 정제하실 수도 있다.[11] 피조물을 존재하게 한
것은 '있어라'는 뜻의 낱말이다. (그 낱말에는 모음 표시가 없다.)
그 낱말을 페르시아 말로 옮기면 쿤$_{kun}$이 된다. kun의 두 자음 곧,
k와 n은 보물창고의 자물쇠와 같다. 그 자물쇠를 따고 들어가면
거기에는 수많은 기적이 숨어 있다.[12] **하늘과 땅의 보화가 하나
님의 소유이건만, 불신자는 그것을 알지 못한다**(Sura 63/7). 하
나님은 무無의 보물창고에서 새로운 것을 만들어 알맞은 곳에 두
시고는 그것이 경계선을 벗어나지 못하게 하신다.[13] 나무가 봄에
꽃을 활짝 피우는 것이야말로 그러한 창조의 기적을 상징하는 보
기가 아닐까? 나무들은 하나님의 숨결이 닿자마자 성모 마리아
처럼 꽃과 열매를 낸다.

> 경이로워라, 나무들이여! 마리아처럼
> 애인도 남편도 없건만, 처녀처럼 풍만하구나![14]

하나님의 은혜는 물질계와 인간의 영혼 속에서 새로운 것이 끊

임없이 생겨나게 한다. 때문에 마울라나는 하늘과 땅의 성스러운 결혼식hieros gamos이라는 고대의 관념을 번역하여 하나님의 전능을 넌지시 언급한다.

> 당신은 나의 하늘, 나는 땅.
> 당신은 나의 가슴속에 무엇이 자라게 하시나요?
> 당신이 대지의 가슴속에 무엇을 가득 채우시는지, 대지가 어찌
>   알겠어요?
> 당신은 아실 테죠. 그래요, 당신으로 인해 대지는 충만하답니
>   다![15]

이러한 하나님의 활동은 결코 멈추지 않는다. 그리고 그분께서 살리시는 일들도 늘 다르다. 그분의 창조 행위는 결코 기계적으로 반복되지 않기 때문이다.

하나님이 하시는 일은 날마다 새롭다(Sura 55/29). 10만 년 동안 모습을 드러내신다고 해도, 그분은 매순간 다른 모습으로 나타나실 것이다. 하나님의 모습은 되풀이되지 않는다. 하나님은 매순간 다른 옷을 입으시고, 매순간 다른 곳으로 발을 들여놓으신다. 지금 이 순간 여러분의 하나님을 보라. 여러분은 그분의 활동과 행위 속에서 그분의 흔적을 보게 될 것이다. 그리고 여러분은 매순간 각기 다른 모습을 보게 될 것이다. 왜냐하면 그분의 행위 가운데 어느 것도 다른 것을 닮지 않기 때문이다. 기쁠 때에는

하나님이 이런 모습으로 보이다가 슬플 때에는 저런 모습으로 보일 것이고, 희망이 넘칠 때에는 또 다른 모습으로 보일 것이다. 하나님의 행위는 늘 다르다. 그분께서 일하시고 활동하시는 모습도 늘 다르다. 결코 한 순간도 같은 모습인 적이 없다. 따라서 그분의 일하시는 모습이 매순간 다르듯이, 그분의 본질도 매순간 다른 모습으로 나타난다고 하겠다. 전능하신 하나님의 일부인 여러분 자신도 매순간 다른 모습을 보인다.[16]

하나님은 멈추는 법이 없으시다. **졸음이나 잠으로는 그분을 알 길이 없다**(Sura 2/256). **하나님의 속성을 드러내라**고 부름 받은 신자도 쉬지 않고 참을성 있게 일해야 한다.[17] 하나님은 만물을 지으시되 생명이 없는 광물에서 사람에 이르기까지 차등을 두어 창조하셨다. 낮은 등급의 존재 둘이 하나가 되면, 보다 높은 등급의 존재가 된다. 돌과 쇠가 만나서 불을 만들어낸다.[18] 왜냐하면 하늘 아래 있는 모든 것이 '어머니'이기 때문이다. 모든 존재가 저마다 진통하면서 보다 높은 등급의 존재를 낳고자 애쓴다. 그것이야말로 '어머니'umm의 새로운 해석이다.[19] 어머니라는 말은 4원소(흙, 물, 공기, 불) 하나하나를 가리키기도 한다. 실로 하나님께서는 자신의 말씀을 통해서 즉, "있어라"kun 하고 말씀하심으로써 세계를 순식간에 생겨나게 하셨다(Sura 2/117 등). 그분은 세계를 엿새 동안 지으셨다(Sura 7/54). 하지만 하나님의 하루는 천 년과 같다. 무언가가 완성되기까지는 오랜 시간이 걸린다. 정자가 자라서 살아 있는 아기가 되기까지는 열 달이 걸리지 않던가?[20] 하나님께서는 사람이 성장하는 데 오랜 시간이 걸리게 하심으로써 일을 마무리 짓기 위해서는 인내가 절대적으로 필요함을 보여주시고자 하셨다. 왜냐하면 완성은 고통스러운 발효의 시기가 지난 뒤에만 이루어질 수 있기 때문이다. 그 발효의 시기는 좀처럼 끝날 줄을 모른다. 루미는 사나이와 아타르를 따라서 오랜 성숙의 기간에 대해 말한다. 이를테면 수백만 송이의 꽃이 진 뒤에야 자연이라는 정원에서 한 송이 고귀한 장미가 피어나고, 수백만 명의 목숨이 희생된 뒤에야 이름 없는 대중으로부터 완전한 성인과 예언자가 출현한다는 것이다.[21] 하지만 가장 높고 궁극적인 발전은 돌을 루비로 만드시고, 어머니와 젖가슴과 모유를 창조하시고,[22] 나무들에게 무성한 잎사귀를 선사하신 하나님의 은혜를 통해서만 이루어진다. 무언가를 주는 사람은 저마다 겉어림으로만 그렇게 행동할 뿐이다.[23] 그런 이유로 루미는 《마스나비》에서 여러 주인공 가운데 한 사람을 시켜 아래와 같이 기도하게 한다.

> 나의 주님, 당신께서는 내게 아주 많은 것을 주셨습니다.
> 당신께서 주신 선물에 견줄 수 있는 것은 하나도 없습니다!
> 사람은 모자와 옷을 주지만,
> 당신은 머리와 몸을 먼저 주셨습니다!
> 사람은 금덩이를 주지만, 당신은 금덩이를 세는 손을 주셨습니다.
> 사람은 내게 불빛을 주지만, 당신은 나로 하여금 그것을 볼 수

있게 하셨습니다.

사람은 내게 단 것을 주지만, 당신은 내게 미각을 주셨습니다.

사람은 내 곁에서 시중들지만, 당신은 내게 생명과 피를 주셨습니다.

사람은 황금을 약속하지만, 당신께서는 영원한 보화를 약속하십니다…[24]

꾸란에서 하나님은 '만물을 기르시는 분'ar-Razzāq이라고 불린다 (Sura 51/58). 커다란 부엌과 같은 이 '세계'는 그분의 것이다. 그리고 이 세계의 산물은 모두 거장의 솜씨를 넌지시 가리킨다.

온갖 빵이 담겨진 이 세계는 오븐과 같다.

화덕과 빵이 있으면 무엇하리요, 누가 저 제빵사를 보았는가?[25]

하나님은 위대한 예술가, 화가 혹은 서예가로 여겨지기도 한다. 그분은 도구와 손이 없이 때로는 악마를 그리고, 때로는 사람을 그리고, 때로는 기쁨을 그리고, 때로는 슬픔을 그리신다.[26] 그분은 자신의 솜씨를 여지없이 보여주시고, 추한 장면도 노련하게 표현하신다.[27] 그분의 그림들은 저마다 나름의 목적을 가지고 있다. 이는 사람들이 목적 없이는 아무것도 그리지 못하기 때문이다. 그림들은 아이들을 명랑하게 하기도 하고, 멀리 떨어져 있는 벗을 떠올리게도 한다.[28] (이 사상은 이슬람 전통에서 비롯된 것

이 아니라 루미가 처해 있던 비잔틴 환경에서 비롯된 것이다.) 그
림은 무슨 일을 할 수 있는가?

> 그림은 당신의 붓 앞에서 아무런 의도도 갖지 않습니다.
> 당신은 표범을 그리기도 하고, 쥐를 그리기도 하니까요![29]

예언자는 이렇게 말한다. **인간은 대자대비하신 하나님의 두 손가
락 사이에 있다. 그분은 자신이 원하는 대로 인간의 방향을 돌리
신다.** 이슬람 세계의 시인들은 이 말을 활용하여 인간을 하나님
의 손에 들린 붓으로 이해했다.

> 우리는 뜨내기일 뿐 촌장이 아닙니다.
> 우리는 천한 머슴일 뿐 감독자가 아닙니다.
> 우리는 당신의 손에 들린 붓일 따름입니다.
> 우리가 어디로 갈 것인지 우리는 알지 못합니다.[30]

붓은 서예가의 솜씨를 통해서 비로소 제 가치를 얻는다. 서예의
대가는 붓을 어떤 모양으로 잘라서 가지런히 해야 하는지, 어떤
서체로 써야 하는지, 어떤 종이에 붓을 대야 하는지 가장 잘 아
는 사람이다.

> 나의 마음은 붓과 같이

내 가장 사랑하는 이의 손에 들려 있습니다.

오늘 밤 그이는 之자를 쓰고,

내일은 尺자를 씁니다.

그이는 붓을 뾰족하게 하여

골기骨氣 넘치는 글씨를 쓰기도 하고, 행서를 쓰기도 합니다.

붓이 말합니다. "그래요, 당신은 내가 누군지 아시니,

나는 그저 순종할 따름입니다."

그이는 붓을 검게도 하고,

말끔히 씻기도 합니다.

그이는 붓질을 멈추기도 하고,

다시 쓰기도 합니다…³¹⁾

서예가가 글씨를 쓰고, 화가가 그림을 그리는 것은 겉보기에는 닮지 않은 것처럼 보인다. 하지만 그들은 비슷하다. 서예가는 언젠가 모습을 드러낼 서첩書帖을 얻기 위해 글씨를 쓰는 것이고, 화가는 완전한 그림을 얻기 위해 그리는 것이다. 붓은 그림이 어떻게 될지 알지 못한다. 하지만 화가는 안다.

꾸란에서 말한 대로, 하나님은 **가장 뛰어난 모사**謀士이기도 하다(Sura 3/54; 8/30). 그분은 매순간 인간의 삶 속으로 깊이 들어오신다. 그러니 계획을 세우고 그분과 남을 기만하려고 하는 인간의 작고 초라한 시도가 어찌 성공하겠는가?³²⁾ 하나님은 만물이 하고 싶어 하지 않는 일도 자신을 위해서 시키신다.

수많은 사람이 일하고 있다. 그들은 특정한 목표를 가지고 일하지만, 하나님의 뜻은 다른 데 있다. … 자마흐샤리는 자신의 학식을 자랑하기 위해 자신의 주석에다 문법, 사전 편찬, 수사학의 세세한 부분까지 채워 넣었지만, 그 결과로 하나님의 뜻이 이루어졌고, 마호메트의 종교가 기림을 받게 되었다. 이처럼 모든 사람이 하나님의 뜻을 알지 못하면서 다른 의도를 가지고 하나님의 일을 하고 있다.

하나님은 이 세계가 지속되기를 바라신다. 세상 사람들은 자기의 쾌락에 몰두하고, (여인과의) 쾌락을 통해 자기를 만족시키지만, 그 결과로 아이가 태어난다. 그들은 자기의 만족과 즐거움을 위해 일하지만, 그것은 이 세계를 유지하는 수단이 된다. 사실 그들은 하나님에게 도움을 드리고 있는 것이다. 그들이 하나님을 돕겠다는 의도를 가지고 활동한 것은 아니지만 말이다.[33]

하나님의 본성을 알고, 그분의 활동 방식을 알아챌 수 있는 사람은 없다. 하나님은 태양과 같아서 온화하기도 하고 다 살라버리기도 하신다.

태양은 지구를 비춘다.
하지만 태양이 조금이라도 가까이 접근하면,
온 세상은 불타 없어지고 말 것이다.[34]

예부터 세계 종교들은 태양의 이미지를 하나님의 상징으로 즐겨 사용해왔다. 하지만 이 이미지는 루미의 시에서 각별한 매력을 지닌다. 그 이유는 '종교의 태양'인 샴스엣딘과의 관계 때문이다. 루미는 하나님의 활동을 암시하기 위해 무엇보다도 태양이라는 상징을 자주 사용한다. 맨눈으로는 태양을 마주 바라볼 수 없다. 이와 마찬가지로 하나님의 빛도 루미 이전의 신비가들이 힘주어 말했듯이 눈에 보이지 않을 정도로 투명하다. 하나님의 빛을 보기 위해서는 베일 곧, 유색 안경이 필요하다. 방금 인용한 《마스나비》의 시구에서 마울라나는 후사멧딘에게 태양에 너무 가까이 다가가지 말라고 경고한다. 이 시구에 대한 설명이 《피히마 피히》에 들어 있다.

고귀하신 하나님께서 이 베일을 유용하게 만드셨다. 만일 눈부신 하나님께서 이 베일을 걷어내고 모습을 보이셨다면, 우리는 그분을 견디지 못했을 것이고, 그분의 눈부신 아름다움을 즐기지도 못했을 것이다. 우리는 이 베일을 수단으로 하여 도움과 유익을 얻는다. 저 태양을 보라. 우리는 그 빛 속을 거닐고, 그 빛 속에서 보고, 그 빛 속에서 선과 악을 구별하고, 그 빛을 받아서 따뜻해진다. 나무와 과수원은 많은 열매를 맺고, 덜 익어 시큼하고 쓴맛을 내던 과일들이 태양의 온기를 받아 달콤하게 익는다. 태양의 작용으로 광산에서는 금과 은, 루비와 옥이 나온다. 태양은 매개물을 통해 엄청난 유익을 준다. 하지만 저 태양이 조금만 더 가까이 접근했다면, 그것은 아무 유익도 주지 못했을 것이고, 세계 전체와 피조물 전체가 불타 없어졌을 것이다.[35]

이 세상의 온갖 아름다움은 베일과 같다. 우리는 그 베일 뒤에서만 영원한 아름다움과 영광을 감지할 수 있다.

> 은혜는 하나님에게서 비롯되지만, 몸과 긴밀히 결부되어 있다.
> 은혜는 '정원'이라는 베일을 통해서만 감지된다.[36]

마울라나는 태양의 이미지를 활용하여 무신론자와 불신자를 빛을 싫어하는 박쥐에 빗댄다.

> 태양은 박쥐의 적이 아니다.
> 박쥐의 적은 곱이 낀 박쥐 자신이다.[37]

체계적으로 정립된 것은 아니지만 일정한 색채의 상징적인 의의를 활용하는 일이 태양 이미지를 바탕으로 하여 발달했다. 이 세상에 있는 색깔들은 숭고한 태양의 투명한 빛을 굴절시켜 인간으로 하여금 그 빛을 가까이하게 하고 인간의 마음을 기쁘게 하는데 필요하다. 인간이 하나님의 색깔 항아리(Sura 2/138) 속으로 들어가서 궁극적인 합일을 이룰 때에야 비로소 모든 색이 사라지고 투명한 빛이 홀로 존재하게 될 것이다.

루미는 태양과 그 작용을 아름답고 장엄하신 하나님의 상징으로 사용한다. 그리하여 그는 끊임없이 지속되는 대립자의 상호작용이라는 개념을 표현할 수 있었다. 대립자의 상호작용은 그가 특별히 좋아한 개념이었다. 사물은 자신과 반대되는 것을 통해서만 인식될 수 있다. 이것이야말로 루미의 세계관에서 드러나는 중심사상이다. 엄청난 노력을 들여 달콤한 물을 맛본 새만이 고향의 오아시스에서 솟구치는 간물이 얼마나 쓴맛인지 알 수 있다.[38]

루미에 의하면 이 세계는 신적인 본성의 두 측면 곧, 서로 대립하는 두 측면의 상호작용을 통해 생생하게 유지된다고 한다. 중세 이슬람교의 신비주의 학파 내에서 **자말**Dschamāl은 하나님의 아름다움과 부드러움을 뜻하고, **잘랄**Dschalāl은 하나님의 장엄함과 권능을 뜻한다. 이 두 단어는 20세기에 루돌프 오토가 **매혹적인 신비**Mysterium fascinans와 **두려움을 불러일으키는 신비**Mysterium tremendum로 부른 것과 정확히 일치한다. 하나님의 상반되는 본성들은 99개의 가장 아름다운 신명神名으로 표현된다. 이 본성들은 서로 협력해서 낮과 밤, 질병과 건강, 삶과 죽음을 일으킨다. 하지만 개개의 현상은 자신과 반대되는 현상을 자체적으로 숨기고 있다. 무無는 존재의 가능성을 품고 있다. 밤은 낮을 잉태하고, 기쁨은 슬픔을 잉태하고 있다. 고대 이슬람교의 신비주의 전통이 그러하듯이, 마울라나도 가장 캄캄한 골짜기에서 생명의 물이 솟아난다는 것을 알고 있었다.[38] 신적인 빛의 조명을 받은 눈만이 이러한 상호작용의 이면에서 움직이는 원인을 알아챈다. 그러한 눈은 물레방아가 물에 의해 움직인다는 것을 알아채고,[40] 아나톨리아의 광활한 초원에서 일어나는 먼지회오리는 보이지 않는 바람의 옷에 불과하다는 것을 알아챈다.[41] 이는 마치 물 위에서 미끄러지는 포말이 대양의 심해를 짐작케 하는 것과 같다.

하나님의 지혜와 사랑은 모순된 현상들 속에서 모습을 드러낸다. 루미는 이러한 하나님의 지혜와 사랑을 무한히 신뢰한다. 그는 하나님이 허락하시지 않으면 아무것도 생기지 않고, 그분의 뜻이 아니면 잎사귀 하나도 나무에서 떨어지지 않고, 그분이 허락하시지 않으면 우리가 밥을 한 술도 먹을 수 없고,[42] 수치스럽게 보이던 것도 길게 보면 유익한 것으로 판명된다는 것을 잘 알고 있다.

> 그분은 쉰 명의 목숨을 위해 백 명의 목숨을 내어주시는 분이시다.
> 그분은 사람이 생각해내지 못한 것을 주신다.[43]

뱀의 독은 뱀을 강하게 하는 한 부분이지만, 다른 생물에게는 치명적으로 작용한다.[44] 나일 강은 이스라엘 자손을 보호했지만, 파라오와 이집트 백성에게는 피로 변했다.[45] 하나님의 두 손가락 사이에 붙잡혀 있는 인간은 매순간 활동하시는 하나님의 모순된 모습을 경험하게 마련이다. 들숨과 날숨, 심장의 수축과 팽창은 삶의 원초적인 경험에 속한다. 때문에 루미는 절대적으로 악한 것은 존재하지 않는다고 여긴다.

> 고통이 끊이지 않는 곳에 약이 찾아들고,
> 가난이 끊이지 않는 곳에 도움이 찾아든다.[46]

봄의 정원을 활짝 꽃피워 하나님의 능력을 알리는 것은 다름 아닌 비와 번갯불의 상호작용이다.

> 심장의 번갯불과 눈目의 비가 없는데―
> 어찌 그분의 진노의 불꽃이 찾아들겠는가?
> 어찌 달콤한 합일의 잔디가 자라겠는가?
> 어찌 잔디처럼 맑은 샘물이 솟구치겠는가?
> 어찌 장미가 정원과 은밀한 대화를 나누겠는가?
> 어찌 재스민이 제비꽃과 하나가 되겠으며, 제비꽃을 부드러이 대
> 　하겠는가?
> 어찌 플라타너스가 손을 펼치겠는가?
> 어찌 나무가 머리를 곧추 세우겠는가?
> 어찌 꽃봉오리들이 봄철의 살랑거림 속에 소매를 펼치겠는가?
> 어찌 튤립의 뺨이 홍조를 띨 것이며, 장미가 주머니에서 황금을
> 　꺼내 보이겠는가?
> 어찌 꾀꼬리가 향기로운 장미에게 다가갈 것이며, 비둘기가 "쿠!
> 　쿠!"하고 외치겠는가?

어찌 대지가 제 비밀을, 정원이 하늘과 같게 되리라는 비밀을 알
  리겠는가?

대지는 이토록 눈부시고 휘황한 것들을 어디에서 얻는가?

은혜로우신 분, 은혜와 힘이 넘치시는 그분에게서![47]

**하나님은 모든 생명체가 저마다 자기의 생명을 창조의 목적에 일
치시키기 위해 무엇을 필요로 하는지 아신다.**

지하의 어둔 곳에는 작은 벌레가 살고 있다. 녀석은 눈도 없고
귀도 없다. 왜냐하면 녀석이 사는 곳에서는 눈과 귀가 소용이 없
기 때문이다. 녀석이 눈을 필요로 하지 않는데, 왜 하나님이 그
것을 주시겠는가? 하나님이 눈과 귀를 별로 갖고 계시지 못해서
도 아니고, 눈과 귀를 탐내셔서도 아니다. 그분은 필요에 따라서
주신다. 필요하지도 않은데 무언가를 준다면, 그것은 짐만 될 뿐
이다. 지혜로우시고 친절하시며 선하신 하나님은 짐을 없애시는
분이시다. 그러니 어찌 그분이 아무개에게 짐을 지우시겠는가?
이 벌레들이 캄캄한 지하에서 사는 것과 마찬가지로, 이 세계의
어둠 속에서 살아가는 것을 만족스럽고 행복하게 여기는 사람들
이 있다. 그들은 내세를 동경하지도 않고, 하나님 뵙기를 바라지
도 않는다. 그러니 눈으로 보고 명백히 아는 것과 귀로 듣고 이
해하는 것이 그들에게 무슨 의미가 있겠는가?[48]

하나님이 무언가를 파괴하신다면, 이는 그것을 대신할 더 좋은 것을 주시기 위해서다. 그분께서 '잔디 대신 장미'를 주셨다고 말한 꾸란의 시구가 바로 그 경우이다.[49] 이런 이유로 마울라나는 하나님의 활동을 '거래'라고 부른다. 거래라는 용어는 꾸란에서 따온 것이다(Sura 9/112). 하나님은 인간의 겉 사람 곧, 육신을 사신다. 만일 인간이 그분께 온 몸을 바치면, 그는 엄청난 영적 이익을 얻게 될 것이다.[50] 하나님은 얼음처럼 차가운 겉 사람을 구입하시고, 인간에게 '달콤한 해빙'을 판매하신다.[51] 즉, 인간의 물질적인 존재를 녹여 신성한 통일을 이루시는 것이다.

하나님의 은혜와 진노는 이 세계를 유지하고 발전시키는 데 필요하다. 하지만 그분의 은혜는 더 귀중하다. 귀한 옥이 진흙 속에 묻혀 있듯이, 그분의 은혜도 그분의 진노 한가운데 숨어 있다.[52] 하나님의 두 측면은 하나님의 위대하심과 장엄하심을 드러낸다.

> 감옥과 교수대, 예복과 재산, 가옥과 신하, 잔치와 축제, 북鼓과 국기가 한 임금의 영토 안에 있다. 임금은 이 모든 것을 선하게 여길 것이다.
> 예복이 왕국을 완전하게 하는 데 일익을 담당하는 것과 마찬가지로, 교수대와 처형과 감옥도 왕국을 완전하게 하는 데 일익을 담당한다. 임금의 입장에서는 이 모든 것이 이상적인 것으로 보일 것이다. 하지만 백성의 입장에서는 예복과 교수대가 똑같은

것으로 보이지 않을 것이다.[53]

인간이 하나님의 의지 내지 그분의 명령을 곧이곧대로 따라야 하는가? 이 물음은 이슬람교 신비가들을 오랫동안 괴롭힌 난제難題다. 마울라나는 하나님의 선하심에 대한 신뢰의 의미에서 이 난제를 푼다. (왜냐하면 하나님은 이렇게 말씀하셨기 때문이다. "**나는 내 종이 생각하는 대로 될 것이다.**" 즉, 사람이 하나님을 선하신 분으로 여기고 그분을 의지하면, 하나님께서 자신을 선한 분으로 드러내시리라는 것이다.) 하나님은 선한 일과 악한 일을 명하시되 오로지 선만을 바라신다. 이는 의사가 자기의 의술을 보이기 위해 이웃의 병을 필요로 하긴 하지만 이웃이 건강하게 되기를 바라는 것과 같고, 제빵사가 자기의 빵을 팔기 위해 배고픈 사람을 필요로 하긴 하지만 모든 사람이 배부르게 되기를 바라는 것과 같다. 마울라나는 이 사상을 폭넓게 개진한다. 그의 사상은 기독교 사상에 가깝다. 즉, 하나님은 은총이라는 보물을 주시기 위해 죄인을 필요로 하신다는 것이다.[54]

　　교수대이든 옥좌이든, 모든 창조물은 저마다 나름의 과제와 역할을 수행한다. 지옥 역시 그러하다. 그곳 자체에서, 바로 거기에서 하나님이 떠올려질 것이기 때문이다.

　　불신자와 폭군과 지옥의 주민은 아무 탈 없이 지내던 시기에 하나님을 소홀히 대하고, 하나님을 마음에 두지 않았던 자들이다.

그들은 지옥에서 하나님의 낮과 밤을 생각해낼 것이다.

하나님은 우주 곧, 하늘과 땅, 해와 달과 별, 선과 악을 지으셨다. 이는 그것들이 그분을 마음에 두고, 그분을 섬기고, 그분을 찬미하게 하기 위해서였다. **'내가 인간과 영혼을 지은 것은 그들로 하여금 나를 숭배하게 하기 위해서다'**(Sura 51/56). 하나님을 기억하는 것이야말로 피조물의 목표이건만, 불신자들은 아무 탈 없이 지내던 시기에 그렇게 하지 않았다. 그들은 지옥에 가서야 하나님을 마음속에 모실 것이다.[55]

인간은 어떻게 이 모든 대립자가 하나님을 찬미하는지 결코 알지 못한다. 그는 창조의 놀이를 마주하여 어찌할 바를 모르고 우왕좌왕할 따름이다. 신성한 애인 곧, 하나님을 본 뒤에야, 인간은 모순된 것처럼 보이는 속성들과 모습들이 완전하신kamāl 하나님 안에서 하나가 되는 것을 볼 수 있을 것이다.

> 모든 충동, 모든 노력은
> 주 하나님 안에서 영원한 쉼을 얻는다.

괴테가 던진 이 말은 루미의 확신을 표현하고 있다. 루미 신봉자이자 주석학자인 무하마드 이크발은 루미의 하나님 개념을 방금 인용한 괴테의 말로 요약한다.[56]

마울라나는 하나님의 전능을 다른 말로 바꿔 쓰기 위해 **키브**

리야kibriyā라는 말을 즐겨 사용한다. **키브리야**는 대개 '영광'이라는 말로 번역된다. 하나님은 꾸란 경전 바깥에서 다음과 같이 말씀하신다. **키브리야는 나의 옷, 위엄은 나의 외투**. 루미의 저작에서 **키브리야**는 만물을 두루 비추는 신적인 영광을 가리킨다. 그것은 영적인 태양 곧, 찬란한 빛이 떠오르는 지점이다. 이 태양은 신성하지 않은 것, 하나님을 거스르는 일체의 것을 파괴한다. 이런 이유로 마울라나는 '**키브리야**'를 가리켜 '대포'라고 부르기도 한다.[57] 소리만 들어도 알 수 있듯이, **키브리야**는 하나님의 영광을 가리키는 가장 찬란한 낱말이자, 어둔 근원 곧, '절대적인 무'의 대립 개념이기도 하다. 어둔 근원과 '절대적인 무'는 **키브리야**와 마찬가지로 마울라나의 신학에서 중요한 위치를 차지한다. 창조주는 '절대적인 무'에서 만물을 창조하고, 만물은 거기로 되돌아간다. '절대적인 무'는 분화되지 않은 통일성의 세계, '나는 너희의 주가 아니냐'(Sura 7/171)라는 하나님의 말씀이 피조물들에게 그들 나름의 독자적인 존재를 깨닫게 하기 이전의 상태, 갈대가 갈대밭에서 잘려 나와 영원한 그리움의 노래를 부르기 이전의 상태다.

마울라나는 《마스나비》에 실린 시구들과 《디반》의 일부 시구에서 '우주 영혼' 내지 '제일 지성'과 같은 철학적 개념을 사용하여 대단히 신지학적인 세계상을 전개하고자 시도한다. 그의 설명이 일관된 것이 아님에도, 후대의 주석학자들은 신플라톤주의의 냄새를 종종 풍기는 이 구절들을 루미 해석의 중심에 위치시켰다. 그 이유는 그들이 오로지 이븐 아라비의 가르침에 비추어서만 《마스나비》를 읽었기 때문이다. 실제로 마울라나는 이븐 아라비의 수양아들 사드렛딘 코나비의 철학에 영향을 받아서 그러한 시구를 썼을 것이다. 사드렛딘 코나비는 마울라나와 더불어 콘야에 거주하던 이웃이었다.

> 온 세계는 최고 지성의 형상이고,
> 아버지는 각 나라의 신심 깊은 사람들 속에 계신다.
> 나는 이 아버지와 평화로이 살고 있으니,
> 이 세상은 내게 낙원과 같다…[58]

우리는 이러한 시구들을 《마스나비》 3권에서 처음 접하고 4권에서 더 자주 접할 수 있다. 이와 대단히 흡사한 시구들이 《디반》에도 수록되어 있다. 《디반》에 수록되어 있는 시구들은 《마스나비》와 같은 시기 내지는 후기에 쓴 것들이다. 《마스나비》에 수록되어 있는 시구들과 《디반》에 수록되어 있는 시구들 사이에 어떤 연관이 있는지는 앞으로 더 연구할 주제이다.

마울라나는 대체로 다음과 같은 예언자의 말씀을 따른다. **하나님의 본질을 숙고하지 말고, 그분의 속성들을 숙고하여라!**[59] 하지만 우리는 이 속성들을 하나님의 작품 곧, 그분의 창조물을 통해서만 가장 잘 알 수 있다. 마울라나는 《피히 마 피히》에서 이 문제를 여러 차례 언급한다.

어떤 사람이 이렇게 물었다. "하늘과 땅 곧, 옥좌와 발판이 생기기 전에 하나님은 어디에 계셨나요?" 그러자 마울라나는 이렇게 대답했다. "이 물음은 대단히 악하다. 하나님에게는 장소라는 것이 없기 때문이다. … 생각의 창조주가 사고思考보다 더 명민하고, 집을 건축하는 도편수가 집보다 더 총명하다. 왜냐하면 도편수는 비슷한 집을 수백 채 지을 수도 있고, 다른 집을 수백 채 지을 수도 있으며, 서로 닮지 않은 설계도를 백 번이라도 작성할 수 있기 때문이다. 도편수가 집보다 총명하고 고귀한 것은 그 때문이다. 하지만 그의 총명함은 집을 통해서만 드러난다…."[60]

하지만 일생동안 수없이 많이 타협했음에도 루미는 정교회 신학자들 상당수가 말하는 신인동형동성론神人同形同性論을 무례한 것으로 여겨 거부한다. 즉, 하나님이 손과 발을 갖고 계시다고 말하는 것은, 남자를 파티마(여자의 이름)로 부르는 것처럼 무례한 짓이라는 것이다.[61]

그분은 시작이요 마지막이시며, 겉이요 안이시다. 그분은 만물을 훤히 알고 계신다(Sura 57/3).

사람이 그분에 대하여 결정적으로 할 수 있는 말은 이것뿐이다.
마울라나의 시대에 이미 신비가들은 하나님을 끊임없이 떠올리는 가운데 신명神名들을 사용했으며, 사람들은 그러한 신명들 하나하나에 특별한 능력과 효험을 부여했다. 마울라나는 그 신명들을 윤리적인 의미로 이해했다. 하나님은 자신을 일컬어 '보시는 이'라고 부르신다. 이는 인간으로 하여금 죄를 짓지 않게 하려는 것이다. 그분은 모든 행위와 모든 생각을 두루 보신다. 또한 그분은 자신을 가리켜 '들으시는 이'라고 부르신다. 이는 인간으로 하여금 잡담을 하지 않게 하려는 것이다.[62] 그분의 이름들은 인간에게 모범의 역할을 한다. 먼저 자기의 노여움을 버린 사람만이 하나님의 진노를 피할 수 있고,[63] 먼저 자애로운 자가 되려고 힘쓰는 사람만이 그분의 사랑을 얻을 수 있다. 왜냐하면 사람은 **하나님의 속성**을 드러내라고 부름 받았기 때문이다.

　　하나님은 한 분이시니, 증명할 수도 없고, 증명되지도 않으신다(Sura 112). 사팔뜨기만이 달을 두 개라고 생각한다.[64] 창조의 말씀인 쿤kun의 두 자음 k와 n은 두 빛깔의 밧줄과 같다. 사물은 이 밧줄을 타고서 무에서 유로 옮겨진다. 하지만 이와 동시에 사물은 신적인 통일성을 은폐한다.[65] 하나님의 색깔 항아리 속으로 들어간 사람은[66] 사나이가 말한 대로[67] 믿음과 불신이 그분의 문지기에 불과하며,[68] 이 세계의 대립자들이 맑은 바닷물을 뒤덮은 지푸라기와 해초더미에 불과하다는 것을 알게 될 것이다.

　　유일신 신조를 왼다는 것은 무슨 뜻인가?
　　그것은 하나이신 분 앞에서 타 죽는다는 뜻이다.[69]

차라즈의 시대부터 이슬람교 신비가들이 정식화한 대로,[70] 하나님만이 "나는"이라고 말할 권리를 갖고 계시다. 그런 까닭에 피조물이 통째den Einen(하나)이신 그분을 묘사하는 것은 불가능한 일이다.

> 그대가 무엇을 생각하든, 그것은 사라지고 말 것이다.
> 생각이 붙잡을 수 없는 분, 그분이 바로 하나님이시다.[71]

마울라나는 하나님을 묘사하는 것이 불가능하다는 것을 암시하기 위해 소경들과 코끼리에 얽힌 이야기를 언급한다. 인도에서 전해진 이 이야기는 이미 사나이가 활용한 적이 있다. 인간은 어둠 속에서 코끼리를 만져보고, 자기 손으로 만져본 부위에 대해 묘사하는 장님들과 같다. 혹자는 코끼리를 옥좌 같다고 말하고, 혹자는 코끼리를 부채 같다고 말하고, 혹자는 코끼리를 수연통水煙筒 같다고 말하고, 혹자는 코끼리를 기둥 같다고 말한다. 하지만 이들 가운데 아무도 코끼리의 몸 전체가 어떻게 생겼는지 알아채지 못한다.[72] 하나님의 본질을 그릇된 유비로 파악할 수 있다고 생각하는 사람은 없을 것이다.

하나님의 이름은 말로 표현되기를 거부한다. 루미는 가장 섬세한 시에서 아래와 같이 노래한다.

> 은총의 가장자리를 붙잡으십시오,

그분은 눈 깜짝할 사이에 그대에게서 달아나는 분이시니.

그분이 어떤 형태를 취하시고,

어떤 요령을 부리시는지 보십시오.

그분은 모습을 보이시지만,

그러는 사이에 영혼에게서 달아나십니다.

그대가 하늘에서 그분을 찾을라치면,

그분은 바다에서 보름달처럼 반짝이십니다.

그대가 그리움에 가득 차서 물속으로 뛰어들면,

그분은 하늘로 달아나십니다.

그대가 장소 아닌 곳에서 그분을 찾을라치면,

그분은 자기가 계신 곳을 가리키십니다.

그대가 그 장소에서 그분을 찾을라치면,

그분은 무無로 달아나십니다.

이처럼 그분은 달아나십니다. 그대가 그분을 그리려 하고,

선線으로 형체를 제한하려고 하면,

그림은 흑판에서 사라지고,

상像도 마음에서 달아나고 말 것입니다.[73]

하지만 이슬람교의 여느 신자와 마찬가지로 마울라나도 신성한 주님과 연인을 발견할 수 있는 곳을 알고 있었다. 하나님은 꾸란 바깥의 말씀 속에서 다음과 같이 선포하셨다. **"하늘과 땅은 나를 품지 못하지만, 내 신실한 종의 마음은 나를 품는다."** 시련이 닥

칠 때, 마음은 폐허처럼 되고 만다. 하지만 이 폐허는 귀중한 보화 즉, 알려지기를 바라시는 '하나님'을 품고 있다. 자기 자신이 보잘것없고 너무나 초라하다는 것을 아는 사람만이 **경동맥보다 가까이 있는**(Sura 50/16) 이 보화를 발견할 수 있다. 왜냐하면 예언자가 말한 것처럼, **자기를 아는 사람이 주님을 알 수 있기** 때문이다.[74] 하나님은 사람을 이러한 깨달음으로 이끌려고 하신다. 그분의 은혜는 사람을 결코 방치하지 않는다. 그분의 은혜는 어떤 모습으로든 나타난다. 사람이 달아날 수 있는 곳은 없다. 그는 하나님을 기다리고 찾다가 도처에서 하나님을 발견하게 마련이다. 루미 이전의 수피들, 이를테면 니파리(965년 사망)가 그랬듯이, 루미도 프랜시스 톰슨이 지은 《천국을 좇는 사람》Hound of Heaven을 어느 정도 선취한다.

한 가난한 선생이 솜옷 한 벌로 추운 겨울을 보내고 있었다. 그때 곰 한 마리가 산골짜기의 급류에 휩쓸려 떠내려 왔다. 곰의 머리는 물속에 처박혀 있었다. 아이들이 선생의 등 뒤에 대고 소리쳤다. "선생님, 저기를 보세요. 가죽 외투 한 벌이 냇물에 떨어져 있어요. 선생님은 지금 추위에 떨고 계시잖아요! 그러니 저것을 건져서 입으세요!" 극도로 궁핍하고 추운 나머지 그 선생은 가죽 외투를 붙들기 위해 물속으로 뛰어들었다. 갑자기 곰이 발을 뻗쳤고, 그 선생은 물속에서 곰에게 붙잡히고 말았다. 제자들이 소리쳤다. "선생님, 가죽 외투를 붙잡으세요. 그럴 수 없다

면 그것을 놓아버리고 밖으로 나오세요!" "이미 가죽 외투를 놓
았는데도, 가죽 외투가 나를 붙잡고 있구나. 그러니 어찌하면 좋
겠느냐?" 하고 선생이 대답했다.

어찌 하나님의 열의가 여러분을 놓아버리겠는가? 우리가 우리
의 수중에 있지 않고 하나님의 수중에 있다는 사실이야말로 감
사할 이유가 아닌가⋯.[75]

루미는 하나님이 창조하신 세계를 다양하고 종종 모순된 상으로
묘사했다. 여느 신비가와 마찬가지로, 루미도 하나님과 피조물
사이의 관계가 초역사적인 행위로 결정되어 있음을 보았다. 꾸
란은 이렇게 보도한다. 주께서 아직 창조되지 않은 인류를 아담
의 허리에서 끌어내어 **"내가 너희의 주가 아니냐?"**_{alastu bi-rabbikum}
라고 말을 거시자, **"그렇습니다, 우리가 그것을 증언합니다."**_{balā,}
_{schahidna}라고 인류가 대답했다. 루미는 이 '태곳적 계약'을 바탕으
로 하여 인간이 창조계 안에서 해야 할 역할을 그린다. 창조 행위
는 빛나는 영혼이 캄캄한 물질계를 떠도는 것과 같다.

내세의 투르케스탄에서 온
한 무리의 아름다운 터키 사람들이
왕후王侯의 명령을 받아
흙으로 질척한 힌두스탄으로 들어갔다.[76]

여기서 '터키 사람'과 '투르케스탄'은 영의 눈부신 아름다움을 가리키는 암호이고, '인도 사람'과 '힌두스탄'은 일반적으로 페르시아 문화권의 시인들에게 어둡고 저급한 일체의 것을 의미한다.[77]

마울라나에게 다음의 한 가지만큼은 분명한 사실이다. 즉, 일체의 것이 무無로부터 창조되었다는 것이다. 마울라나는 무 곧, 비-존재'adam를 영원한 태양을 품은 보물창고로 그리거나,[78] 아니면 대상隊商들이 떠나온 고향으로 그린다.

비-존재의 사막은 그리움에 의해 채워진다.[79]

그러나 비-존재는 모든 피조물의 최종 목적지이기도 하다. 비-존재는 말소되거나 소멸되는 것이 아니라, 루미가 끊임없이 강조하는 것처럼, 상상할 수 없는 복덩어리이다. 이 복덩어리는 '계시된 하나님' 건너편에 놓여 있는 것처럼 보인다. 그럼에도 마울라나는 무, 'adam에서 지어진 피조물이 무를 존재로 바꾸시는 하나님의 능력을 증명한다고 확신한다.[80]

마울라나는 무를 시적으로 아름답게 묘사하고 있기는 하지만, **무로부터의 창조**creatio ex nihilo 방법에 대해서는 어떤 그림도 제시하지 않는다. 그럼에도 그는 다음의 사실을 분명하게 강조한다. 즉, 이 세계가 시간 속에서 창조되었다는 것이다. 꾸란과 이슬람교 신학도 그것을 강조한다. 반면에 철학자들은 이 세계가 영원하다고 말한다. 마울라나는 철학자들의 그러한 생각을 단호하게 거부한다.

세계가 영원하다고 말하는 자들이 있는데, 어찌 그런 자들의 말에 귀를 기울이랴? 세계가 시간 속에서 창조되었다고 말하는 자들은 몇몇 밖에 없다. 그들은 세계보다 더 나이가 많은 성인들과 예언자들이다. 고귀하신 하나님께서 세계 창조의 소원을 그들의 영혼 속에 심자마자, 세계가 출현했다. 그들은 이 세계가 시간 속에서 창조되었다는 것을 알고 아래와 같이 말한다.

이 세계가 존재하기 전에,
이미 거룩한 노인들의 영혼이 은혜의 바다 한가운데에 있었다.
포도송이가 창조되기 전에,
그들은 포도주를 마시고 흠뻑 취해 있었다.

우리가 이 집에서 거주한 지는 60년 내지 70년밖에 되지 않는다. 우리는 이 집이 생기지 않았던 시절도 보았다. 이 집이 생긴 지는 몇 년 되지 않는다. 이 집의 벽과 문에서 구더기, 생쥐, 뱀, 그리고 여타의 하등 생물들이 태어났다. 그들은 지금 이 집에서 거주하고 있다. 그들이 태어났을 때, 이 집은 이미 세워져 있었다. 그들은 "이 집은 영원하다."고 말한다. 하지만 이 말은 우리에게 아무 증거도 되지 않는다. 왜냐하면 **우리는** 이 집이 시간 속에서 지어지는 것을 보았기 때문이다. 세계라는 집에서 태어난 자들도 이 집의 문과 벽에서 생겨난 저 생물들과 같다. 저 생물들은 이 집의 바깥에 대해서는 아무것도 아는 것이 없다. 저들에게는 참된 정수精髓가 없다. 저들의 원산지는 이 집인 까닭이다. 세계라는 집에서 태어난 자들도 이 세상이 영원하다고 말한다. 하지만 그것은 이 세계가 존재하기 전에 수백만 년을 살았던 예언자들과 성인들에게 아무 증거도 되지 않는다. 예언자들과 성인들의 나이를 어찌 말할 수 있단 말인가? 그들의 나이는 끝이 없고 헤아릴 수 없다.

하늘이 아직 허리띠를 두르지 않았던 시절에,
우리는 허리띠처럼 당신의 허리를 둘렀지요.
하늘의 화살은 수성이 활을 갖기도 전에,
당신의 터키 사람이 활을 당겨 내게 화살을 쏘았지요.

이 집이 시간 속에서 창조되는 것을 그대들이 보았듯이, 예언자들과 성인들도 이 세계가 시간 속에서 창조되는 것을 보았다.[81]

마울라나의 시구에는 성인들과 예언자들이 하나님의 빛 가운데 선재先在했다는 사상이 거듭해서 등장한다. 마울라나는 이 시구들 속에서 자신이 체험한 원초적인 사랑의 도취에 대해서 말한다. 이는 이집트의 이븐 알-파리드가 조금 앞선 시기에 아래와 같이 노래한 것과 같다.

> 우리는 아득한 옛날
> 벗, 연인의 건강을 축하하여 축배를 들었다.
> 포도송이가 창조되기 이전에,
> 술에 흠뻑 취해 있었다….

마울라나는 그토록 황홀한 시구들을 이론적으로 설명하거나 뒷받침하려고 시도하지 않았다. 그의 시구에 이미지들은 있지만, 정식화된 교리는 눈에 띄지 않는다.

신자가 보기에 이 세계는 하나님의 창조력이 드러나는 무대처럼 보이고, 신자를 하나님께로 인도하는 다리처럼 보인다. 하지만 이 세계는 부정적인 측면도 가지고 있다. 종교적으로 해석하고 있기는 하지만, 루미도 이 세계의 부조화를 간과하지 않는다.

> 종교가 불신자와 다투듯이, 원자도 원자와 다투고 있다.[82]

이따금 마울라나는 물질계 전체가 얼음과 같다고 생각한다. 그는 물질계가 자신을 다시 녹여줄 영혼의 태양을 고대하고 있다고 생각한다.[83] 그가 겨울 세계에서 끄집어낸 수많은 이미지들 – 까마귀, 눈, 어둠 – 은 이러한 세계상에 속한다. 현재 형태의 종교들도 이러한 측면에서 볼 수 있다. 종교들은 경직되어 있고, 서로 갈라져 있다. 아첨꾼들이 파르와나 장관에게 "종교는 하나가 될 것이고, 이슬람교는 사라질 테니" 딸을 몽골 사람에게 시집보내라고 했을 때, 마울라나는 파르와나에게 그렇게 해서는 안 된다고 경고한다. 그는 파르와나에게 이 세상에는 다양한 종교가 있으며 그런 이유로 종교 전쟁이 존재하는 것임을 상기시킨다.

> 종교는 저 세상에서 부활이 일어난 뒤에야 비로소 하나가 될 것입니다. 하지만 이 세상에서는 종교의 통일이 이루어질 수 없습니다. 왜냐하면 종교는 저마다 나름의 목표와 바람을 가지고 있기 때문입니다. 그러므로 종교의 통일은 이루어질 수 없습니다. 하지만 부활이 일어나서, 모든 사람이 하나가 되고, (눈을 **한** 곳에 고정시키고, 모든 사람이 **하나의** 귀와) **하나의** 혀를 갖는 때가 오면, 통일이 이루어질 것입니다…[84]

부활의 태양이 물질이라는 얼음을 녹이면, 물은 원래의 상태로 회복될 것이다. 지금은 포도송이의 낟알 하나하나가 껍질로 싸여 있지만, 그때가 되면 **한** 포도주가 될 것이다.

마울라나의 시구에는 이 세상을 증오하는 금욕주의자들의 케케묵은 태도가 종종 나타난다. 이 경우 세상은 썩은 고기로 불리거나,[85] 사람들이 필요할 때만 찾아가는 똥거름으로 불린다. 그는 이 세상과 필요 이상의 관계를 맺는 자들을 개보다 못한 자라고 부른다. 마울라나가 동물계에서 끄집어낸 풍부한 어휘들, 예컨대 개, 쥐, 당나귀와 같은 어휘들은 이러한 경우에 사용된 것들이다. 그는 이 어휘들을 가지고 물질계와 물질계의 저급한 유혹을 가장 노골적으로 묘사한다. 그는 신랄한 이미지를 동원하여 이 세상을 '요부'妖婦, 음탕한 노파로 묘사한다. 즉, 이 세상은 젊고 매력적으로 보이기 위해, 그리고 가급적 많은 남성의 마음을 사로잡기 위해 쭈글쭈글한 얼굴에다 아름답게 치장된 꾸란 경구를 붙이고 돌아다니는 음탕한 노파와 같다는 것이다.[86] 마울라나는 아래와 같이 묘사한다.

> 이 천박한 노파는 누구인가?
> 양파처럼 겹겹이 꾸미고,
> 썩은 마늘처럼 구린내 풍기는
> 상스러운 위선자….[87]

루미는 이 세상을 물거품으로 보기도 한다. 이를테면 이 세상은 깊이를 잴 수 없는 하나님의 대양 위를 떠다니면서 사람의 마음을 미혹하는 물거품과 같다는 것이다.

> 이 세상은 무수한 입자로 뭉쳐진 포말일 뿐이다. 이 포말은 소용돌이치는 물결과 뽀글뽀글 이는 거품과 계속되는 파도를 통해 모종의 아름다움을 얻는다. **사랑은 인간을 위해 욕망으로 치장되었다**(Sura 3/14). 하나님께서 사랑을 **치장되었다고** 하셨으

니, 이제 사랑은 겉꾸림에 불과하다. 이러한 겉꾸림은 어딘가 다른 곳에서 빌려온 것에 불과하다. 그것은 위조화폐에 금박을 입힌 것에 불과하다. 거품에 불과한 이 세상은 겉만 그럴싸한 위조화폐다. 그럼에도 우리는 이 세상에 금박을 입혔다. 그 결과 이 세상은 **인간을 위해 치장되고** 말았다.[88]

하나님이 모든 피조물보다 훨씬 위대한 분이라고 말하는 사람이라면 위의 말을 이해할 것이다.

> 당신께서는 우리를 꾸짖으시고 조롱하십니다-
> 바랄 것이 없을 만큼 풍성하신 하나님,
> 당신에게는 그럴 만한 자격이 있습니다.
> 당신께서는 해와 달을 물거품이라고 부르시고,
> 꼿꼿이 서 있는 측백나무를 휘어지게 하십니다.
> 당신께서는 하늘과 옥좌를 측은히 여기시고,
> 대양과 청동 광산을 가련히 여기십니다.
> 당신의 영광 앞에서는 모든 것이 그럴 수밖에 없습니다.
> 당신께서는 하찮은 것을 완전케 하시니 말입니다…[89]

이 세계는 인간의 내면상태를 반영하고, 영혼 안에서 경험되는 실재를 반영하는 것처럼 보이기도 한다. 하나님 안에 푹 가라앉은 신자 - 역사적으로 볼 때 위대한 사랑의 신비가 라비야가 그러했다-라면 봄이 왔다고 해도 덧없는 꽃에 눈길을 주지 않고 무릎 사이에 머리를 박고서 하나님의 영원한 아름다움을 관조할 것이다.

> 과수원과 풀밭이 영혼 안에도 있으니,
> 바깥에 있는 것은 수면에 비친 영상과 같구나.[90]

영혼 안에서 살고 있는 이 실재는 보다 고차적인 실체에 기인하고, 지상에서 생긴 것은 모두 이 고차적인 실체의 희미한 반영이다. 저 영혼의 세계에는 다음과 같은 것들이 있다.

> 박하와 장미 울타리와 온갖 종류의 아네모네,
> 땅바닥에 가련하게 핀 제비꽃,
> 그리고 불, 물, 바람, 마음![91]

인간이 외계에서 보는 것은 영적인 세계에 들어 있는 아름다움의 희미한 영상, 신성한 애인의 영상일 뿐이다.

> 정원에 아리따운 것이 천 가지나 되고,
> 장미와 제비꽃이 맑은 향기를 발산하고,
> 물이 솟아올라 찰찰 소리 내며 넘쳐흐를지라도,
> 이 모든 것은 그분만이 전부라고 말하는 구실에 불과하다.[92]

우리는 유색 베일을 통해 영원한 빛을 보고, 생명을 얻는다. 하지만 베일을 뚫고 들어가서 그 의미를 붙잡는 자는 사랑하는 사람뿐이다. 예언자가 뜻매김한 대로, 루미도 이 세상을 **잠자는 자의 꿈**으로 여긴다.[93] 그는 자기 전후의 신비가들과 마찬가지로 예언자 전통을 증거로 끌어댄다. **인간은 잠을 자고 있다. 인간은 죽어서야 잠에서 깨어난다.** 인간이 잠들면, 이 세상은 사라지지 않는가? 꿈결에 경험한 슬픔과 기쁨을 실제인 것처럼 여긴다면, 그것은 틀린 생각이다. 그것들은 보다 깊은 진리를 가리키는 표지일 뿐이다.[94] 그럼에도 우리는 그 표지들을 알아야 한다.[95] 왜냐하면 부활의 날 곧, 영원의 아침이 오면, 하나님께서 그 꿈들을 풀이해 주실 것이기 때문이다.[96]

> 만일 그대가 은화를 듬뿍 받는 꿈을 꾼다면, 그것은 박학한 사람에게서 참되고 훌륭한 말씀을 듣게 되리라는 뜻이다. 하지만 은화는 말씀과 어떤 연관이 있는가? 만일 그대가 교수형을 당하는 꿈을 꾼다면, 그것은 그대가 한 인간 집단의 지도자가 될 것이라는 뜻이다. 교수대는 지도자의 직무와 무슨 연관이 있는가? ⋯ **이 세계는 잠자는 자의 꿈과 같다.** 내세에서는 이 꿈이 완전히 다르게 해석될 것이다. 꿈 해석자인 하나님께서 그것을 풀이하실 것이다. 그분은 만물의 가면을 낱낱이 벗기는 분이시니 말이다.[97]

루미 이후의 수피 시인들은 정치적인 쇠퇴와 몰락의 시기에 살았다. 그들은 자신들이 이 세상에서 겪는 고난이 비현실적인 행복과 같다는 것을 보여주었다. 그들은 "이 세상을 한바탕 꿈"이라고 설명하면서 위로를 삼았다. 반면에 마울라나는 꿈같은 세상이라는 이미지를 적극적으로 사용했다. 즉, 이 세상에서 장미 정원의 꿈을 꾸는 사람은 그러한 상태로 깨어난다는 것이다.[98] 그리고 성인들과 예언자들은 이 세상 곧, 꿈같은 세상에서 이루어지는 인간의 행위가 내세 곧, 진정한 세계에서 어떤 열매를 맺는지 보여준다. 왜냐하면 그들은 깊은 곳을 보기 때문이다. 예언자는 이렇게 말했다. "내 눈은 잠들어 있지만, 내 마음은 깨어 있다." 세계를 이런 식으로 해석한 이미지 가운데 가장 탁월한 이미지는 마울라나 이전에 이미 페르시아 시단에 알려져 있었다. 그것은 다름 아닌 인도산 코끼리 이야기이다. 코끼리는 자신이 떠나온 고향 인도를 꿈결에 본 다음 일체의 물질적인 속박에서 벗어나 고향을 향해 발길을 서두른다.

어젯밤 꿈속에서 인도코끼리가
족쇄를 끊어버렸다. 누가 이 코끼리를 붙잡을 것인가?[99]

인간은 한밤중의 태양처럼 갑작스레 빛나는 고향 곧, 연인을 꿈결에 봄으로써 이 어둔 세상에서 위로를 얻는다. 그는 새로운 사랑에 눈 뜨고, 하나님이 모든 피조물의 원천, 모든 행위의 근원이

심을 깨닫는다.

그분께서 나를 잔盞이 되게 하시면, 나는 잔이 되리라.
그분께서 나를 비수가 되게 하시면, 나는 비수가 되리라.
그분께서 나를 샘이 되게 하시면, 나는 물을 주리라.
그분께서 나를 불이 되게 하시면, 나는 작열하리라.
그분께서 나를 비가 되게 하시면, 나는 곡식을 가져오리라.
그분께서 나를 바늘이 되게 하시면, 나는 몸을 찌르리라.
그분께서 나를 뱀이 되게 하시면, 나는 독을 내뿜으리라.
그분께서 나를 벗으로 삼으시면, 나는 그분을 섬기리라.[100]

마울라나는 자신의 서정적인 기도문에서 그러한 생각을 보다 인격적으로 표현한다.

나는 온 세상 만물 중에서 당신만을 택하겠습니다.
내가 슬픔에 잠겨 눈물짓기를 바라십니까?
내 마음은 당신의 손에 들린 깃털 같습니다.
내 마음이 기쁠 때나 우울할 때나 당신은 나의 바탕이십니다.
나는 당신이 선하게 여기시는 일만을 하고 싶습니다.
나는 당신이 보여주시는 상像만을 내 것이라 부릅니다.
당신은 내게서 장미를 꽃피우기도 하시고, 가시를 내기도 하십니다.
때로는 내게 슬픔을 주시고, 때로는 내게 장미 향기를 보내십니다.

당신이 바라시면, 나는 당신의 뜻에 따를 것이고,

당신이 나를 붙잡으시면, 나는 완전히 당신의 것이 될 터인데…

어찌하여 당신은 나의 소매와 주머니를 뒤지십니까?

내게는 당신이 주신 보화 외에 아무것도 없습니다.[101]

인간과 피조물이 늘 가지고 있는 것이 바로 하나님의 선물이다. 하지만 이 선물은 신기하게도 이따금씩 모습을 드러내는 것 같다. 마음이 맑은 사람만이 피조물의 배후를 들여다보고 창조주의 뜻을 알아챈다. 그런 사람은 '손이 피곤해도 바구니를 짠다.'[102]

루미의 저작은 신적인 사랑을 체험한 뒤에 한층 깊어진 신앙을 증언한다. 그러한 신앙은 흔들리지 않는다. 하지만 그는 그러한 신앙을 얻기가 얼마나 어려운지도 알고 있다. 그는 신비스러운 사자의 이야기에서 그 어려움을 상징화한다. 사람들이 그 사자에 대해 이러쿵저러쿵 떠들어댄다.

사람들은 소문을 듣고서 그 사자를 보고 싶은 마음이 간절했지만, 정작 사자를 보러가려고 하지는 않았다. 사자가 살고 있는 숲이 너무 멀리 떨어져 있었기 때문이다. 그들은 일 년에 걸쳐 험난한 길을 뚫고 여행을 계속했다. 숲 근처에 이르러 먼발치에 있는 사자를 보자마자, 그들은 숨죽이고 멈추어 선 채 한 걸음도 뗄 수가 없었다. '왜 그랬을까?' 그들은 서로 말했다. "여러분은 사자를 사랑하는 순수한 마음에서 먼 길을 헤치고 여기까지 왔습니다. 저 사자는 특별한 성격을 가지고 있습니다. 하지만 누군가가 불안해하고 두려워한다면, 저 사자는 그 사람에게 화를 낼 것이고, '나를 뭐로 보는 거야!' 하고 말하면서 여러 사람을 죽이려 들 것입니다. 여러분은 저 피조물을 보기 위해 일 년 동안 갖은 고초를 겪었습니다. 이제 여러분은 사자 근처에 이르렀습니다. 그런데 어찌 거기에 그대로 서 있단 말입니까? 한 걸음만 더 가까이 다가가십시오!"

한 사람도 걸음을 떼려고 하지 않았다. 그들은 말했다. "우리가 이제까지 뗀 걸음은 모두 쉬웠습니다. 하지만 이곳에서는 한 걸음도 뗄 수가 없군요."

오마르가 말한 '신앙'이 바로 이 한 걸음이었다. 신앙은 사자의 면전에서 사자를 향해 한 걸음을 떼는 것이다. 이 걸음을 찾아보기란 대단히 어렵다. 소수의 정예 곧, 하나님과 친교를 나누는 사람만이 이 걸음을 뗄 수 있다. 그것만이 참된 걸음이고, 나머지는 발자국에 불과하다. 그러한 신앙만이 삶의 희망을 내려놓은 예언자에게 어울리는 신앙이다…. [103]

독실하고 참된 신자라면 마울라나를 이처럼 용감한 신앙의 전형으로 꼽을 것이다. 그러한 신앙은 의무적으로 바치는 기도보다 훨씬 고귀하다.《마스나비》에 실린 가장 유명한 이야기 가운데 한 편은 다음과 같이 전한다. 조로아스터교의 한 신자가 이슬람교로 개종할 것을 권유받고서 거절했다. 왜냐하면 그는 자기의 이웃에 살고 있던 신비가 바예지드 비스타미의 신앙이 얼마나 위대한지 날마다 보았기 때문이다.

> 그는 이렇게 말했다. "오 젊은이여!
> 내가 바예지드에게서 본 것이 신앙이라면,
> 나는 그런 신앙을 감당할 능력이 없네.
> 내게는 영혼의 전쟁을 벌이는 것이 너무 힘겹게만 보인다네!"[104]

마울라나가 사용한 다양한 이미지와 은유들, 길게 이어지는 황홀한 외침들, 마음에서 우러난 기도, 그리고 하나님과 그분의 활동을 묘사하려고 하는 철학적인 시도 – 우리는 이 모든 것을 교리상의 공식으로 여겨서도 안 되고, 분석해서도 안 된다. 우리는 이 모든 것을 신지학적으로 체계화할 수도 없고, 논리적으로 꿰어 맞출 수도 없다. 마울라나가 전하고자 한 것은 사랑 받으시는 분 곧, 모든 합리적 이해 너머에 계신 하나님만이 열쇠와 자물쇠를 알고 계시다는 사실이며,[105] 우리가 외적인 현상의 배후를 볼 줄 알 때에만, 하나님께서 지으시고 유지하신 이 세계가 의미가 있다는 것이다.

> 그분은 그대 앞에 있는 모든 길을 닫으시고,
> 아무도 알지 못하는 한 길을 은밀하게 보이신다.[106]

마울라나는 하나님을 직장織匠이라는 고전적인 이미지로 그린다. 실絲은 고집이 없고, 제 스스로 무의미한 옷감을 짜지 않는다. 하나님만이 '아름다운 양탄자의 전체적인 모습'이 어떠해야 하는지 아시기 때문이다. 반면에 인간은 양탄자 뒷면의 실들이 잘려 있는 것만을 본다.

> 천을 짜듯이, 침(타액)으로 근심의 그물을 짜지 마라.
> 침으로 된 날실과 씨실은 무가치한 것이니!
> 그대에게 근심을 주신 그분에게 가서 근심을 바쳐라.
> 그대의 걱정을 없애주시는 그분을 바라보아라.
> 그대가 말하지 않으면, 그분의 말이 곧 그대의 말이 되고,
> 그대가 짜지 않으면, 그분께서 직장織匠이 되실 것이다.[107]

4

인간, 타락한 아담

"구원의 배"-"저주받은 악마 앞에서 하나님께 보호를 청합니다. 자비롭고
동정심 많은 하나님의 이름으로. 오오 하나님, 문을 열어주시는 분이시여,
저에게 가장 좋은 문을 열어주소서."

작자미상(1291년)

4. 인간, 타락한 아담

마울라나는 인간이 처해 있는 모순된 상황을 다음과 같이 기술한다. 인간의 상황은 나귀가 천사의 깃털을 제 꼬리에 붙이고 이 사회에서 천사가 되려고 하는 것과 같다.[1] 인간은 태초에 하나님의 대리자로 지음 받았고, 하늘과 땅을 받들지 않아도 되는(Sura 33/78) 자유의지를 부여받았지만, **무자비하고 어리석다**는 것이 입증되었다. 인간은 처음에는 고귀했지만, 지금은 너무나 타락하였다!

우리는 옛적에 천상에 있었다.
우리는 한때 천사들의 동무였다.
이제 길이 우리를 거기로 데려가고 있다.

하나님은 인간에게 **"우리가 아담의 자손을 영광스러운 자리에 앉혔다."** 말씀하시고(Sura 17/70), 그에게 왕관을 씌워주셨다. 그 이유는 하나님이 하늘과 땅을 말을 걸 만한 상대로 인정하시지 않았기 때문이다.³⁾ 하나님은 아담에게 만물의 이름도 가르쳐주셨다(Sura 2/3). 말하자면 그분은 아담에게 모든 피조물의 지배권을 주신 것이다. 이름을 안다는 것은 그 이름에 해당하는 사물을 소유한다는 뜻이다.⁴⁾ 하지만 인간은 아담의 타락으로 말미암아 사물의 개별적인 이름을 알면서도 정작 신성한 원본 곧, 하나님에 대해서는 전혀 모르고 있다.⁵⁾ 그럼에도 예언자들과 성인들은 인간이 천상에서 유래했음을 상기시키고, 영원한 본향이신 하나님께 이르는 길을 가리켜주고자 애썼다.

루미의 인간학은 태초에 맺은 계약의 신비를 바탕에 깔고 있다. 꾸란이 전하는 바에 의하면, 하나님께서 아직 창조되지 않은 인류를 아담의 허리에서 *끄집어내어* **"나는 너희의 주가 아니냐?"**_{alastu birabbi-kum?}라고 말을 거시자, 인류가 이렇게 대답했다고 한다. **"그렇습니다. 우리가 그것을 증언합니다."**_{balā, schahidna}(Sura 7/171) 이를 바탕으로 루미는 하나님이 말을 거실 때에만 인간이 말할 수 있다는 이론을 전개한다. 인간은 페르시아 시인들이 '어제'_{dūsh}라고 부르는 알라스트_{alast}의 순간과 부활의 '내일' 사이에서 서성거리고 있다. 루미는 무로부터의 창조를 끊임없이 말하지만,

인간의 끝을 무에의 회귀로 보기도 한다. 우리는 이 무를 '**숨으시는 하나님**deus absconditus의 심연'으로 번역할 수도 있을 것이다. 알라스트의 순간은 처음에 하나였던 것이 주체와 객체로 나누어지는 것을 의미한다. 그러나 꾸란을 통해서든, 예언자와 성인들의 말씀을 통해서든, 아니면 신비가들의 하나님 기억을 통해서든, 알라스트라는 외침을 다시 떠올린 영혼은 분화되기 이전의 합일 상태로 서둘러 되돌아갈 것이다.

> 알라스트라는 큰 파도가 닥치자,
> 육체의 나룻배가 부서졌다.
> 그대의 배가 그대를 산산조각 낸 뒤에야 비로소
> 그대는 하나가 되는 행복을 경험하게 될 것이다.[6]

수피들은 기발한 말놀이를 만들어냈다. 발라_balā_(그렇습니다)라는 단어는 다른 표현으로 '시련'을 뜻하기도 한다. 말을 거시는 하나님께 긍정의 대답을 드리는 것은 영혼이 장차 자신에게 닥칠 온갖 시련을 감내하겠다는 뜻이다.[7] 영혼이 시련 속에서도 흔들림이 없다면, 그것은 영혼이 태초에 맺은 계약을 진지하게 받아들였다는 뜻이다. **시련을 가장 많이 당한 자는 예언자들이고, 그 다음으로 시련을 당한 자는 성인들이며**, 그 다음으로 시련을 당한 자는 여느 사람들이다. 마울라나는 발라를 가장 먼저 말했던 사람들 곧, 신성한 샘의 가장 가까운 곳에 서 있었던 사람들

한가운데에서 자기의 연인 샴스를 알아본다.[8] 하지만 인간은 태초에 맺은 계약을 너무 쉽게 망각한다. 그런 사람은 잃어버린 고향에 이르는 길을 눈물과 참회를 통해서만 찾을 수 있다.[9] 자신의 경솔함으로 말미암아 잃어버렸던 것을 되찾은 사람이라면 이 세상을 감옥으로 여길 것이고, 분한 마음에 다음과 같이 부르짖을 것이다.

  나는 이 세상의 감옥에서 교정 받고 있습니다.
  내게 감옥이라니 웬 말입니까? 내가 무엇을 훔쳤습니까?[10]

절반은 꿀벌이고 절반은 뱀인 자가 자기를 구원하기 위해 무슨 일을 할 수 있겠는가?[11] 천사들은 자신들의 변치 않는 지혜를 통해 구원받고, 동물들은 자신들의 무지를 통해 구원받지만, 인간은 선과 악 사이에서 투쟁하면서 어디로 가야 할지 알지 못하고 있다. 인간은 태곳적에 자신에게 주어진 고귀한 지위를 망각하고, 자신의 경박함으로 말미암아 지옥을 준비하고 있다. 이는 마치 귀중한 칼을 벽에 꽂고, 거기에 오이나 조롱박을 걸어두는 것과 같이 어리석은 행위이다.[12] 루미는 《마스나비》에 실린 흥미로운 시에서 다음과 같이 이야기한다. '나귀가 집 밖에서 쫓기고 있었으므로' 어떤 사람이 한 집으로 들어가서 보호를 요청했다. 집 주인이 그를 안심시키기 위해 다음과 같이 설명했다. "집 밖에 있는 것은 나귀가 아닙니다. 그는 마구간이 아니라 네 번째 하늘에

속해 있는 한 '예수'입니다." … 하지만 이 모든 설명은 아무 소용이 없었다.[13] 겉꾸림만 보는 자들은 사람을 무가치한 물질덩어리로 여긴다. 루미는 《피히 마 피히》에서 아래와 같이 말한다.

> 인간은 똥거름, 똥 덩어리와 같다. 이 똥 덩어리가 가치 있다면, 그것은 그 속에 왕의 인장 반지가 들어 있기 때문이다. 또한 인간은 곡식자루와 같다. 왕이 이렇게 묻는다. "그대는 이 곡식을 어디로 운반하고 있느냐? 그 자루 속에는 나의 잔盞이 들어 있느니라!"(Sura 12/72)[14]

왕의 인장 반지, 왕의 잔은 하나님께서 인간에게 불어넣으신(Sura 15/29) 숨의 은유다. 숨은 인간에게 활력을 주어 그의 근원으로 돌아갈 수 있게 한다. 지상에서 벌어지는 현상을 보면 그렇게 생각할 여지가 없음에도, 마울라나는 사물의 끝을 낙천적으로 생각한다.

> 돼지가 사원으로 뛰어들고,
> 인간이 오물더미로 뛰어든다면,
> 이것은 저마다
> 자기에게 어울리는 근원으로 되돌아간 것이다.[15]

하지만 꾸란이 자주 증언하는 것처럼 만물은 원칙적으로 인간을 위해 지어졌다. 호랑이와 사자는 인간을 두려워하고, 악어는 인간 앞에서 벌벌 떤다.[16] 하지만 인간의 고귀한 지위가 명백해지려면, 인간이 하나님과 한패가 되어 자신의 물질적인 본성에 따라서 행동하지 않으려고 노력해야 할 것이다. 그런 뒤에야 인간은 모세의 지팡이가 되어 마법사의 뱀을 삼킬 수 있다.[17]

　　루미가 사나이를 계승하여 탄식한 대로, 모든 사람이 다 똑같은 얼굴을 하고 있는 것은 아니다.[18] 인간들은 온갖 내용물이 들어 있는 그릇처럼[19] 혹은 알파벳의 문자들처럼 다양하다.

　　　인간은 다양하다.
　　　알파벳이 A에서 Z까지 이어지는 것처럼 영혼도 다양하다![20]

인간은 삶과 하나님을 어떤 자세로 대하느냐에 따라서 구분된다.

　　　혹자는 처음을 주목하고, 혹자는 끝을 주목한다. 끝을 주목하는 자들은 위대하다. 왜냐하면 그들은 목표를 바라보고, 내세를 바라보기 때문이다. 하지만 처음을 주목하는 자들은 더 뛰어난 자들이다. 그들은 이렇게 말한다. "끝을 볼 필요가 뭐 있습니까? 밀 심은 데에서 밀이 자라고, 보리를 심은 데에서 보리가 자라는 게 당연하지 않습니까?" 이처럼 그들은 처음에다 눈길을 맞춘다. 이보다 더 뛰어난 자들이 있다. 그들은 고르고 골라서 뽑은 자들이다. 그들은 처음도 끝도 주목하지 않는다. 그들은 처음도 끝도 기억하지 않는다. 그들은 하나님의 눈에 띈다.

나는 아무것도 걱정하지 않아요.
임을 사랑하니까요.
나는 창조물이 어찌될지,
내 영혼이 어찌될지 걱정하지 않아요.

속된 일에 뛰어들어 다른 세계는 안중에 두지 않는 사람들도 있
다. 그들은 처음도 끝도 주목하지 않는다. 왜냐하면 그들은 너무
나 경솔하기 때문이다. 그들은 지옥의 밥일 뿐이다.[21]

**마울라나는 자기만족에 빠져 허우적거리는 무익한 시민, 모든 것
을 향유하면서도 전혀 희생하려고 하지 않는 속물을 여러 차례
빈정거린다.**

그대는 무슨 새인가?
그대의 이름은 무엇인가?
날지도 않고, 지면을 스치며 날지도 않으니,
그대는 제빵사가 만든 과자 모양의 새인가 보구나!
사람들이 "한 번 날아봐!" 하고 말하면,
그대는 타조처럼 이렇게 말하는구나.
"나는 낙타랍니다.

언제 낙타가 날아다녔나요?"

그러다가 짐을 질 때가 오면,

그대는 이렇게 말하는구나. "나는 새랍니다.

언제 새가 짐을 졌나요?

어떤 일이 있어도 새는 짐을 지지 않는답니다."[22]

수많은 사람이 그런 식으로 행동하고 있다. 그러나 잘 관찰해보면, 인간은 신적인 속성을 지닌 관측기이기도 하다. 이 관측기는 하나님의 숨으로 생기를 얻는다.[23] 그러하기에 인간은 물이 달을 반사하듯이 신적인 속성을 반사할 수 있고, 관측기가 별자리를 보여주듯이 하나님의 영광을 보여줄 수 있다. 하지만 이런 일은 극소수의 사람 곧, 좁은 길에서 자기를 완성한 자에게만 해당되는 일이다.

우리는 루미가 이상적으로 그리고 있는 참된 '남성'상이 이븐 아라비의 **인사니 카밀**insān-i kāmil 곧, 완전한 인간론의 영향을 받아서 발전한 것이라고 생각해서는 안 된다. 루미의 시문과 산문에서는 **인사니 카밀**이라는 말이 단 한 번도 등장하지 않는다. 하지만 이상적인 '남성'의 추구는 수피즘만큼이나 역사가 오래 되었다. 가장 초기의 문헌들에는 (아랍어) **파타**fatā라는 말이 등장하는데, 이 말은 '고귀한 젊은이' 곧, 모든 덕의 화신을 의미한다. 이 젊은이는 마호메트의 먼 친척이자 사위인 알리의 모습으로 가장 순수하게 구체화된다. 그 후 페르시아 언어권에서 **마르드**mard, 터키 언어권에서 **에르**er, **에렌**eren이라는 말이 등장한다. 이들 단어는 모두 이상적인 '남자'를 뜻한다. 디오게네스가 등불을 밝혀들고 찾아 헤맨 사람이 바로 그런 유형의 남자다. 마울라나는 이 이야 기를 세 차례나 언급한다.

> 어제 우리의 스승께서 등불을 밝혀들고 온 도시를 다니면서 이렇 게 말씀하셨다. "귀신아! 짐승아! 나는 단 한 사람을 원하노라!"[24]

예로부터 수피들은 **짐승처럼 방황하는**(Sura 7/179) 자들을 경멸 했다. 중세 후기의 격언이 말하듯이, 수피들은 하나님과 가장 가 까운 자, 하나님만을 찾는 자를 일컬어 '남자'라고 부른다.[25] 마 울라나는 종종 남자와 어지자지를 대조한다. 그의 선배들과 제 자들도 그러하다. 마울라나는 자신의 시에서 어지자지의 무기력 함과 비겁함을 자주 다룬다. 숫염소조차 그러한 어지자지를 비 웃는다.[26]

    성별로서가 아니라 이상으로서 '남성'의 역할을 강조하다보 면 자연히 여성적인 요소들을 과소평가하게 마련이다. 금욕적인 종교들 대다수가 그러한 경우에 속한다. 마호메트가 자기 부인을 사랑했고, 꾸란의 수많은 구절이 여성 신자의 의무와 보상을 차 별 없이 언급하고 있건만, 이슬람교도들은 간혹 여성들을 처벌하 기 위해 그러한 구절들을 끌어다 썼다. 이는 중세 서양에서 행해 진 것과 흡사하다. 꾸란은 아담이 타락했을 때 이브가 담당했던 역할이라든가 원죄의 유전에 대하여 전혀 언급하지 않는다. 그럼에도 루미의 주인공 가운데 한 사람은 아래와 같이 말한다.

내가 타락한 것은 처음부터 끝까지 여자 때문이다![27]

수피들에게서 자주 발견되는 여성 경멸의 태도는 예언자가 가정의 기초를 확립하기 위해 제시한 규정들과 맞물릴 수밖에 없었을 것이다. 이처럼 여성을 경멸하는 태도가《피히 마 피히》의 한 대목에서 나타난다.

스승이 말했다. "그대는 밤낮 부인과 다툼을 일삼고, 부인의 성격을 고치려 하고, 그녀의 흠을 씻어내려고 하는구나. 하지만 그녀를 그대에게 맞게 순화하기보다는 그대를 그녀에게 맞게 순화하는 게 더 나을 것이다. 그녀를 통해 그대를 도야하여라. 그녀에게 가서, 그녀가 늘 말하는 것을 받아들여라. 그녀의 말이 불합리하게 여겨지더라도 그냥 받아들여라. 질투가 남자들의 성품이기는 하지만, 이 성품을 통해 나쁜 성품이 그대 안으로 들어갈 수도 있다.
예언자가 **'이슬람교에는 독신 수도사가 없다.'**고 말한 것은 이 때문이다. 말하자면 이슬람교에는 부인을 버리는 수도사가 없다는 것이다. 독신 수도사의 길은 고독을 벗 삼아 산에서 살고, 아내를 두지 않고, 세계를 포기하는 것이다. 전능하신 하나님은 예언자에게 훌륭하고 은밀한 길을 지시하셨다. 이 길은 어떤 길인가? 그것은 여성과 결혼하여 아내의 학대를 견디고, 그녀의 욕설을 듣고, 그런 가운데 인내심을 보이고, 이를 통해 자기의 성격을 순화하는 길이다. … 참으로, 그대는 고귀한 성품의 소유자다(Sura 68/4)….

아내의 학대를 받고, 그것을 참고 견디는 것은 그대 자신의 더러움을 그녀에게 비벼대어 씻어내는 것과 같다. 그러면 그대의 성격은 인내를 통해 좋아질 것이고, 그녀의 성격은 지배욕과 포악으로 인해 나빠질 것이다. 이것을 알았거든 그대를 깨끗하게 하여라. 그대의 아내는 옷과 같다. 그대가 이 옷으로 그대의 때를 씻어내면, 그대 자신이 깨끗해질 것이다….[28]

신비가 차라카니(1036년 사망)의 악처에 관한 이야기에서도 이러한 견해가 시적으로 표현되고 있다. 그녀는 손님의 면전에서 자기의 남편을 몹시 모욕한다. 하지만 그녀의 남편은 인내의 보답을 받는다. 손님은 그가 숲에서 나뭇가지를 주워 모으고, 사자의 등에 올라타고, 채찍처럼 생긴 뱀과 함께 있는 것을 본다.[29] 뜻밖에도 마울라나는 어느 대목에서 여성의 창조력을 예찬한다.

창조력을 지녔으니,
그녀는 하나님의 빛, '사랑스러운 사람'이 아닌가![30]

그럼에도 마울라나는 동시대 사람들과 마찬가지로 꿈결에 여자를 보는 것은 꿈결에 남자를 보는 것만 못하다고 생각한다.[31) 하지만 그는 신심 깊은 여인들과 적극적으로 교제하였다.

마울라나는 **'우리가 아담의 자손을 영광스러운 자리에 앉혔다.'**(Sura 17/70)고 하신 하나님의 말씀과, 선이 인간에게 위임되었다고 하는 사상을 출발점으로 삼아 이슬람교의 중심 문제인 자유의지와 예정을 성찰한다. 그는 인간은 모름지기 책임감을 가지고 행동해야 한다고 확신한다. 그는 의학용어를 사용하여 아래와 같이 말한다.

> 그대가 어떤 상태에 있는지 알고 싶으면,
> 그대의 양심과 신앙을 진맥하여라!
> 행실의 요강尿堈을
> 한 번이라도 들여다보고 검진하여라![32)

그가 이렇게 말한 것은 인간의 영혼 속에 어떤 질병이 웅크리고 있는지를 알고 있었기 때문이다!

인간은 길마 곧, '자유의지'를 짊어진 낙타와 같다. 그러하기에 인간은 하나님께 이 길마를 바르게 써달라고 청해야 한다.[33) 사람들은 무언가를 즐겨 행하거나 무언가가 마음에 들 때마다 자기들에게 자유의지가 있다고 주장하면서도, 무언가를 언짢아 할 때에는 "하나님이 그렇게 예정하셨기" 때문이라고 말한다. 루미는 이것을 너무나 잘 알고 있었다. 하지만 어찌 하나님이 법률위반을 지시하시겠는가?《마스나비》와《피히 마 피히》에는 재미있는 이야기 한 편이 실려 있다.[34] 한 남자가 과수원의 유실수에 기어 올라갔다. 그는 과일을 맛보면서 과수원 주인에게 말했다. "저는 지금 하나님의 뜻에 따라서 이렇게 하고 있는 거예요." 과수원 주인은 그를 끌어 내린 뒤, 그가 자기의 잘못을 하나님의 계명 탓으로 돌리지 않겠다고 말할 때까지 "하나님의 지팡이로" 마구 때렸다.

> 흔히들 말하지
> "진리의 태양은 인간의 하찮은
> 선행과 악행에 따라서 갚지 않는다"라고.
> 하지만 그것은 거짓말이다![35]

모든 행위에는 상과 벌이 따른다. 인간은 자신이 길 위에 심어놓은 악행의 가시덤불을 가능한 한 신속하게 뽑아버려야 한다.[36]
　　예언자의 전승은 '**깃펜이 이미 말라버렸다.**'고 주장한다. 이것은 깃펜이 모든 운명을 널빤지에 다 기록했기 때문에 더 이상 새로운 것을 쓸 수 없다는 뜻이다. 말하자면 모든 것이 예정되어 있다는 것이다. 하지만 마울라나는 이 전승을 절대적인 예정의 의미로 해석하지 않는다.

갑이 물었다. "영원한 결정 곧, 하나님께서 예정하신 모든 것이 바뀌겠습니까?" 그러자 을이 대답했다. "고귀하신 하나님께서 태초에 정하신 것 곧, 선에는 선으로 갚으시고, 악에는 악으로 갚으시겠다고 하는 결정은 절대로 바뀌지 않습니다." 고귀하신 하나님께서는 지혜로우시기 때문이다. 그러니 어찌 그분께서 '악을 행하여 선을 찾고, 보리를 심어 밀을 거두라.'고 말씀하시겠는가? 하나님은 절대로 그렇게 하지 않으신다. 모든 성인과 예언자들은 선에는 선이 상으로 주어지고 악에는 악이 벌로 주어진다고 말했다. **티끌만한 선이라도 행한 자는 그것을 보게 될 것이다**(Sura 99/7).

우리가 말하고 설명한 것을 그대가 영원한 결정으로 여기기만 한다면, 그것은 절대로 바뀌지 않을 것이다! 하지만 그대가 선에 대한 보상이 크면 클수록, 그리고 악에 대한 처벌이 가중되면 가중될수록, 변화가 일어날 것이라고 생각하면 틀림없이 변화가 일어날 것이다. 그러나 원초적인 결정은 바뀌지 않는다.[37]

루미는 적극적인 행동을 신뢰하였다. 때문에 그는 다음과 같은 예언자의 말을 좋아했다. **이 세상은 내세의 씨앗이 뿌려진 밭이다.**

> 양파와 부추와 양귀비가
> 겨울의 비밀을 털어놓으리라![38]

박을 심었는데
　　사탕수수가 자라겠는가!³⁹⁾

루미는 다른 식으로 표현하기도 한다.

　　그대가 짠 것으로 옷을 만들어라!
　　그대가 심은 것으로 음료를 만들어 마셔라!⁴⁰⁾

이승은 겨울과 같고, 영원은 여름과 같다. 우리는 이승이라는 겨울에 심은 것을 영원이라는 여름에 거두게 될 것이다. 우리가 죽으면, 우리네 행위의 모든 열매가 드러날 것이기 때문이다. 그렇다. 죽음은 이승의 나무에서 거둔 열매 내지는 잎사귀다.⁴¹⁾ 우리가 어떤 사람이었는지는 죽음을 통해서 분명하게 드러난다. 이는 마치 용연향龍涎香과 사향이 으깨진 뒤에야 비로소 본래의 향기를 발산하고, 자신의 초라한 모습 뒤에 감추어져 있는 것을 드러내는 것과 같다.⁴²⁾ 또한 죽음은 사람이 자신의 모습과 자신의 행위를 비추어보는 거울이기도 하다.

　　거울은 터키 사람에게 환한 표정을 지을 것이고,
　　흑인에게는 흉한 표정을 지을 것이다….⁴³⁾

물론 마울라나는 악인이 최후 심판의 날에 더러운 짐승, 예컨대 돼지로 바뀌는 것을 본 사나이와 아타르만큼 심하지는 않다.[44] 그러나 그는 죽은 자가 신심 깊고 경건하며 독실한 귀부인의 안내를 받아 내세로 들어간다고 말한다. 여기서 귀부인은 죽은 자의 선한 성품을 의미한다.[45]

놀랍게도 루미의 저작에는 죽음과 부활에 대한 극적인 서술이 몇 편 실려 있다. 아무리 그가 하나님의 영원한 아름다움을 보고 싶어 하고, 하나님의 심해에서 온전히 떠오르기를 바란다지만, 그가 사용한 내세의 이미지들은 비범할 정도로 힘이 넘친다. 철학에 관심이 많은 수피들은 이론적인 설명에 치우치지만, 루미가 사용한 이미지들은 이론적인 설명과는 거리가 멀다. 그는 제자들에게 그들의 정원을 잘 가꾸어 영원의 수확기에 좋은 열매를 거두라고 말한다.

루미는 하나님께서 인간을 심판하실 때 인간의 행위보다는 인간의 의도를 보신다고 확신한다. 또한 그는 하나님께서 인간의 능력에 맞는 것을 주실 뿐만 아니라 행동하고 반응하는 능력을 우선적으로 주신다고 확신한다. 어떤 사람이 하나님의 은혜와 선을 감사히 받아들인다면, 이 은혜의 흐름은 그 사람 안에서 선한 행위로 바뀔 것이다.[46] 자유의지란 사람이 하나님의 너른 품에 감사하면서 선을 행하기 위해 힘쓰는 것을 의미한다.[47] 그러므로 우리는 **깃펜이 이미 말라버렸다**고 하는 예언자의 전승을 소극적인 태도나 게으름을 요구하는 것으로 해석해서는 안 된다. 오히려 그 전승은 인간을 자극하여 더욱 성실히 행동하게 한다.

그 결과 사람이 하나님의 궁정에서 섬기는 시간이 길어지면 길어질수록, 그 섬김은 더욱 순수하고 유익해지게 마련이다. **인샬라** inschallāh라는 단어의 사용도 그러한 현상을 야기했을 것이다.[48] **인샬라**는 '하나님이 원하시면'이라는 뜻이다. 물론 자유의지는 인간의 타고난 성품에 국한된다. 교사라면 체벌이 통하지 않는 아이에게 매를 대지 않을 것이다.[49] 무감각한 면을 다루는 것은 무의미한 일이기 때문이다.

> 멍에를 매지 않는 암소는 매를 맞기는 해도,
> 달아나지 않는 한 도축되지는 않는다.[50]

모든 피조물은 저마다 나름의 자유의지를 지니고 있다. 이 모든 의지는 차츰차츰 단계를 밟아가면서 높다란 하나님의 의지로 솟아오른다.[51] 만일 인간이 이 단계에서 은혜를 깨닫기만 한다면, 하나님께서 그에게 새로운 선물을 주실 것이고, 하늘에 닿고자 하는 그의 열의는 하나님의 은혜로 탄력을 받을 것이다.[52] 인간은 자신의 저급한 성품과 부단히 싸움으로써 정화되어, 마침내 하나님의 의지와 조화를 이룰 수 있다. 바드르 전투(624년)에서 메호메트 예언자에게 적용되었던 말씀이 그에게도 적용된다. **네가 던졌어도, 그것은 네가 던진 것이 아니라 하나님이 던지신 것이다**(Sura 8/17).

이 여정에서는 다른 신자와 함께하는 것이 대단히 중요하다.

왜냐하면 신자는 신자의 거울이기 때문이다. 우리는 이웃의 행동을 보고 자신의 성품과 결점을 알고, 자신의 성격을 바로잡을 수 있다. 이를 통해 마음의 거울은 더욱 맑아진다.[53] 모든 말, 실로 모든 생각은 메아리를 만들어낸다. 그것은 이웃의 행동과 생각을 울리는 메아리다.[54]

> 그대가 그대의 형제에게서 결점을 발견하면, 이 결점은 그대 안에 자리를 잡게 마련이다. … 그대 안에 자리 잡은 이 결점을 벗어 던져라. 왜냐하면 형제 안에 있으면서 그대를 괴롭히던 것이 이제는 그대 안에 있으면서 그대를 괴롭힐 것이기 때문이다.
> 어떤 사람이 코끼리를 우물로 데리고 가서 물을 마시게 했다. 코끼리는 물속에 비친 자신의 모습을 보고 덜컥 겁을 집어먹었다. 녀석은 자기가 다른 코끼리를 두려워한다고 생각할 뿐, 자기가 두려워한 것이 바로 자기 자신임을 전혀 알아채지 못했다.[55]

루미는 다른 자리에서도 이 주제를 재차 다룬다. 이 주제는 그가 좋아한 주제 가운데 하나였다.

> 어떤 사람이 또 다른 선에 대하여 이야기하면, 이 선은 다시 그에게로 향할 것이다. 그는 집 주위에 꽃과 향기로운 약초를 심는 사람과 같다. 바깥을 내다볼 때마다 그는 꽃과 향기로운 약초를 본다. 그는 늘 낙원 한가운데에 있다. 그에게는 다른 사람의 장

점을 이야기하는 습관이 있다. 이제 이 습관은 그의 장점에 대해서도 이야기할 것이다. … 이처럼 밤낮 없이 꽃과 화원과 풀밭을 볼 수 있는데, 어찌하여 그대는 뱀과 가시덤불 한가운데에서 배회하는가? 꽃과 정원 속에서 살고 싶거든 모든 사람을 사랑하여라. 그대가 모든 사람을 적으로 삼으면, 적의 이미지가 그대를 떠나지 않을 것이고, 그대는 밤낮 없이 뱀과 가시덤불 한가운데에서 배회하는 것과 같을 것이다. 성인들이 모든 사람을 사랑하고 모든 사람을 선하게 여긴 것은 바로 이 때문이다.[56]

이처럼 한 인간의 상태는 그가 이웃을 어떻게 대하느냐에 달려 있다.

하나님께서는 부활이 일어날 때 선한 사람에게는 상을 주고 악한 사람에게는 벌을 내리겠다고 약속하셨다. 하지만 우리는 이 세상에서 그러한 보기를 매순간 볼 수 있다. 기쁨이 아무개의 마음속으로 들어가면, 그는 모든 사람의 마음을 기쁘게 할 것이다. 이것이 바로 그에게 주어지는 보상이다. 아무개의 마음속에 슬픔이 가득 차 있으면, 그는 또 다른 슬픔을 만들어낼 것이니, 이것이 바로 그에게 주어지는 벌이다. 이것은 내세를 암시하고, 심판의 날이 어떠하리라는 것을 미리 보여주는 보기이기도 하다. 따라서 우리는 지극히 적은 것을 가지고도 저 많은 것을 이해할 수 있다. 이는 마치 한 됫박의 밀을 보고 한 말의 밀이 얼마나

되는지 알 수 있는 것과 같다.[57]

루미가 그리고 있는 모습에 맞게 인간의 꼴을 지으려면 어찌해야 하는가? 인간은 육체와 영혼, 감각과 정신, 본능과 마음으로 이루어져 있다. 루미는 이처럼 인간을 구성하는 것들의 관계에 관해 변화무쌍한 이미지로 말했다. 예컨대 그는 육체와 오감을 정신의 천막으로 여긴다. 이 천막은 내적인 감각이 터키 왕후王侯처럼 찬란하게 지배하는 곳이다.[58] 반면에 오감의 겉모습은 부차적이다.

> 오감은 형태의 관점에서 보면 각기 다르지만, 실제적인 관점에서 보면 하나다. 한 지체가 하나님 안으로 빨려 들어가면, 나머지 지체들도 빨려 들어간다. 파리 한 마리가 위쪽으로 날아오를 때에도 그러하다. 파리는 날개와 머리와 모든 지체를 움직여 위쪽으로 날아오른다. 하지만 녀석이 꿀 속에 빠져들면, 녀석을 구성하는 모든 지체도 똑같이 빠져들어 옴짝달싹하지 못할 것이다.[59]

그럼에도 마울라나는 물질에 사로잡히는 오감의 이면에는 소위 '영적인' 감각의 지평이 자리 잡고 있음을 다양한 이미지로 반복해서 말한다. 인간은 이 영적인 감각을 활용하여 보다 높은 실재에게로 다가간다. 신체와 오감은 심오한 의미를 결여한 보자기에 불과하다. 그렇지 않다면, 마호메트 예언자나 그의 지독한 맞수 아부 자흘이나 매한가지였을 것이다. 이 두 사람은 같은 가문 출신이었다. 하지만 그들은 저마다 각기 다른 천성을 소유하고 있었다.[60] 겉모습만 보아서는 안 되는 이유가 바로 여기에 있다.

> 뽕나무에 양질의 비단이 숨어 있는데,
> 그대는 어찌하여 나의 겉을 그리 오래 바라보는가?[61]

덮개를 벗겨낼 때에만 하나 됨이 이루어지고, 이 세상에서 물질의 제약을 받는 구별과 차이가 사라질 수 있다. 포도의 껍질을 벗겨내면, 포도즙만 남는다.[62] 이것은 개인뿐만 아니라 공동체에도 적용된다.

> '정신'이라는 파리가
> 영원이라는 발효유 통에 빠졌다.
> 거기에는 이슬람교인도, 기독교인도,
> 유대인도, 배화교인도 없었다.
> 보라, 말을 하는 것은 파리가
> 쉬지 않고 연습하는 날갯짓과 같다.
> 하지만 발효유에 빠진 파리는
> 더 이상 날갯짓을 하지 않는다.[63]

물질에 사로잡힌 말과 언어는 사람들을 갈라놓을 따름이다.

여느 신비가와 마찬가지로 루미도 인간의 본능을 교화하기 위해 엄청난 노력을 기울인다. 그 이유는 본능nafs이 사람으로 하여금 상스러운 행동 내지 악한 행동을 하게 하고, 인간을 감각계에 붙잡아두기 때문이다. '악을 부추기는 영혼'(Sura 12/59) 곧, 나프스 아마라nafs ammāra에 맞서 '위대한 성전'聖戰이 수행되어야 한다. 이 본능을 다스리는 것이야말로 초기 수피 문학의 중심 주제였다. 마울라나는 본능을 무수한 이미지로 묘사했다. 본능은 모세의 외침에 귀를 기울이려 하지 않는 파라오 같기도 하고,[64] 육체의 수도원으로 들어가서 터무니없는 일을 벌이는 음울한 힌두교 신자로 묘사되기도 한다.[65] 본능은 영혼 안내자의 유혹을 받는 용으로 묘사되기도 한다. (영혼 안내자는 에메랄드와 같다. 근동의 민간신앙에 따르면 에메랄드는 뱀을 유혹한다고 한다.)[66] 본능은 생쥐에 비유되기도 한다. 루미는 사랑 받는 생쥐에 대해 자세하게 이야기한다. 이 생쥐는 자기가 사랑하는 개구리와 함께 한데 묶여 비참한 죽음을 맞이한다.[67] 우리는 생쥐라는 상징을 보면서 루미가 최고 지성을 고양이로 인격화한 이유를 이해할 수 있다. 이 고양이는 끊임없이 본능을 몰아친다.[68] 때때로 본능은 고양이의 모습으로 등장하기도 한다.

> 악한 본능이 고양이처럼 "야옹" 하고 소리치면,
> 나는 녀석을 고양이처럼 재빨리 자루 속에 처넣는다![69]

본능은 개나[70] 당나귀의 모습으로 등장하기도 한다. 이 경우 개나 당나귀는 가장 저급한 본능만을 알고, '예수'나 '영'에게 맞서는 짐승으로 묘사된다.[71] 본능은 고집 센 말의 모습으로 등장하기도 하고,[72] 간혹 몰이꾼의 말을 듣지 않는 낙타의 모습으로 등장하기도 한다.[73] 걸핏하면 본능은 불순종하는 아내의 모습으로 등장한다. (본능을 뜻하는 아랍어 나프스nafs는 여성형이다.)[74] 흔히들 본능을 다스릴 수 있다고 생각하지만, 본능은 항상 새로운 음모를 마련해두고서 구도자의 주의를 딴 데로 돌린다.

> 본능은 오른손에 묵주와 꾸란을 들고 있고,
> 소매에는 긴 칼과 단도를 차고 있다.[75]

독실한 신자가 하나님께 예배를 드렸다고 만족해하는 순간, 본능은 그 신자를 덮친다.

본능을 다스린 사람은 양심과 일치하는 '꾸짖는 영혼'nafs Lawwāma(Sura 75/2)에 이르고, 결국에는 평화를 찾은 영혼nafs muṭma'inna에 이른다. 이 영혼은 "돌아오너라"(Sura 89/27) 하고 외치는 주님의 음성을 듣는다. 바로 그때 영혼은 제 주인에게서 벗어났던 매처럼 그분의 팔로 되돌아간다.

> 그분 가까이에서 노랫소리 들리고,
> 은혜로우신 그분께서 부드러이

"일어나라!" 말씀하시는데,

어찌 영혼이 달아나겠는가?

주인이 북을 치며

"내게로 돌아오너라!" 말하는데,

어찌 매가 사냥을 그만두고

주인에게 급히 돌아가지 않겠는가?[76)]

그렇다, 어떤 행복이 자기에게 알맞은 것인지 아는 영혼이라면 제멋대로 굴지 않을 것이다.

어떤 사람이 덫을 놓아 작은 새를 붙잡았다. 그가 그것을 삶아 먹거나 팔아버린다면, 사람들은 그 행위를 가리켜 술책이라고 부를 것이다. 한 임금이 덫을 놓아 사납고 쓸모없는 매를 붙잡았다. 임금은 매가 자신의 취향과 성격에 맞지 않았지만 그럼에도 자기 팔에 올려놓고 가르쳐서 사람들에게 존경을 받게 했다. 사람들은 이 행위를 일컬어 술책이라고 부르지 않을 것이다. 겉으로는 술책처럼 보여도, 그것은 참으로 진실하고 선하며 고결한 행위로 인식될 것이고, 죽은 자를 소생시키고, 평범한 돌을 루비로 변모시키고, 죽은 듯한 정자를 사람으로 변모시킨 행위로 인식될 것이다. 매가 자기를 잡으려고 하는 사람들의 마음을 헤아리기만 한다면, 사람들은 더 이상 미끼를 사용하지 않아도 될 것이다. 매는 마음을 다해 덫을 찾아다닐 것이고, 임금의 손

아귀로 날아들 것이다.[77]

본능은 인간의 일부일 뿐이다. 그것은 종종 무식하고 편리함만
을 좇는 어미에 비유된다. 반면에 지성은 아버지의 모습으로 나
타난다. 그럼에도 지성을 대하는 루미의 태도는 가변적이다. 한
편 지성은 빛의 존재다. 그러하기에 지성과 본능의 관계는 사자
와 눈먼 개의 관계와 같다.[78] 지성은 남성적인 요소로서 인간에
게 보다 밝은 곳에 이르는 길을 보여주고, 정욕에 맞선다.[79] 왜냐
하면 꾸란과 예언자의 말씀을 연구하는 것은 지성을 통해서 이루
어지고, 종교적인 행위로 간주되기 때문이다. 그것은 오성이 자
신의 근원인 최고 지성과 밀접하게 연결되어 있을 때에만 타당
하다. 루미는《마스나비》후반부의 몇몇 이론적인 부분에서 그렇
게 말했다.[80] 최고 지성은 대단히 지혜롭다. 플라톤조차도 최고
지성 앞에서는 짐승에 불과하다.[81] 루미는《마스나비》후반부에
서 한두 대목을 제외하고 오성과 최고 지성의 관계를 논한다.《디
반》에서는 거의 시적이지 않은 한 쌍의 시구만이 동일한 어투를
쓰고 있다. 이 시구는 후기에 쓴 것으로 보인다.《디반》에서 루미
는 오성을 한 나라의 장관에 빗대어 말한다. 장관은 백성이 순조
롭게 살도록 힘을 다한다.[82] 그는 법률을 감정하는 법학자로 여
겨지기도 하고,[83] 마음을 청결하게 하는 순경으로 여겨지기도 하
고,[84] 도시를 경계하고 지키는 야경꾼으로 여겨지기도 한다.[85] 하
지만 임금이 그 직위를 회수해버린다면, 순경이 무슨 일을 하겠

는가? 신적인 사랑의 태양이 감각의 밤을 비추는데, 파수꾼이 무슨 필요가 있겠는가?

이 순간 오성은 사라진다. 이는 마치 양초가 태양에 의해 녹아 없어지는 것과 같다.[86] 우리가 오성을 하나님의 문 앞으로 데려가려고 시도하는 순간, 오성은 먼지보다 못한 것이 되고 말기 때문이다.[87]

그대는 "내가 바닷물로 모래집羊膜을 채우자, 바다 전체가 나의 모래집 속으로 들어왔다!"고 말한다. 하지만 그것은 틀린 말이다. 그대는 "나의 모래집이 바다 속에서 길을 잃었다."고 해야 옳다. 그것이 진실한 말이다. 오성은 탁월하고 바람직하다. 그대를 임금이 계신 문 앞으로 데려다 주기 때문이다. 일단 어전御前에 들었거든, 그대를 완전히 내맡기고 오성과 결별하여라. 왜냐하면 이 순간 오성은 그대에게 손해를 끼치는 노상강도나 다름없기 때문이다! 어전에 들었거든, 그대를 임금에게 온전히 바쳐라. 방법이나 이유는 아무 쓸모가 없기 때문이다.

예컨대, 그대는 통째로 된 옷감으로 투니카*를 만들거나 덧옷을 만들고 싶어 한다. 오성은 그대를 재단사에게 데려간다. 오성은 이때까지는 유익하다. 그대로 하여금 옷감을 재단사에게 가져가게 하기 때문이다. 오성은 환자에게도 유익하다. 환자를 의사에게 데려다 주기 때문이다. 하지만 그런 다음 오성은 더 이

---

* 투니카Tunika는 스커트 위에 입는 부인용 코트를 의미한다-역주.

상 필요하지 않다. 오성은 의사에게 복종하지 않으면 안 되기 때문이다.[88]

대체로 루미는 오성이 다소 활력이 없기는 하지만 그럼에도 유익하고 교육적인 역량을 가지고 있다고 말한다. 오성은 본능을 다스리는 데에는 절대적으로 필요하지만 사랑 앞에서는 없어지고 만다.

> 그대가 닭을 위해 한 채의 집을 지었지만,
> 낙타는 키가 커서 거기에 들어갈 수 없네.
> 닭은 오성! 집은 육체!
> 낙타는 눈부신 사랑의 광채![89]

낙타가 닭장과 닭을 밟아 으깨지 않으면,《마스나비》의 서두에 이른 대로, 오성이 사랑 앞에 그대로 머무를 것이다. 이는 마치 당나귀가 수렁에 빠진 것과 같다.[90]

> 한때는 생명이 우글거리는 도시의 주인이었지만,
> 당신의 마을에 이르자마자 오성은 길을 잃었습니다….[91]

루미가 오성보다 더 고귀하게 여기며 관심 갖는 것은 다름 아닌 영혼rūḥ, dschān이다. 영혼은 육체라는 집을 보살피는 살림꾼이다.[92]

영혼은 하나님을 향해 열려 있는 창窓에 비유되기도 한다. 이 창을 통해 하나님의 전갈 곧, 영감이 들어온다.[93] '영혼'의 창이 닫히면, 사람은 영적인 세계를 두루 관통하는 영의 세찬 바람에 관심을 가질 수 없고, 그 결과 다른 연인들의 영혼과 하나가 될 수도 없을 것이다.[94]

　　루미의 심리학에서 최고의 자리를 차지하는 것이 바로 마음이다. 마음은 사랑이 머무는 자리이다. 남자가 여자에게서 태어나는 것과 같이, 마음은 육체의 자식이지만, 육체의 지배자이기도 하다.[95] 루미는 마음을 아이에 빗대어 말하기를 즐겨한다.

> 내 마음 곧, 아이가 편히 쉬도록,
> 나는 쉬지 않고 움직인다―
> 요람을 살랑살랑 흔들면,
> 아이는 선잠에 빠진다.
> 줄곧 칭얼대지 않도록,
> 나의 아이에게 젖을 주세요.
> 라고 말하는 순간 당신은
> 걱정하는 백 사람을 보살피십니다![96]

마음은 정원에 비유되기도 한다. 정원은 은총의 비에 촉촉이 젖고 신적인 영감의 미풍에 생기를 얻는다. 마음은 결코 쉬는 법이 없다. 마음은 물과 같기 때문이다. 물이 고이면 썩기 쉽다.[97] 마음은 달처럼 눈부신 벗을 반사하도록 지어졌다. 마음은 몸을 깨끗하게 하고 소생시키는 세수 대야에 견주어지기도 한다.[98] 하지만 마음은 지옥을 살라버릴 만큼 뜨겁기도 하다.[99] 사랑의 불꽃에 타오를 때의 마음은 구운 고기Kebāb에 비유될 수 있다. 번제燔祭의 이미지로 말하면, 그 향기는 천상으로 올라가고, 연인은 그 냄새를 맡고 그것이 어떤 종류인지를 알아챈다.[100]

루미의 서정시는 온통 이 마음에게 말을 거는 형식으로 되어 있다. 마음은 사랑의 매를 맞고 도망친다. 아픔이 너무 크기 때문이다.

한밤중에 일어나 보니
마음이 온데간데없구나!
마음을 찾으려고
집안 여기저기를 뛰어다녀도 사라진 모습 보이지 않는구나!
이곳저곳 샅샅이 뒤져
가련한 것을 찾았으니
맙소사! 구석진 곳에
웅크리고 있구나….[101]

루미는 이 마음이 가고 싶어 하는 곳을 어떻게 알았을까?

"거나한 내 마음이

어디로 가고 싶어 하나요?" 하고 내가 물으니,

임금께서 말씀하셨다. "잠잠하여라!

마음은 내 앞에 서 있고 싶어 한단다!

어디로 가든지

마음은 행복을 만날 것이니,

아무 말도 하지 마라.

마음이 가고자 하는 대로 그냥 두어라.

마음은 태양을 닮아서

땅속에 있다가도

마호메트의 기도처럼

곧장 하늘로 솟아오른다.

마음이 구름 속에서

은총의 젖을 가져다주고,

아침 바람처럼

영혼의 정원에 불어들면,

그대여 마음을 따라라,

그대 안에서 장미와

푸른 싹이 자라는 것을 보리니,

성실한 강이 흐르는 것을 보리니!"[102]

쉬지 않고 임금을 찾아다니는 이 마음은 마침내 하나님의 옥좌
가 된다.[103]

하지만 마음은 거기에 이르기까지 힘겹고 괴로운 정화의식을 거치지 않으면 안 된다. 마음은 우상이 머물러서는 안 되는 집이고, 그래야만 신적인 연인이 들어가서 그곳에 머물 수 있기 때문이다. 예루살렘에는 마스지드 알-아크사*가 있고, 메카에는 카아바**가 있지만, 마음도 최고의 성전이라고 할 수 있다.[104]

완전히 정화된 마음은 하나님께서 자신의 아름다운 모습을 비추어 보시는 거울과 같다.[105] 거울에서 흘러나온 신성한 빛과 연결되어 마음은 등불 곧, 꾸란의 구절(Sura 24/35)이 말하는 등불로 여겨지기도 한다.[106]

루미는 깨어지기 쉽고 연약한 마음에 가장 잘 어울리는 이미지로 유리의 이미지를 사용한다. 그는 종종 마음을 유리병에 비유한다. 이 유리병 속에는 연인의 이미지가 살고 있다. 마치 요정이 병 속에 있는 것처럼.[107] 병 속에 들어 있는 연인의 이미지는 **영혼의 다정한 벗**dulcis hospes animae을 근동 식으로 표현한 것이다.

마음이 겪는 정화의 과정은 신성하지 않은 모든 것을 파괴하는 과정이라고 할 수 있다. 마음이 폐허가 되어야 그 속에서 값진 보화 곧, 하나님을 발견할 수 있다. 하나님은 꾸란 바깥의 말씀으로 다음과 같이 약속하지 않으셨던가? "나는 나로 인해 마음이 상한 사람들과 함께 있을 것이다."[108]

---

* 마스지드 알-아크사Masdschid al-Aqsa는 예루살렘 곧, 솔로몬의 궁전이 있던 자리에 세워진 이슬람 사원이다-역주.

** 카아바Kaaba는 이슬람교의 중앙성전을 일컫는 말이다-역주.

마음은 인간을 이끌어 하나님 안에서 이루어지는 영생으로 인도한다. 그런 까닭에 마음은 자신의 인장으로 모든 피조물을 다스리는 솔로몬에 비유되기도 한다.[109] 루미는 아름다운 것은 모두 마음의 반영에 불과하며, 눈부시게 아름다우신 하나님이 이 마음속에서 반짝이고 계심을 알고 있었다.[110]

5

하늘로 이어진 사닥다리
: 피조물의 상승에 대하여

꾸란 112장, 이슬람 유일신 신조

5. 하늘로 이어진 사닥다리 : 피조물의 상승에 대하여

교사라면 아이에게 글 쓰는 법을 가르치게 마련이다. 시행詩行을 쓸 만큼 실력이 자라면, 아이는 시행을 써서 스승에게 보인다. 스승은 모든 것이 맘에 들지 않고 틀린 것으로 보임에도 다음과 같이 온화하게 말한다. "대단히 좋구나! 잘 썼구나! 훌륭하구나! 다만 이 글자를 제대로 쓰지 못했구나! 그렇지?" 교사는 아이가 낙심하지 않도록 나머지를 칭찬한다. 연약한 아이는 이러한 인정을 받고 강해진다. 그러면 차츰차츰 가르치기가 수월해지고, 아이는 궤도에 오를 것이다.[1]

창조물의 발전이 그러하듯이, 루미는 인간의 모든 행위를 보다 높은 지평을 향한 부단한 상승으로 여겼다. 영혼의 안내자였던 그는 초심자를 서서히 가르치는 것이 얼마나 중요한지 잘 알고 있었다. 그는 종종 여행의 이미지를 활용하여 이러한 발전을 설명한다. 하지만 그가 더 자주 활용한 것은 사닥다리의 이미지였다. 사닥다리는 이미 그의 스승 사나이가 개인의 상승은 물론이고 피조물 일반의 상승에 대하여 말할 때 즐겨 사용한 이미지였다. 이 사닥다리의 첫 번째 가로대가 가장 중요하다. 왜냐하면 첨탑을 세울 때 기초에 벽돌 한 장만 잘못 쌓아도, 건물 전체가 무너지고 말 것이기 때문이다.[2] 전형적인 수피와 마찬가지로 마울라나도 이슬람교도의 종교적인 의무들을 지켰다. 이 의무들을 가리켜 이슬람교의 다섯 기둥五柱*이라고 부른다. 사닥다리의 기초를 이루는 것이 바로 이 다섯 기둥이다. 신자는 이 사닥다리를 타고 천상으로 올라간다. '하나님 외에는 신이 없다.'는 신앙고백은 모든 사상의 중심에 자리한다. 이 고백은 하나님의 유일성, 위엄 그리고 영광을 항구적으로 둘러싼다. 이슬람 신비주의의 핵심은 이 신앙고백을 깊이 내면화하는 것이기 때문이다. (하나님 외에는 신이 없다는 고백은 종종 **그분 외에는 아무것도 존재하지 않는다**는 주장으로 확대되었다.) 마울라나의 시문은 종교적이든 그렇지 않든 간에 기도에 관한 시구로 가득 차 있다. 혹자는 그의 기도 시편을 토대로 하여 그의 신학을 재구성할 수도 있을 것이다.

---

* 이슬람교의 다섯 기둥은 ①'하나님 외에는 신이 없고, 마호메트는 신의 사도임을 증언한다.'고 하는 신앙고백, ②하루 다섯 차례 드려지는 예배, ③라마단 기간(한 달)에 해 있는 동안 이루어지는 단식, ④자기 수입의 2.5%를 구빈세로 납부하는 자카트, ⑤평생에 한 번 건강과 재정 형편이 허락할 때 메카를 순례하는 하지 등으로 구성되어 있다-역주.

단식도 마울라나가 진지하게 받아들인 종교적 의무였다. 그는 한 달에 걸쳐 단식하는 라마단 기간은 물론이고 그 이외의 기간에도 오랫동안 단식하는 습관이 있었다.

신앙은 다섯 기둥 위에 세워지지만,
가장 강력한 기둥은 단식이랍니다.[3]

마울라나는 '단식'ṣiyām이라는 말을 압운押韻으로 하여 장시를 쓰기도 했다. 이러한 금욕 수련이 굉장한 효과를 발휘한다고 확신했기 때문이다.

날씬한 잔치달의 복을 받으려거든,
살찐 암소 곧, 그대의 정욕을 굶겨 죽여라![4]

이토록 중요한 역할을 하는 단식은 잔칫날을 맞이하기 위한 준비 작업이다. (이는 금욕이 사랑의 체험을 위한 준비 작업인 것과 같다.) 사람들은 저녁이 되어서야 단식을 깨고 벗의 입술에 설탕을 넣어줄 수 있었다.[5]

청년 시절에 부모를 모시고 메카에 다녀온 적이 있는 마울라나는 순례자들을 찬미한다. 순례자들은 신성한 연안 근처에 있기 위해 길고 힘겨운 여정을 거쳐 이슬람교의 중심성전인 카아바에 이른다.

순례를 위해 모래땅과

사막에서 낙타 젖을 양식으로 삼고,

도둑떼를 만나는 것은

얼마나 값진 일인가···[6)]

하지만 그는 카아바 자체가 하나님의 임재를 나타내는 표지이자
상징에 불과하다는 사실도 알고 있었다.

순례 길에 오른 자여,

그대 어디에 있는가, 그대 어디 있는가?

연인이 여기 있구나!

어서 오라! 어서 오라!

임이 그대와 벽을 사이에 두고

이웃되어, 이웃되어 살고 있거늘

사막에서 길을 잃었는가,

그대 무얼 찾는가, 무얼 찾는가?

그대는 가뭇없는 연인의

모습을 찾고 있구나,

그대가 바로 주인이고,

집이고, 카아바이거늘![7)]

순례자가 카아바의 벽에 있는 검은 돌에 입을 맞추는 것은 보다

고귀한 관계를 암시하는 표지일 뿐이다.

> 순례자가 검은 돌에
> 진심으로 입을 맞추는 것은,
> 임의 옥 같은 입,
> 달콤한 입술을 느꼈기 때문이지요![8]

이런 이유로 루미는 순례를 영적으로 해석한다. 상당수의 신비
가가 메카에 있는 성전을 거듭해서 찾고, 그 성전을 만남의 장소
로 삼았지만, 대다수의 신비가도 순례를 영적으로 해석한다. 루
미는 상당수 수피들의 사상을 말하고 있는 것으로 보인다. 그는
육체를 낙타로, 카아바를 '마음'으로 여기고,[9] 바로 이 마음속에
신성한 연인이 거주한다고 생각한다. 물론, 각 사람은 저마다 자
기의 생각과 바람을 토로하는 나름의 '기도 처소'qibla, 나름의 메
카를 갖고 있다.

> 가브리엘 천사와 영들의 성전은 시드라 나무
> 배불뚝이 하인들의 기도 처소는 식탁보
> 깨달은 사람들의 기도 처소는 합일의 빛
> 철학자들의 기도 처소는 상상개념
> 금욕주의자들의 기도 처소는 은혜로우신 하나님
> 탐욕스러운 자들의 기도 처소는 반짝이는 황금

정신적인 자들의 기도 처소는 인내
우상숭배자의 기도 처소는 석상石像
영성가들의 기도 처소는 은혜로우신 주님
겉꾸림하는 자들의 기도 처소는 여인의 얼굴[10]

순례 기간에 희생제사가 거행되면, 사랑하는 자는 근심으로 바짝
야위기는 했어도 살지고 귀여운 어린양의 모습으로 보이고 싶어
한다.[11] 그러면 연인은 그를 사서 바친다.

그분께서 웃으시며 말했다.
"그대는 나의 제물이 되었으니 가서 감사하여라!"
내가 물었다. "누구의 제물인가요?" 그러자 그분께서 말했다.
"나의 제물이지! 암, 그렇고말고!"[12]

연인의 손에 죽는 것이야말로 신생新生의 전제조건이다.
　　카아바의 돌에서 연인의 입술을 보았듯이, 루미는 구빈세救貧
稅의 의무도 영적으로 해석한다. 임은 그에게 '루비로 대가'를 지
불하지 않으면 안 된다. 즉, 사랑하는 사람에게 루비 같은 입술로
입맞춤해야 한다는 것이다.[13] 루미는 이 이미지를 페르시아 시에
서도 사용했다.
　　모든 종교적 의무를 정확히 준수함으로써 시작되는 순례자
의 길은 저급한 충동과의 부단한 투쟁을 요구하고, 무쇠 같은 마

음 거울을 끊임없이 닦을 것을 요구한다. 이토록 힘겨운 길을 걸어가려면 도반道伴이 필요하고, 여행이 길어져 피로가 쌓이면 쌓일수록 강인한 순례자 무리와 유능한 지도자가 요구된다.[14] 그런 까닭에 사람들은 조심스럽게 길동무를 택해야 했다. 수많은 사람이 시리아와 이라크로 여행했지만, 그들이 만난 것은 불신자와 위선자들뿐이었다. 수많은 사람이 인도와 헤라트로 여행했지만, 그들은 자기 잇속만 챙겼을 뿐이다. 수많은 사람이 인도와 터키로 여행을 떠났지만, 그들이 만난 것은 '증오'와 '음모'뿐이었다.[15] 그러한 순례자의 우두머리들을 따르는 것은 위험스럽기 짝이 없다. 그들은 눈이 멀어서 추종자들을 잘못된 길로 이끌기 때문이다.[16] 그렇다. 그들은 실로 끊임없이 넘어지는 소경과 같다. 수렁에 빠진 소경은 자신에게 달라붙은 좋지 않은 냄새가 어디에서 온 것인지 알지 못한다.[17] 루미는 이 이미지를 확대하여 말한다. 그러한 냄새가 나는 거리는 몇 미터에 불과하지만, 그러한 사람의 마음에서 풍기는 악취는 낙원을 지키는 자와 천국에 있는 후리들에게* 구역질을 일으킨다.[18]

　　루미는 신성한 사랑을 향해 길을 떠나는 순례자에게 위험이 될 수 있는 사람들을 다양한 어휘로 묘사한다. 그들은 '당나귀의 뇌를 먹는' 자들이다.[19] 그러한 사람은 겉으로는 노련해 보여도 속으로는 떡잎들 사이에 있는 설익은 과일과 같거나, 속에 든 고기가 아직 익지 않은 거무튀튀한 솥과 같다. 순례자는 그러한 사

---

* 후리Huri는 이슬람교의 천국에 있는 영원한 처녀를 의미한다-역주.

람들을 피하는 게 좋다. 왜냐하면 그들은 구름이 햇빛을 앗아가듯이 순례자의 신앙을 앗아가기 때문이다.[20)]

우리가 특별히 주의해야 할 성품 중에서 탐욕은 신비스러운 '가난'과 정반대의 자리에 있다. 우리는 정욕의 냄새를 도처에서 맡을 수 있다.

> 그대가 말할 때마다
> 교만과 탐욕과 정욕의 악취가 양파 냄새처럼 나는구나!
> "내가 언제 양파를 먹었다고 그래요?
> 나는 양파와 마늘을 먹지 않았어요!" 하고 그대가 말하자마자,
> 그대의 숨이 배신을 하는구나![21)]

순례자에게 위험한 사람은 얼간이와 탐욕스러운 현세주의자가 아니라 지나치게 약은 자들, 특히 꼬치꼬치 캐묻기 좋아하는 철학자들이다. 루미가 지성을 예찬하는 이유는 그것이 인간을 종교의 길로 이끌기 때문이다. 하지만 지성이 자기의 영원한 근원인 최고 지성과 동떨어져 있다면, 그런 지성은 악마적이다. 루미는 아래와 같이 생각한다.

> 지성은 사탄에게서 오고, 사랑은 아담에게서 온다.[22)]

외적인 과학에 몰두하는 것은 가축이 하루나 이틀 머물고 마는

외양간을 짓는 것이나 다름없다. 우리가 죽는 순간 모든 외적인 과학과 지식은 전혀 쓸모가 없기 때문이다. 죽음의 순간에 필요한 것은 영적인 가난에 관한 지식뿐이다.[23] 자신의 학식을 가지고 하나님의 말씀을 잘못 풀이하는 사람은 한 마리 파리와 같고, 그의 상상력은 당나귀오줌과 같으며, 그가 말하는 관념들은 지푸라기와 같다.[24]

한 임금에 관한 이야기이다. 임금이 자기 아들을 한 무리의 학자들에게 맡겼다. 시간이 경과하면서 그들은 왕자에게 천문학과 모래로 점을 치는 법과 여타의 것을 가르쳤다. 왕자는 본래 대단히 아둔하고 어리석었지만 학자들 틈에서 참된 스승이 되었다. 어느 날 임금이 금반지 한 개를 손에 쥐고서 자기 아들을 시험했다. "이리 와서 내 손아귀에 무엇이 들어 있는지 말해보아라!" 아들이 이렇게 대답했다. "아버님께서 쥐고 계신 것은 둥글고 누렇고 금속으로 되어 있으며 속이 비어 있습니다!" "네가 모든 특징을 제대로 말했구나! 자 이제 그것이 무엇인지 말해보아라!" "맷돌인 것 같습니다."라고 왕자가 대답했다. "뭐라고!" 임금이 말했다. "너는 명석한 사람들이 듣고 놀랄 만큼 세세한 특징들을 제대로 말했다. 하지만 너는 네 모든 학식과 지식에도 맷돌을 손아귀에 쥘 수 없다는 것을 알아차리지 못했으니 어찌된 노릇이냐?"

우리 시대에 모든 종류의 과학에 몸담고 있으면서 꼬치꼬치 캐

묻기 좋아하는 위대한 학자들이 바로 그런 식이다. 그들은 자신과 무관한 것에 대해서는 전부 알아내고 이해하면서도, 정작 중요하고 무엇보다도 인간 가까이 있는 것 곧, 자기 자신에 대해서는 아무것도 모른다. 그들은 이런저런 사실의 적법성에 대해서는 곧잘 판단을 내린다. "이것은 되고, 저것은 안 됩니다. 이것은 율법에 맞지만, 저것은 맞지 않습니다." 하지만 그들은 자기 자신을 모르고, 자기가 율법에 맞는지 그렇지 않은지, 자기가 깨끗한지 불결한지 알려고 하지 않는다.

"속이 비어 있다" "노랗다" "금속으로 되어 있다" "둥글다" 등으로 표현되는 속성들은 비본질적인 것에 불과하다. 대상을 불속에 던져 보라. 그러면 아무것도 남지 않을 것이다. 그것은 이 모든 속성을 여의고 본질적인 자기가 될 것이다. 그들이 과학이나 행동이나 일에 대하여 제시하는 특징들도 비본질적이다. 그들은 이 특징들이 없어져도 지속되는 실체와는 전혀 관계하지 않는다.[25]

가잘리도 동료 신학자들을 두고 이와 유사하게 말했다. 이를테면 그들은 대단한 분석 방법에 대해서는 잘 알고 있지만, 정작 신실한 예배나 신앙에 대해서는 전혀 모른다는 것이다. 루미는 본질에서 벗어난 지적인 활동을 불신한 나머지 다음과 같은 예언자의 말씀을 인용해서 말한다. **"낙원에 거주하는 사람들 대다수는 무식한 사람들 곧, 아블라**ablah**다."**[26] **아블라**는 외적인 과학에 신경을 쓰지 않고 종교적인 의무들을 준수하는 자들을 의미한다. 방금 인용한 예언자의 말씀을 보다 깊이 있게 해석한 사람은 루미의 아들 술탄 왈라드였다. 그는 아버지의 사상을 가장 잘 이해했던 것으로 보인다. 그는 이렇게 말한다. "하나님의 실체가 찬란히 드러날 때 자기의 이성적인 능력을 잃어버린 사람(아블라)은 최상의 황홀경 상태에 있는 것이다. 다섯 살 가량의 아이는 매력적인 여인을 보더라도 넋을 빼앗기지 않지만 다 자란 성인은 넋을 빼앗기고 만다. 가장 깊고 가장 성숙한 영들만이 이러한 '무지'의 상태를 간직하고 있다."[27]

루미는 철학자를 일컬어 '가련하고 초라한 철학자'라고 즐겨 부른다. 철학자는 벽에 비친 그림자 형상만을 본다. (루미는 플라톤이 말하는 동굴의 비유의 영향을 받았다.) 철학자는 감각적인 경험으로는 포착되지 않는 일체의 것을 부정하고, 하나님을 논리적으로 증명하려고 한다.

한 학생이 샴스엣딘의 면전에서 이렇게 말했다. "저는 하나님이 계신다고 단정합니다!" 이튿날 아침에 스승 샴스엣딘이 이렇게 말했다. "간밤에 천사들이 내려와서 저 사람을 축복하며 이렇게 말했다. '하나님께 영광! 저 사람이 우리 하나님의 존재를 증명했구나! 저 사람은 적어도 인간들에게 아무 해도 입히지 않았다.'"[28]

하나님이 경동맥보다 가까이 계신데(Sura 50/16), 어찌 사상의 그물을 멀리까지 던져야 한단 말인가?[29]

신비주의의 오솔길을 걷는 초보자들에게는 아직도 위험이 도사리고 있다. 그것은 자칭 성인들 즉, 머리를 삭발하여 호박처럼 보이는 수피들이다. 그들은 고매한 말로 가련한 방문객을 어리둥절하게 하여, 자신들을 위대한 현자로 여기게 한다.[30] 이들은 진정한 수피에게서 찾아볼 수 없는 성품들을 가지고 있다. 그들은 '큰 방울처럼' 지나치게 떠벌리고, 스무 사람이 먹는 것보다 더 많이 먹고, 잠꾸러기보다 더 많이 잔다. 하지만 진정한 수피는 적게 먹고, 적게 자고, 적게 말한다.[31] 진정한 수피는 정결safwat을 추구하는 사람이지 수도복을 바느질해서 파는 자가 아니다.[32]

그렇다면 수피즘이란 도대체 무엇인가? 루미는 아래와 같이 말한다.

> 수피즘이란 무엇입니까? 그가 이렇게 말했다. "슬픔이 닥쳤을 때, 마음속에서 기쁨을 찾는 것이다."[33]

하지만 그것은 책에서 얻을 수 있는 것이 아니라 경험을 통해서 얻을 수 있는 것이다. 마울라나는 신비 사상으로 가득 찬 분위기에서 성장했고, 나중에 부르하넷딘에게서 아버지의 신비 사상을 전수받았음에도 전문적인 용어를 전혀 사용하지 않는다. 콘야에 거주하던 그의 동료 가운데 일부가 그런 이유로 그를 비판

했다. 우리는 《마스나비》의 몇몇 대목에서 그런 사실을 짐작해 볼 수 있다.[34]

루미는 샴스를 만나서 신적인 사랑을 생생하게 경험한 뒤에 갈기갈기 찢어졌다. 때문에 그는 오솔길의 준비단계에 대해 조금 밖에 언급하지 않는다.

물론, 루미는 오솔길이 회개tauba와 함께 시작된다는 것을 잘 알고 있다. 그는 발흐의 이브라힘 이븐 아드함 왕자의 이야기에서 그러한 '회개'를 극적으로 묘사한다. (발흐는 고대 불교의 중심지였다.) 어느 날 밤, 왕자는 자신이 살고 있는 궁궐의 지붕에서 들려오는 떠들썩한 소리를 듣는다. 그것은 남자들이 지붕에서 낙타들을 찾기 위해 내는 소리였다. 이 당치 않은 시도에 놀란 그는 궁궐에서 하나님을 찾는 것이 지붕에서 낙타를 찾는 것보다 훨씬 어려운 일이라는 것을 깨닫는다. 그는 위대한 수도자가 되기 위해 고향을 떠난다.[35] 루미는 엄청난 위험에 직면하여 마음을 돌이킨 목욕관리사 나수흐Nasuh의 회개에 대해서도 자세하게 묘사한다. 그는 꾸란 경전의 **타우바탄 나수한**taubatan nāṣūḥan(Sura 66/8)이라는 표현을 바탕으로 그 목욕관리사의 이름을 설명한다. **타우바탄 나수한**은 '진실한 회개'를 뜻한다. 나수흐는 여자로 변장하고서 우아한 귀부인들을 마사지한다. 그러던 어느 날, 그는 갑작스런 위협을 받고 회개하여 뻔뻔스러운 장난을 영원히 그만둔다.[36] 루미는 이러한 회개가 끊임없이 계속되어야 한다고 말한다. 매순간 우리는 죄스러운 행동, 불쾌한 생각, 의무를 이행하지 않고 하나님을 거스른 것을 회개해야 한다.[37] 회개의 문은 해가 서쪽에서 떠오르는 날까지 곧, 최후 심판의 날까지 활짝 열려 있다. 루미의 무덤에는 다음과 같은 글귀가 쓰여 있다.

> 회개를 백 번이나 깼을지라도, 돌아오너라, 돌아오너라….Bāz ā,
> Bāz ā….

회개란 이 세계를 저버리는 것을 뜻한다. 이 세계는 정부情夫를 살해하는 이 빠진 창녀와 같고,[38] 미숙한 사람들이 가젤 영양 곧, 자기의 '영혼'을 돌보지 않고 찾아다니는 돼지와 같다.[39] 회개는 작은 부분을 포기함으로써 전체를 구원하는 수술과 같다. 그런 까닭에 우리는 영적인 '질병'의 조짐이 있을 때마다 곧바로 싸워야 한다.

> 그대에게 충치가 생기면,
> 이가 남아나지 않을 것이니, 그것을 뽑아버려라!
> 그것 때문에 몸 전체가 괴로움을 당하지 않도록!
> 그대의 것이긴 하지만, 그래도 그것을 뽑아버려라![40]

본능nafs은 이 세상의 옹호자다. 우리는 본능과 끊임없이 맞서 싸워 그것을 다스려야 한다. 본능을 다스리는 수단 가운데 굶주림만큼 으뜸가는 것도 없다. (그런 이유로 루미는 단식을 중요하게 여긴다.) 배불리 먹는 사람은 사탄의 나귀가 되기 쉽고, 더 악한 죄에 빠지기 쉽다.[41] 고대의 수피들이 밝혀낸 것처럼, **굶주림은 하나님의 보화다**. 피리는 텅 빈 상태에서만 소리를 낼 수 있다.[42] 마울라나는 가브리엘 천사의 힘이 음식에서 온 것이 아니라, 창조주를 깊이 생각한 데에서 온 것임을 잘 알고 있다.[43] 하나님의 빛이야말로 천사들의 음식이다. 때문에 루미는 아래와 같이 읊조린다.

> 내가 양의 대가리를 먹지 않는 것은, 그것이 무겁기 때문이다.
> 내가 우족을 먹지 않는 것은, 그것이 뼈에 불과하기 때문이다.
> 내가 비리야니*를 먹지 않는 것은, 그것이 독하기 때문이다.
> 나는 빛을 먹는다. 이는 그것이 영혼의 음식이기 때문이다![44]

사랑하는 자의 상태는 아래와 같다.

> 우리는 무한한 은혜의 그늘에서
> 유쾌하게 먹고 기분 좋게 잔다.
> 우리가 먹는 것은 식도와 위를 통해서가 아니고,
> 우리가 잠을 자는 것은 밤이 왔기 때문이 아니다…[45]

사랑하는 자는 밤중에도 깨어 하나님과 함께 있는 사람이다. '하

---

* 비리야니Biryani는 향신료와 고기, 견과와 과일을 넣고 볶은 볶음밥의 일종이다-역주.

나님과 함께 잠자는' 사람은 깨어 있는 것이나 다름없기 때문이다.[46] **졸음이나 잠은 하나님을 건드리지 못한다**(Sura 2/256). 하지만 먹을 때에는 의식상 논란의 소지가 없는 정결한 것만 먹어야 한다. 그렇지 않으면 좋지 않은 결과를 맞이할 것이다. 마울라나는 고대의 금욕주의자들을 본받아 그것을 거듭해서 설교한다.[47] 루미는 자신의 작품에서 부엌이라는 단어와 음식이라는 단어를 여느 신비가보다 더 자주 사용하는데, 이는 단식과 굶주림을 예찬한 것과 관계가 있지 않나 싶다. 자연스럽게 밤을 지새는 것으로 유명했던 그는 도망치는 잠에게 상냥한 말을 바치기도 했다.

　신비스러운 사닥다리의 초보단계 가운데 하나는 **타와쿨** tawakkul이다. 타와쿨은 '신앙'을 뜻한다. 물론 신앙은 지나치지 않을 정도여야 한다. 왜냐하면 초기 금욕주의자들은 바로 곁에 바짝 마른 채 놓여 있는 수박껍질을 향해 손을 뻗으려고 하지 않을 만큼 지나치게 수련했기 때문이다. 그들은 하나님이 이 수박껍질을 그들에게 음식물로 정해주셨다는 것을 알지 못했던 것이다. 예언자가 "먼저 그대의 낙타를 길러 낸 다음 하나님을 믿어라!" 하고 말했는데도 말이다.[48] 신앙은 성숙한 사람들의 영적인 자세다. 사람이 영적 사닥다리를 올라가면 올라갈수록, 그는 하나님이 어떻게 활동하시는지 더 잘 알게 되고, 신성한 연인의 뜻을 거스르지 않으면서 이 활동의 흐름에 조화로이 순응하게 되기 때문이다.

신비가에게는 인내도 중요하다. 인내는 보다 높은 처소로 이어진 디딤판, 낙원으로 이어진 다리, **기쁨의 열쇠**다. 인내는 쇠로 된 방패다. 하나님은 이 방패 위에다 다음과 같은 글귀를 쓰신다. **'이겼다.'**[49] 불행과 슬픔 속에서 울부짖고 탄식하는 것은 아무 소용이 없다. 그렇게 한다고 해서 해결되는 것이 아니기 때문이다. 마울라나는 등에 사자 문신을 새기고 싶어 하는 남자의 이야기를 가지고 그것을 설명한다. 그 남자는 바늘의 고통을 견딜 수 없었다. 그래서 문신 새기는 사람에게 사자의 머리를 뺀 채 문신을 새겨달라고 말한다. 그는 고통이 전혀 줄어들지 않자 꼬리도 빼고 새겨달라고 말한다. 결국 그는 몸통 없는 허깨비 사자로 만족할 수밖에 없었다.[50]

루미는 봄의 시편에서 인내의 중요성을 특히 강조한다. 그는 겨울을 버티는 나무들이 자기의 아들 요셉을 그리워하는 야곱의 **아름다운 인내**(Sura 12/18)를 어떻게 익히는지를 다양한 이미지로 노래한다. 나무들은 봄철에 찬란한 빛깔과 향기, 천상의 옷과 새의 노랫소리를 인내의 대가로 받는다. 이 세상의 겨울 풍경 속에서 인내를 보여준 마음도 화창한 부활의 봄날에 상을 받는다.

인내와 상관있는 단어는 마음에서 우러난 감사다.

인내가 끊임없이 말하네.
"나는 그분과 이룰 합일의 기쁜 소식을 몰고 온답니다!"
그러자 감사가 쉬지 않고 말하네.

"나는 그분의 은총을 통째로 가지고 있답니다!"[51]

인내는 준비단계에 불과한 반면, 감사가 깊어지면 깊어질수록, 사람은 더 많이 진보하고, 이에 따라 은총도 그에게 더 많이 임하기 때문이다. 루미는 셀주크의 술탄 이제딘에게 보낸 서신과 《피히 마 피히》에서 이러한 감사의 선물을 아주 적절하게 묘사한다.

> 감사는 자선을 추구합니다. 그대는 "감사합니다"라는 소리를 듣고 더 많이 줄 채비를 할 것입니다. 하나님은 사랑하는 종에게 매를 드는 분이십니다. 종이 매를 잘 참아내면 하나님께서 그를 고르실 것이고, 종이 감사하면 하나님께서 그를 높이실 것입니다. … 감사야말로 가장 탁월한 해독제입니다. 감사는 진노를 은총으로 변화시킵니다.[52]

루미는 예부터 전해 내려오는 말을 인용하여 사람이 두려움과 희망이라는 두 날개를 타고 날아오른다고 말한다. 사람은 이 날개들이 없으면 살 수 없다.

> 아무개가 물었다. "우리는 선을 행하고 경건한 행동을 실천하고 있습니다. 우리는 희망을 가지고 있으며 하나님의 상을 기다리고 있습니다. 그것이 해로운 일일까요?" 그러자 스승이 대답했다. "맹세컨대 절대로 아니다. 모름지기 사람은 희망을 가져야

한다. 왜냐하면 신앙은 두려움과 희망에서 싹트기 때문이다."

어떤 사람이 내게 물었다. "희망 자체는 좋은 것인데, 그것이 두려움과 무슨 관계가 있나요?" 내가 대답했다. "희망 없는 두려움이나 두려움 없는 희망을 내게 보여 다오! 두려움과 희망은 떼려야 뗄 수 없는 것인데, 어찌 그런 식으로 묻느냐? 밀을 심은 사람을 예로 들어보자. 그는 밀의 생장을 방해하는 불행이 닥치면 어쩌나 두려워하면서도 밀이 잘 자라기를 바랄 것이다. ··· 희망이 넘치고 상과 유익을 바라는 사람은 자기의 일에 엄청난 노력을 기울이게 마련이다. 그러한 바람이야말로 그의 날개다. 그의 날개가 강해지면 강해질수록, 그의 비행은 더 먼 곳까지 이를 것이다. 반면에 희망이 없는 사람은 굼뜨게 마련이어서, 그에게서는 선행이라든가 참된 섬김과 같은 것이 더 이상 나오지 못할 것이다. 이와 마찬가지로 병자는 쓴 약을 마시고 달콤한 위안을 포기할 것이다. 다시 건강해지기를 바라지 않는 사람이 어찌 쓴 약을 참겠는가?"[53]

그러한 희망과 두려움은 인간의 '정상적인' 태도의 일부일 따름이다. 모든 것이 물러가고 사랑이 모습을 드러내면, 희망과 두려움도 사라질 것이다.

뱃사람은 언제나
'두려움'과 '희망'의 배 위에 있다.

사람과 배가 사라지면,

남는 것은 침몰뿐이다.[54]

왜냐하면 사랑의 바다 곧, 신성한 존재와 하나가 된 곳에서는 날
개도 필요 없고 배도 필요 없기 때문이다. 삶을 떠받치는 대립은
완전하신 하나님 안에서 사라지게 마련이다.

　　루미는 인생에는 두려움과 희망의 상호작용이 필요하다고
거듭해서 강조한다. 그럼에도 그의 시에서 최종적으로 붙잡는 단
어는 희망이다.

은혜로운 당신의 봄은

이 터에 희망의 씨를

심은 사람에게

일백 배로 되돌려줍니다.[55]

하나님의 은혜는 그분의 진노를 앞지르고, 능가한다. 하나님께서
는 **자신의 종이 생각하는 대로 함께하신다.**

　　루미의 신비주의에 대해 이야기할 때, 그 중심 개념은 실로
'가난'faqr일 것이다. 마호메트 예언자는 "**나는 나의 가난을 자랑한
다.**" 하고 말했다. 초기의 수피들은 이 말을 근거로 영적 가난의
상태를 깊이 성찰했다. 꾸란이 말한 대로, 인간은 영원히 풍요로
우신 하나님(Sura 35/16) 앞에서 극빈자일 수밖에 없다. 물론 그

러한 가난은 겉으로 드러나 보이는 모습과는 아무 관계가 없다.

> 옷 입은 가난을 구하지 말고,
> 주님의 빛을 입은 가난을 구하여라.
> 벌거벗은 것이 모두 '사람'이라면,
> 마늘도 사람이리라![56]

참된 가난은 장엄하신 하나님의 빛과 연결되어 있다.[57] 참된 가난은 수도자를 충만케 하는 포도주와 같다. 그것은 자기를 여읜 수도자를 가득 채운다.[58] 루미의 가장 아름다운 시 가운데 한 수는 이 가난을 일컬어 루비 광산이라고 부른다.

> 어제 나는 꿈결에 가난을 보았네.
> 어찌나 아름답던지 나의 넋을 앗아가 버렸네.
> 나 그 우아함과 완벽함에 취해
> 날 샐 때까지 활활 타올랐네.
> 그 모습 루비 광산 같았네.
> 붉은 비단옷으로 나를 덮었네….[59]

말하자면 계약을 맺던 태초에 가난이 그를 임금으로 만들어, 붉게 빛나는 비단외투를 입혀 주었다는 것이다.

가난은 강력한 치료자다.[60] 그것은 신비주의를 가르치는 지도자 중에서 가장 뛰어난 지도자다. 그 주위에는 모든 마음과 제자들이 둘러앉는다.[61] 가난은 유모乳母이기도 하다. 그것은 인간이 바르게 처신하려면 어찌해야 하는지를 일러준다.[62] 루미는 가난을 신비가의 최고 목표, 이른바 '해탈'fanā을 가리키는 단어로 여긴다.[63] 해탈이라는 말은 이미 사나이의 작품, 더 정확하게 말하면 아타르의 작품에서 사용된 바 있다. 가난은 아무것도 소유하지 않고 전부이신 하나님만을 소유하는 것을 의미한다. 이 마지막 가난의 단계에서 보면, 예언자가 한 것으로 전해지는 다음의 대담한 말은 참말이라고 하겠다. **가난이 완전해지면 하나님이 된다.**[64] 이 말은 11세기에 유래한 것으로 보인다.

가난은 모든 아름다움의 고향이기도 하다. 루미는 중앙아시아에서 전래된 한 비유에서 아래와 같이 말한다.

아무개가 말했다. "콰리즘에서는 홀딱 반하는 사람이 아무도 없습니다. 그곳에는 아름다운 사람이 너무나 많기 때문입니다. 그들은 아름다운 어떤 것을 보고 마음을 빼앗기지 않습니다. 그것은 그들의 마음을 그리 오래 붙잡지 못합니다. 그들이 더 나은 다른 것에 마음을 주기 때문입니다."

스승이 말했다. "콰리즘의 아름다움을 사랑할 수 없다면, 아름다움이 끊이지 않는 저 콰리즘을 사랑하여라. 저 콰리즘은 '가난'이다. 가난은 신비하고 아름다운 얼굴을 무수히 갖추고 있다. 그대가 이들 가운데 어느 하나에게로 다가가서 그것과 하나가 되자마자, 이내 다른 것이 그대에게 얼굴을 보일 것이다. 그러면 그대는 이전 것을 잊을 것이고, 이 과정은 끝없이 이어질 것이다. 그러니 우리 모두 이 가난의 연인이 되어, 그 아름다움을 찾아보자!"[65]

가난은 해탈에서 완성된다. 이것이야말로 신비가의 최종 목표다.

우리는 어디에서 존재를 찾는가? 존재를 포기한 자리에서![66]

부정에서 출발하는 신앙고백의 검劍은 모든 것을 베어버리고, 하나님 이외의 모든 것을 죽이고, 인간을 '하나님처럼' 되게 한다. 여느 신비가와 마찬가지로 루미도 이 이미지를 종종 사용한다. 이 이미지는 신비스러운 사닥다리의 또 다른 국면으로 이끈다. 그것은 인간 영혼의 발전이다.

자기라는 집을 청소하고,
당당하게 아름다움을 보아라!
가서 "아니에요, 저것은 하나님이 아니에요!"라고 부정하는 빗자루
　를 잡아라,
이 부정의 빗자루가 청소할 것이니![67]

루미는 부정에서 출발하여 하나님에게 이르는 상승운동을 묘사

하기 위해 주목할 만한 은유와 이미지들을 고안해낸다. 그는 이집트 콩에 얽힌 이야기를 제시한다. 한 가정부가 이집트 콩을 냄비 속에 넣고 삶기 시작하자, 콩들이 자신의 운명을 놓고 탄식했다. 그러자 가정부는 콩들에게 "시련도 정화와 순화에 이르는 한 수단이란다." 하고 말한다.[68] 짐꾼들은 가장 무거운 짐을 지겠다고 거리에서 서로 다툰다. 그 이유는 짐이 무거우면 무거울수록, 품삯도 그만큼 높아지기 때문이다….[69]

상승의 길은 고난의 길이다. 하나님께서는 다음과 같이 말씀하셨다. "나는 그들이 많이 울게 하리라."(Sura 9/82) 이렇게 말씀하신 이유는 그분께서 바싹 마른 마음의 정원에 꽃이 만발하기를 바라시기 때문이다.[70] 아이가 보채지 않으면 어머니의 젖은 나오지 않고, 사람이 울지 않으면 하나님의 은혜는 임하지 않는다.[71] 영혼은 시련을 참고 견딤으로써만 성장한다. 왜냐하면 영혼은 바깥에서 오는 모든 도움의 근원이 마른 뒤에야 하나님께로 완전히 돌아서기 때문이다. 포도즙이 통 속에서 전혀 발효되지 않았는데 어찌 포도주가 되겠는가? 고통스러운 무두질의 과정이 없이 어찌 생가죽이 양질의 가죽이 되겠는가? **시련을 가장 많이 겪은 사람은 예언자들이고, 그 다음으로 겪은 사람은 성인들이고, 그 다음으로 겪은 사람은 아무개**라는 말이 있는 것은 그 때문이다.

부서짐이야말로 새로운 삶의 전제조건이다. 값진 기름을 품고 있는 호두알맹이를 꺼내려면 껍질을 깨뜨려야 하고,[72] 진주를 꺼내려면 조개를 깨뜨려야 한다.[73] 씨앗을 뿌리려면 보습으로 밭을 갈아야 하고, 빵을 만들려면 곡식을 빻은 다음 구워야 하고, 사람이 힘을 얻으려면 빵을 씹어 먹어야 한다. 그렇게 함으로써 빵은 사람의 정신력에 한 몫 한다.[74]

고통은 인간이 무슨 일을 하든 간에 인간을 지배한다. 무언가에 대한 고뇌가 없고, 열정이 없으며, 무언가에 대한 동경이 없는 사람은 그 무언가를 이루고자 노력하지 않게 마련이다. 이 세계 안에서의 성공이든, 내세에서의 구원이든, 상인의 지위이든, 임금의 지위이든, 학문이든 간에, 인간은 고뇌가 없으면 아무것도 이루지 못한다. 진통이 오지 않았다면, 마리아는 나무에 기대지 않았을 것이다. **그녀는 출산의 진통이 심하여 종려나무 줄기에 기댔다**(Sura 19/23). 이 진통이 그녀를 나무에게 데려갔고, 바싹 마른 그 나무는 열매를 맺었던 것이다.

육체는 마리아와 같다. 우리는 저마다 자기 안에 예수를 잉태하고 있다. 진통이 오면, 우리의 예수도 태어날 것이다. 우리에게 진통이 없으면, 예수는 자기가 왔던 오솔길을 따라서 자기의 근원으로 되돌아갈 것이고, 우리를 자기와는 무관한 자로 내버려 둘 것이다.[75]

여기서 마울라나는 마이스터 에크하르트가 했던 것과 유사한 말로 고통과 진통의 중요성을 강조한다. 마이스터 에크하르트는 마울라나와 동시대에 독일에서 활동하면서 '영혼 안에서 이루어지는 그리스도의 탄생'을 이야기한 인물이다. 마울라나는 수많은 시구에서 열매 맺는 울음을 서정적인 이미지로 읊조렸다.

하늘이 울면

백 가지 금빛 찬란한 과수원이 생겨난다.

나 그리고 하늘, 우리는 어제 함께 울었다.

우리는 하나의 의식을 치렀을 뿐이거늘,

하늘이 울자, 향기롭고 싱그러운

장미와 제비꽃이 만발했구나!

사랑하는 사람이 울면 무엇이 자랄까?

임의 깊디깊은 자비가 일백 배나 자라겠지![76]

값비싼 옷감을 자르지 않고서 어찌 옷을 만들겠는가?[77] 가을에
잎사귀가 탈색되어 떨어지지 않고서 어찌 봄에 싱그러운 잎사귀
가 돋아나겠는가?

그대가 하늘로 날아오르지 못하는 것은

그대가 흙으로 빚은 공이기 때문이다.

먼저 부서져 먼지가 된 뒤에야

그대는 공중에 떠다닐 수 있으리라.

이제 그대는 먼지가 되어

여러 해를 이곳에 머무르며,

여기저기 떠돌 것이다.

그대는 유능한 도박사의 손에 들린 주사위….[78]

먼지는 하나님이 눈에 보이지 않게 불어대시는 바람의 옷이 되어, 바람이 부는 대로 따라다닐 수 있다.

　　마울라나는 고통의 중요성을 강조하기 위하여 의학 용어를 사용하기도 한다. '고통을 먹는다.'는 표현은 비움과 같은 표현이다. 먼저 배를 비운 환자라야 음식을 먹을 수 있다.

　　먼저, 비워라. 그러면 그대에게 기쁨이 찾아들 것이다. 그것은
　　고통 없는 기쁨, 가시 없는 장미, 숙취 없는 포도주.[79]

그때그때 찾아오는 고통을 이긴 사람만이 영혼의 오솔길을 향해 전진할 수 있다. 마호메트 예언자는 이렇게 말했다. **"죽기 전에 먼저 죽어라."** 수피들은 물론이고 마울라나 루미도 이 말씀을 삶과 가르침의 기초 가운데 하나로 삼았다. 심지를 짧게 한 양초가 더 밝게 빛나지 않던가?[80] 사나이와 루미는 비바르기bībargī라고 불린다. 비바르기는 근심과 소유에서 벗어난 상태를 의미한다. 이 상태는 잎을 다 떨어뜨리고bībarg 속으로 방향을 돌려 은혜로운 봄을 고대하는 나무와 같은 상태. 이것이야말로 지혜로운 자의 자세가 아닌가?[81] 한 걸음 한 걸음 전진할 때마다 고난의 길은 사람을 도와 자라게 한다. 하나님 안에는 후퇴라는 것이 없기 때문이다.

　　거울이 놋쇠 되는 법 없고,
　　빵이 밀 되는 법 없다.

무르익은 포도는 다시 푸르지 않고,
무르익은 열매는 다시 작열하지 않는다.[82]

모든 죽음은 보다 높은 경지의 부활로 나아간다. 그러니 죽음을
두려워할 이유가 없다. 지금 근심의 감옥에 갇힌 거지는 자신의
궁궐로 되돌아가고,[83] 매는 주인에게 되돌아가고, 꾀꼬리는 영원
한 정원으로 되돌아갈 것이다. 그런 까닭에 신자는 장미처럼 활
짝 웃으며 죽는다.[84] 그는 한 때 사탕수수였지만 이제 설탕이 되
리라는 것을 잘 아는 사람이다.[85]

씨앗이 땅에 떨어지면,
근사하게 싹트지 않던가요?
그대는 씨앗이
다른 모습이 되는 것을 믿나요?[86]

마울라나는 자신이 임종하는 날에도 이렇게 벗들을 위로했다.
삶은 끝없는 여행이다. 영혼의 순례자는 한 정거장에서 언덕
과 골짜기를 거쳐 다른 정거장으로 여행한다. 그는 내적인 감각
의 나라에 이를 때까지 온갖 위험을 감수한다. 만물은 순례의 도
상途上에 있다. 더딘 걸음이긴 하지만 오이와 호박조차도 이 순례
에 참여하여, 어느 날 정원사의 손이 닿으면 영혼의 줄타기를 배
울 것이다.[87] 누군가에 의하면 이 여행에서 베일이 찢어진다고 한

다. 그러나 그렇게 되려면 한순간도 쉬어서는 안 되고, 끊임없이 새로운 출발을 준비해야만 한다. 그런 이유로 마울라나는 "일어나 여행을 떠나라!"고 거듭거듭 촉구한다.

> 우리는 순례자 무리가 들고 다니는 종鐘처럼
> 먹구름이 떠갈 때의 천둥처럼 외친다.
> 순례자여, 어떤 사람이 그대를 먼 곳으로 데려갈 때에는
> 피곤하더라도 휴게소에 마음을 두지 마라![88]

왜냐하면 만물은 이 여행을 통해 자신의 이상에 접근하기 때문이다. 가냘픈 초승달은 빛나는 보름달이 되고, 대양에 떨어진 빗방울은 자기를 받아들이는 너그러운 조개를 만나 진주가 되고, 메카에서 자스리브-메디나로 도주한 예언자의 헤지라는 보다 높은 목표를 향해 떠나는 순례 여행의 상징이 된다.

> 나무가 뿌리와 잎사귀로
> 움직일 수 있었다면,
> 도끼는 나무에게 상처를 입히지 못했을 것이고,
> 톱도 나무에게 아픔을 주지 못했을 것이다.
> 태양이 밤중에 우리에게서
> 순식간에 사라지지 않으면,
> 말해보라, 어찌 대지가

아침에 빛나겠느냐?

짠물이 바다에서

하늘로 올라가지 않으면,

어찌 정원이 우기에

실개천을 통해 생기를 얻겠느냐?

보라, 물방울은

자기의 고향으로 돌아가,

조개 속에서

값진 진주가 된다.

요셉은 여행을 통해

귀중한 보화와 행복을 얻었다.

그는 한때 슬픔 가득한

이별 때문에 눈물짓지 않았느냐?

마호메트는 자스리브로 여행하여,

그곳에서 주권을 받고,

온 세상을 다스리는

통치자가 되지 않았느냐?

여행을 떠날 발이 없으면,

그대 안으로 발길을 돌려라.

루비 광산처럼 찬란한

시간의 빛을 그대 안에 받아들여라.

오오 벗이여! 그대 자신에게서 벗어나

그대의 본디 마음속으로 들어가라.
그러한 여행은 티끌을
금과 영광으로 바꾸어놓나니.[89]

사나이와 아타르는 인생의 여러 단계를 통과하는 여정을 시적으로 묘사했다. 마울라나는 모든 피조물이 '먹고 먹히는'[90] 과정 속에 있다는 것을 아타르에게서 배운다. 그가 말한 이집트 콩 이야기가 이 점을 말해주고 있다. 채소는 자기를 버리고 사람에게 먹혀 보다 높은 단계로 부활한다. 그리하여 채소는 인간의 본질에 참여한다. 정자방울mani도 자기mani를 버리고 사랑스러운 아기가 된다.[91] 태아는 충분히 자란 뒤에야 비로소 빛과 색깔과 향기의 세계에 태어날 수 있다. 이처럼 인간은 이 세상에 대하여 죽은 뒤에야 비로소 영적인 세계의 영광을 경험할 수 있다. 마울라나는 《마스나비》에서 피조물의 다양한 단계를 거치면서 이루어지는 영혼의 상승운동을 부지기수로 진술한다. 그것들 가운데 가장 유명한 것이 뤼케르트가 번역한 아래의 구절이다.

보라, 나는 돌이었다가 죽어서 식물로 피어났다.[92]

다음과 같은 구절도 있다.

그는 먼저 무생물계로 들어갔다.

그 다음에는 식물계에서 거주하였다.[93]

이것은 장시長詩다. 루미는 이 시에서 눈에 보이는 세계를 **잠자는 자의 꿈**이라고 말한다. 우리는 내세에서 이 세계를 희미하게 기억할 것이다. 이는 마치 사람이 봄꽃을 보면서 자신도 한때 식물의 상태를 지나왔다고 생각하는 것과 같다. 하지만 우리는 현대 이슬람교 학자들이 하는 것처럼 이 시구들이 다윈이 말하는 의미의 진화론이라고 해석해서는 안 된다. 오히려 우리는 루미가 이집트 콩 이야기에서 다음과 같은 할라지의 시구를 소개한 것이라고 생각하는 것이 좋을 것 같다.

오오 벗이여! 나를 죽여다오!
나의 죽음만이 나의 삶인 까닭이다!
삶 속에 나의 죽음이 있고,
죽음 속에 나의 삶이 있는 까닭이다![94]

여기서 루미는 희생 사상을 가장 중요시한다. 그는 하나님께서 그러한 상승운동을 바라신다는 것을 알고 있었다. 그는 희생 사상을 꾸란과 연관 지어 설명한다.

가축(무)'ām도 은혜in'ām를 받는다. 그들이 우리 안에 있을지라도 주인은 그들을 받아들인다. 마음이 내키면 주인은 그들을 우리에서 끌어내어 왕궁의 외양간으로 데리고 간다. 이처럼 그분은 인간이 태어나기도 전에 인간을 존재하게 하셨고, 인간을 존재의 우리에서 끌어내어 광물계로, 광물계의 우리에서 식물계로, 식물계에서 동물계로, 동물계에서 인간계로, 인간계에서 천사들의 세계로, 마침내 영원한 세계로 데려가신다. 그분은 그대가 확신할 수 있도록 이 모든 것을 계시하셨다. 그분은 지금도 그러한 외양간을 많이 가지고 계시다. **실로 한 단계가 끝나면 다른 단계가 다가서건만, 그들은 믿지 않는구나**(Sura 84/19). 하나님께서 이 모든 것을 밝히신 것은 또 다른 단계들이 그대 앞에 놓여 있음을 알리시려는 것이지, 그대로 하여금 "이게 전부야." 하고 말하게 하려는 것이 아니다.[95]

마울라나는 이처럼 사람이 변하고 한 단계에서 또 다른 단계로 올라가는 것이야말로 진정한 기적, 하나님께서 매순간 수행하시는 기적이라고 생각한다.

사람이 순식간에 이곳에서 카아바(중앙성전)로 가거나 며칠에 걸쳐 카아바로 가는 것은 기적이 아니다. 강물조차도 그런 기적을 일으킨다. 사막의 모래바람은 한순간 내지 한나절이면 자기가 원하는 곳으로 간다. 하나님께서 그대를 낮은 단계에서 높은 단계로 데려가시고, 그대를 비난받을 만한 짓에서 선행으로 이끄신 것, 그리고 그대가 저곳에서 이곳으로 오고, 무지의 상태에서 지혜로운 상태로 나아가고, 생명 없는 상태에서 생명으로 옮겨가게 된 것이야말로 진정한 기적이다….[96]

하나님은 가장 보기 드문 현상들 속에서도 이러한 신통력을 보이신다.

당신께서 가축과 황소로 사람을 만드신다고 한들,
그게 무어 놀라운 일이겠습니까.
당신께서는 바다에 떠다니는 암소의 배설물로
용연향을 만드는 분이신데![97]

만물의 부단한 상승운동은 비인격적인 자석의 인력이 아니라 자유로우신 하나님의 창조 행위다. 제물을 바치고, 연인에게 자기를 통째로 맡기는 것이 사랑의 법칙에 따른 것이라고 가정한다면, 모든 피조물을 끌어올리는 것은 하나님의 역동적인 사랑이라고 하겠다.

사랑은 죽은 것 같은 빵을 영혼이 되게 하고,
덧없는 것을 영원한 것 곧, 영혼이 되게 한다.[98]

이 사랑은 저급한 삶의 단계에서는 알려지지 않는다. 이 사랑은 인간 안에서 완성되며, '죽어서 살라!'고 가르친다. '죽어서 살라!'

는 표현은 괴테의 표현이다. 괴테는 할라지의 나비 이야기 곧, 불 속으로 뛰어드는 나비 이야기를 해석하는 가운데 그렇게 말하였다. 여행을 마친 사람은 계시된 하나님 너머에 있는 지복至福에 이를 것이다. 거기서 인간은 '본디 그대로의 참모습'을 회복하게 될 것이다.

마울라나는 이 상태에 대하여 아래와 같이 말한다.

> 나그네의 정거장에 대하여 상세히 설명했거늘, 어찌 나더러 이미 도달한 상태들에 대해 설명해달라고 하는가? … 순례자들은 도달하는 것을 목표로 삼는다. 하지만 합일에 이르러 이별하지 않는 자들의 목표는 무엇인가?[99]

그것은 피조물의 사닥다리를 타고 올라가서 꼭대기에 올라서는 것, 진정한 신자의 지위에 이르는 것이다. 마울라나는 자신의 가장 유명한 시에서 이렇게 말한다.

> 신자는 포도주 없이도 취하고,
> 신자는 음식물 없이도 배부르다…. [100]

하나님의 벗들은 두려워하지도 않고 슬퍼하지도 않는다(Sura 10/63). 하나님의 벗은 성인으로 일컬어지는 사람들, 하나님의 자식이 되어 그분 곁에 있는 사람들이다. 루미는 하나님의 궁정 아래로 숨는 자들을 시샘한다. 그들은 하나님의 은총에 보금자리를 친다. 무쇠가 불길에 달아오르듯이 그들은 은총에 달아오른다. (루미는 "나야말로 절대적인 진리다."라고 한 할라지의 말을 그런 식으로 설명한다.)[101] 그들은 창조된 적이 없는 빛의 옷을 입는다.[102] 성인들은 부수적인 이유로 행동하는 자들이 아니다. 하나님의 뜻 안에서 자기의 의지를 포기하는 사람은 기적을 일으키게 마련이다. 하나님을 따르는 사람에게 세계가 복종하기 때문이다.[103] 개가 동굴 속에서 소년들과 함께 있다가 잠꾸러기가 되듯이, 인간은 그러한 성인들 곁에 있음으로써 정화된다.[104]

영적 지도자Pir를 존경해야 할 이유가 바로 여기에 있다. 제자는 그에게 절대 복종하고 전부를 바쳐야만 힘겨운 오솔길을 여행할 수 있기 때문이다.

지도자 없이 순례의 길을 떠나는 사람은
이틀이 걸리는 여행을 백 년에 걸쳐 해야 할 것이다.[105]

스승은 세숫대야와 같거나 거울과 같다. 제자는 그를 보면서 하나님의 빛을 알아챈다. 스승은 하나님을 통해서만 움직인다. 그러하기에 그의 현존은 본능이라는 하찮은 금속을 금으로 변화시키는 위대한 연금술과 같다.[106] 그는 영혼 속에 숨어 있는 질병을 고치는 의사이기도 하다.[107] 그는 사랑하는 제자가 통째로 의탁하는 연인이다. 루미는 《마스나비》에서 성인을 상당히 많이 묘사한다. 루미는 '연인'의 모습을 가장 중요하게 여긴다. 그가 신자로서 경험한 것은 샴스와의 만남에서 비롯되었다.

마울라나가 성인에 대해 말한 것은 예언자에게도 해당된다. 정통 이슬람교가 그러하듯이, 그도 예언자들을 성인들보다 더 존경한다. 꾸란에 언급된 예언자들은 모두 마호메트의 이상적인 역할을 보여준 선구자들이다. 그들은 프리즘을 구성하는 모서리들이다. 하나님의 빛은 이 프리즘을 통해 피조물에게 접근한다. 마호메트는 삶의 모든 영역에서 신자의 전형이다. 마울라나가 예언자들과 신자들에 대해 묘사한 것은 모두 마호메트를 찬미하는 데로 수렴한다. 말하자면 예언자들은 태초부터 마호메트를 언급했고, 신자들은 이 세상이 끝나는 날까지 그를 알리리라는 것이다.[108] 메블레비-의식에 대해 한 번이라도 들어본 사람이라면, 예언자에게 바치는 굉장한 찬가를 잊지 못할 것이다. 이 찬가는 소용돌이 춤을 위한 음악으로 시작된다. 죽음과 부활을 상징하고, 영원한 사랑의 인력을 상징하는 이 신비스러운 춤은 하나님의 연인인 마호메트를 기리는 찬가와 함께 시작된다. 이 찬가에서 마호메트는 영적인 사닥다리의 정점에 도달한 사람, 너울을 벗고 하나님과 대화한 사람으로 기림 받는다.

6

〜

기도

"그분께 찬양과 감사를."
메블레비 수도승 서예가 아리프Arif의 글씨.

6. 기도

우리는 마울라나의 진짜 초상화를 가지고 있지 않다. 하지만 우리는 아래의 시구로 그의 모습을 그려볼 수 있다.

> 나는 완전히 기도가 되어 간절히 구했다.
> 나를 보는 사람은 내게 기도를 요청한다.[1]

실제로「기도」시편은 마울라나의 시작詩作에서 가장 중요한 부분을 차지한다.《디반》에 실린 시의 상당수가 연애 시로 해석되거나 다정한 기도 시편으로 해석되기 때문이다. 어느 경우든 이 시편들의 궁극적인 대상은 하나님이다.《마스나비》도 기도로 끝을 맺는 이야기 내지 기도의 신비를 언급하는 이야기로 짜여 있다.

《마스나비》에 실린 첫 번째 이야기가 하나님을 의심하는 기도자의 이야기인 것은 전혀 놀라운 일이 아니다. 이 이야기는 일찍이 서양에서 분석되었으며, 지금도 많이 인용되고 있다.

어떤 사람이 며칠 밤을 "오 하나님!" 하고 길게 외쳤다.
이렇게 외치자 그의 혀가 달콤해졌다.
악마가 이기죽거리며 말했다. "그대가 기분 좋게 외치는 것을 보니,
하나님께서 '내가 여기 있다!' 하고 대답하기라도 하신다는 말이냐?
아서라, 옥좌에서는 아무 대답도 오지 않는단다!
어찌 '오 하나님!' 하고 길게 외치느냐? 아서라!"
그는 슬픔에 젖어 머리를 숙이고 입을 다물었다.
꿈결에 치드르의 하강하는 모습이 보였다.
치드르가 말했다. "어찌하여 그대는 그분을 더 이상 부르지 않는가?
그대는 그대가 갈망한 것을 후회하는가?"
그가 말했다. "'내가 여기 있다.'고 하시는 대답이 전혀 들리지 않았습니다.
그분께서 저를 쫓아내실까 두려웠습니다!"
"'오 하나님!' 하고 말하는 그대의 외침은
'내가 여기 있다!'고 말하는 나의 외침이다.

그대의 고통과 탄원은 나의 심부름이다.

그대가 내게 닿기 위해 기울이는 모든 노력은

내가 그대를 잡아당긴다는 표지이다!

그대가 겪는 사랑의 아픔은 내가 그대에게 베푸는 은총이다.

'오 하나님!' 하는 외침 속에는

'내가 여기 있다'고 하는 백 마디의 외침이 들어 있다!"[2]

이 이야기를 인용한 에프 에이 디 톨룩은 「수피즘은 페르시아 사람들의 범신론적인 신지학인가?」Sufismus sive theosophia persarum pantheistica(베를린, 1821)라는 학위논문에서 다음과 같이 주장한다. "어찌 이토록 난해하고 위험한 생각을 할 수 있단 말인가!" 무미건조한 개신교 신학의 입장에 서 있었던 그는 범신론을 생각나게 하는 모든 것을 몹시 혐오했다. 그는 루미가 이 이야기에서 기도의 신비뿐만 아니라 하나님의 선행적先行的인 사랑을 넌지시 말했다는 것을 전혀 이해하지 못했다. 그는 루미가 하나님의 사랑을 중심주제로 삼아 시를 썼다는 것을 전혀 알아채지 못했다. 톨룩의 책을 통해서 유럽에 알려진 이 이야기는 20세기 초에 스웨덴의 탁월한 종교역사가이자 나중에 대감독이 된 나탄 죄더블롬에 의해 다시 인용된다. 죄더블롬은 마울라나의 위대성을 아래와 같이 예찬한다.

그가 기도에 대하여 말하고 있는 것은 대단히 경이롭다. 우리는

위로가 넘치는 그의 사상을 종교문학 곧, 파스칼의 작품에서 다시 한 번 접할 수 있다.[3]

죄더블롬과 그의 제자들 덕분에 종교역사가들은 이슬람 신비가들도 **주입식 기도**oratio infusa를 알고 있었음을 깨닫기 시작했다. 유명한 이야기는 대개 따로 다루어지기 십상이다. 위의 이야기는 루미가 기도에 대해 진술했던 수많은 언급 가운데 한 편일 뿐이다. 그는 정형화된 기도에서 신비스러운 침잠의 경험에 이르기까지 수없이 말하고 기술하고 설명한다. 우리는 가장 아름다운 표현의 의무 기도 가운데 하나를《마스나비》에서 만나게 된다. 루미는 신비가 다쿠키가 어떤 식으로 지도했는지 묘사한다.

다쿠키가 기도하기 위해 앞으로 걸어 나아갔다.
그는 수놓는 자 같았고, 사람들은 엷은 비단 같았다.
"하나님은 위대하시다!" 하고 말하는 순간,
그들은 희생제물처럼 이 세상에서 사라졌다.
여기서 "하나님은 위대하시다."라는 말은 이런 뜻이다.
"하나님, 저희는 당신 앞에서 산 제물이 되었습니다!"[4]

이 이미지는 옳다. "하나님은 '만물'보다 위대하시다."Allāhu akbar라는 표현은 제물을 도살할 때와 마찬가지로 기도의 서두에 발설되기 때문이다. 따라서 우리는 기도 속에서 자기의 영혼과 의지를 제물로 바친다고 말할 수 있다.

마울라나는 하나님께서 하신 일을 거듭해서 흠숭한다. 그는 한 훌륭한 기도문에서 아담이라는 사람에게 흠숭에 대해 말한다.[5] 흠숭이야말로 인생의 목적이기 때문이다. **내가 사람과 영을 창조한 것은 그들이 나를 흠모하게 하려는 것이다**(Sura 51/16).

하지만 위대하시고 영화로우신 하나님에 견주어 볼 때, 인간의 복종과 흠숭은 얼마나 초라한가!

창조주의 심판과 그분의 위엄에 견주어 볼 때, 인간의 모든 노력과 순종의 행위 그리고 학문은 어떤 사람이 그대에게 허리를 굽히고 헌신하다가 가버리는 것과 같다. 만일 그대가 하나님을 섬기기 위해 온 세상을 그대의 머리에 이었다면, 그것은 머리를 한 번 숙인 것과 같다. 하나님의 심판과 그분의 은혜는 그대의 존재와 그대의 헌신보다 앞서 있다. 그분께서 그대를 창조하시고, 그대에게 생명을 주시고, 섬김과 흠숭의 능력을 주신 것은, 그분을 섬기게 하기 위해서라고 할 수 있다. 이러한 섬김과 학문은 마치 그대가 나무나 천으로 작은 상像들을 만들어 하나님 앞에 놓고 다음과 같이 말하는 것과 같다. "저는 이 상들을 가지고 노는 것이 재미있습니다. 제가 그것들을 만들었습니다. 하지만 그것들에게 생명을 주는 것은 당신의 몫입니다. 당신께서 그것들에게 생명을 주셔서 그것들을 살리시든 않으시든, 그 권한은 당신께 있습니다!"[6]

하나님께서 인간의 작품을 은혜로이 받아들이시고, 마울라나의 아버지가 한 기도문에서 말한 것처럼, '기도의 나무를 푸르고 싱싱하게 하신' 뒤에야 인간의 작품은 비로소 가치가 있다. 그렇지 않으면 인간의 작품은 생명 없는 장난감에 불과하여 하나님의 면전으로 들어갈 수 없다.

루미는 기도 생활의 모든 국면을 내면화한다. 신자는 아무리 사소한 잘못을 저질렀어도 먼저 정결 예식을 치른 뒤에야 하루에 다섯 번 기도할 수 있었다. 루미는 이 정결 예식을 영혼의 정화를 상징하는 것으로 본다. 루미 이전의 수피들도 그렇게 보았다. '왜냐하면 정결하지 못한 사람은 낙원에 거주하는 동정녀의 낯을 볼 수 없기 때문이다.'[7] 루미는 물로 씻는 정결 예식을 인정하지 않고, 눈물로 씻는 정결 예식을 인정한다. 하지만 그는 신체부위를 씻을 때마다 잘못된 방법을 쓰는 착한 얼간이에 대해 대담하게 이야기하기도 한다.[8] 보통 사람이라면 몸의 더러움만을 씻어낼 테지만, 사랑하는 사람은 언행까지도 씻어내고, 조리에 맞는 말을 할 것이다.[9]

의무 기도가 가치를 지니려면 먼저 믿음에서 우러나와야 한다. 마울라나가 강조한 대로, 신앙이 기도보다 중요하다. 이는 신앙이 모든 행위의 근간이기 때문이다.[10] 모든 의무 기도에는 파티하Fātiḥa 곧, 꾸란의 첫 번째 장구章句가 들어 있다. 신자들은 의무 기도 이외의 자리에서도 날마다 꾸란의 첫 번째 장구를 활용한다. 그것은 심장과 같다. 그것은 하루에 다섯 번 드리는 기도

의 중심이다. 이는 심장이 오감의 중심인 것과 마찬가지다. 오감
은 심장이 활동해야만 움직일 수 있다.[11] 진실한 사람은 이 기도
에서 창과 방패 없이도 왕국을 얻는다.[12] 마울라나는 인간뿐만
아니라 모든 피조물이 파티하를 되풀이하는 소리를 영혼의 귀
로 듣는다.

> 겨울철에 정원은 이렇게 기도한다. "우리가 당신께 기도합니다!"
> 봄철에 정원은 이렇게 기도한다. "우리가 당신께 도움을 구합
>   니다."
> "우리가 당신께 기도합니다."라는 말은 이런 뜻이다.
> "내가 이곳에서 간청하오니, 오 기쁨이여! 문을 열어주소서. 나
>   를 슬프게 하지 마소서!"
> "우리가 당신께 도움을 구합니다."라는 말은 이런 뜻이다.
> "열매를 가득 맺기도 전에 내가 부서졌사오니, 오 도우시는 이
>   여! 나를 보호하소서!"[13]

진실한 마음이야말로 기도의 전제조건이다. 종교적인 이상에 맞
게 처신하지 않으면서 예배를 드리고 그것을 자랑한다면, 그것
이 무슨 소용이 있겠는가?[14] 기도는 자신의 두드러진 흔적을 남
겨야 한다. 의무 기도와 하나님 묵상을 통해 하나님의 본성에 이
르지 못한 채 경건 행위에 힘쓰는 것은, 상자의 틈으로 손가락을
집어넣어 사원을 건드리는 것과 같다.[15] 외적인 의식儀式은 내적

인 접근의 전제조건이다. 이는 기도는 물론이고 삶의 모든 국면에도 그대로 해당된다.

> 우리 하나님께서 말씀하신다. **엎드려 가까이 오너라!**(Sura 96/19)
> 영혼은 엎드린 채 가까이 다가간다.[16]

마울라나는 농담 삼아 다음과 같이 탄식하기도 한다. "아침에 임의 얼굴 곧, 타브리즈의 태양이 내게 포도주를 주지 않으면, 나는 저녁기도를 제대로 바칠 수 없었다."[17] 이 말은 사랑에 흠뻑 취한 사람은 더 이상 기도 시간을 손꼽아 기다리지 않는다는 뜻이다. 그것은 수피즘 이론가들이 오래 전에 씨름한 문제였다.

> 어떤 사람이 그대로 인해 길을 잃지 않게 하여라.
> 그래야만 그대는 그 사람을 단식하게 할 수 있고, 기도하게 할 수 있느니라![18]

사랑은 겉으로는 금욕주의자의 묵주를 노래와 음악으로 변화시키지만, 속으로는 **항구적인 기도에**(Sura 17/23) 잠긴다.[19] 수많은 신비가들이 의무 기도를 사랑하는 자와 임 사이의 깊고 내밀한 대화로 간주한다. 루미의 전기 작가인 시파흐살라르는 스승의 가장 황홀한 기도 시편 가운데 한 편을 인용한다. 이 시편은 숨 가

뿐 운율로 독자에게 흥분을 일으킨다.

저녁 무렵이 되어 저마다
식탁을 치우고 촛불을 끄면,
나는 꿈결에 본 임의 모습으로
한숨, 탄식, 비탄, 고통에 빠집니다!
눈물의 기도로 나를 씻어주셔요.
그러면 내 기도는 후끈 달아오를 것입니다.
사원의 문에 등불이 걸리면,
내 기도소리는 거기에 부딪힐 것입니다.
말해주십시오, 술 취한 사람의 기도라도 괜찮은지,
술 취한 사람의 기도라도 유효한지를.
그는 시간을 알지 못하고,
장소를 알지 못하기 때문입니다.
기도의 순서는 두 가지인가요?
여덟 가지인가요?
내게는 입이 없는데,
몇 장을 읽어야 하나요?
내게는 마음도 없고 혀도 없는데,
그분의 문을 어떻게 두드려야 하나요?
주님, 당신께서 내 마음과 혀를 앗아가셨으니,
나를 용서해주셔요! 은혜를 베풀어 주셔요!

기도하는 법을

내가 어찌 알겠습니까?

허리를 굽히면 될까요?

누가 공동체의 길잡이인가요?

나는 길잡이의 앞과 뒤에 드리워진

그림자와 같을 뿐입니다.

그림자를 드리우는 이가 움직이는 대로,

나는 커지고 작아지고 할 따름입니다···.

이와 관련하여 시파흐살라르는 루미가 추운 겨울밤에 사원에서 어떻게 기도했는지 이야기한다. 그는 루미가 끓어 엎드려 격렬하게 울자 눈물이 수염을 타고 흘러내려 얼음같이 차가운 바닥에 얼어붙었다고 보고한다. 그럴 때면 제자들이 아침에 그의 몸을 더운물로 풀어주어야 했다.[20] 하지만 루미는 그것을 전혀 알아채지 못했다. 영혼의 태양이 그에게 빛을 비추어 주었기 때문이다. 그는 다음과 같이 환희에 차서 외칠 수 있었다.

임의 아름다운 모습을 기도의 시점視點으로 잡는 사람은 기도와 흠승의 방법을 수백 가지나 가지고 있다![21]

루미에게 기도의 선도자先導者는 사랑이다. 이 선도자가 기도 문구를 일러주기 시작할 때에만, 인간은 음식과 잠을 잊고 망자를 위한 기도를 바칠 수 있다.

마울라나는 의무 기도의 말미에 청원 기도를 바쳐야 한다고 가르친다.[22] 그는 하나님께서 특히 라마단 곧, 단식의 달에 드리는 기도를 귀여겨들으신다고 가르친다.[23] 이는 이른 아침에 드리는 기도에도 해당된다.[24] 그러나 밤 기도는 하나님이 보시기에 활활 타는 촛불과 같다.[25] 물고기의 뱃속에서 기도하던 요나야말로 이승의 캄캄한 어둠 속에서 기도하다가 찬란한 아침을 맞이하는 사람, '밤'과 같은 물고기의 뱃속에서 풀려 나와 감사를 드리는 사람의 전형이다.[26] 마울라나는 자신이 기도의 효험을 믿고 있으며, 모든 피조물 중에서 인간만이 역경 속에서 하나님을 부를 수 있는 특권을 가지고 있다고 거듭해서 강조한다.

이성과 분별력을 부여받지 못했다고 하는 개도 사료가 없어서 배가 고프면, 그대를 찾아가서 꼬리를 흔든다. 그것은 이런 뜻이다. "내게 빵을 주셔요. 나는 배가 고파요. 나는 아무것도 가지고 있지 않지만 당신은 무언가를 가지고 있어요." 이처럼 개는 대단한 분별력을 가지고 있다.

그대는 개보다 못한 존재가 아니다. 그대는 하나님께 무언가를 구할 수 있는 대단한 분별력을 가지고 있다. 개는 흙먼지 속에서 잠자면서도 "그가 원하시면, 내게 빵을 주실 거야."라고 말하는 것으로 만족하지 않는다. 개는 꼬리를 흔들면서 음식을 구걸한다. 이처럼 그대도 하나님께 꼬리를 흔들고 탄식하고 구걸하고 요구한다. 왜냐하면 그러한 분 앞에서는 청하는 것 외에 달리 할 일이 없기 때문이다. 그대 행복하지 않다면, 그분께 행복을 달라고 청하여라. 그분은 행복과 큰 나라를 소유하고 계신 분이시니.[27)]

사람이 하나님께 용서를 구하면, 그분께서 이 청을 들어주신다는 것은 분명한 사실이다. 이것은 예부터 이슬람 신앙 속에서 대변되었던 사상이다.

> 겨울철에 잎사귀가 지듯이,
> 그분은 죄인의 죄를 없애주신다.
> 그분은 죄인의 귀에 대고
> 용서를 청하라고 속삭이신다.[28)]

하나님은 꾸란에서 이렇게 약속하셨다. '**나를 불러라, 그러면 내가 대답하리라.**'(Sura 40/69) 기도는 곤경에서 벗어나게 하는 열쇠, 깊은 의심의 우물에서 벗어나게 하는 밧줄이다.[29)] 상심은 인간으로 하여금 하나님을 의지하게 하는 최상의 수단이다.

> 상심이 세상나라의 권력보다 낫다.
> 상심 때문에 그대는 밤중에 은밀히 하나님을 찾지 않느냐![30)]

하나님은 사랑하는 사람에게서 올라온 애간장 타는 냄새를 번제보다 더 기쁘게 받아들이신다.[31]

현대의 냉정한 독자들은 루미의 비유가 기이하고 불경스럽다고 여길 것이다. 왜냐하면 루미가 신비가들에게 폭넓게 유포된 예언자의 말씀을 따라서 다음의 사실을 믿기 때문이다. 이를테면 하나님께서 자신이 기도를 들어주시는지 그렇지 않은지 신자들이 시험해보기를 바라신다는 것이다. 어떤 사람이 앵무새와 꾀꼬리를 새장에 집어넣고 그들의 노랫소리를 기쁘게 듣는 것처럼, 혹은 어떤 사람이 늙고 못 생긴 거지에게 재빨리 빵조각을 주어 보내는 것처럼, 혹은 어떤 사람이 젊고 잘 생긴 거지를 조금 더 기다리게 하여 그의 모습을 보고 원기를 돋우는 것처럼, 하나님은 신자들의 기도에 귀를 기울이신다.[32] 《마스나비》에 수록된 이 이야기는 고매한 신학 논문에 비하면 유치한 듯 보이지만 사실은 루미와 그의 주님 사이의 생생한 사랑의 관계를 말하고 있는 것이다. 그는 죄스러운 삶을 청산하고 하나님께로 돌아선 하프 연주자를 소개한다. 이 연주자에게는 늙은 나귀처럼 찢어질 듯한 소리를 내는 악기가 있었다. 그는 언젠가는 하프를 대신할 새로운 악기를 사겠다고 마음먹으면서 이 악기를 가지고 메디나의 묘지에서 아래와 같이 노래한다.

칠십 년 세월을 살면서 당신을 거역했건만,
당신은 내게 은혜를 멈추지 않으셨습니다!

나는 아무 쓸모없는 그저 당신의 손님일 뿐이오나,

오늘 당신의 것이 되었으니, 내 노래를 당신께 바치렵니다![33]

또한 루미는 한 가난한 양치기를 소개한다. 이 양치기는 하나님을 사랑하는 자기의 마음을 어린아이처럼 더듬거리며 아래와 같이 표현한다.

당신은 어디에 계신가요? 나는 당신의 종입니다.

당신의 저고리를 손질해드릴까요, 당신의 머리를 빗어드릴까요,

당신의 옷을 빨아드릴까요, 당신의 몸에 붙은 이를 잡아드릴까요?

우유를 가져다드릴까요? 오 고귀하신 당신이여!

당신의 손에 입 맞추고, 당신의 발을 주물러드리겠습니다.

당신이 주무시는 동안 당신의 처소를 치워드리겠습니다.

오오 당신이여! 당신께 모든 새끼 염소를 바치겠습니다![34]

이 기도를 들은 모세가 양치기에게 입을 다물라고 말하고, 신성을 모독하는 그러한 표현에 대해 잔뜩 화를 내면서 양치기를 쫓아내자, 하나님께서는 자신이 지식인들의 판에 박힌 기도보다는 이처럼 영적으로 가난한 사람의 정직한 기도를 더 좋아한다고 모세에게 말씀하신다.

왜냐하면 네 말과 네 의도가 잘못되었기 때문이다.

나는 너의 잘못된 말도 측은한 마음으로 귀담아 들었다.[35]

하나님은 행위를 의도에 따라서 판단하신다. 기도를 받아들이는
것은 어느 경우에나 하나님의 은총의 행위다. 하나님은 달거리
중에 있는 여인의 간청도 들어주신다.[36]

실로 기도하는 사람들 사이에는 차이가 있다.

> 거지는 배고픔을 잠재우려고 부르짖고,
> 신자는 자기의 영혼을 위해 부르짖는다.[37]

파리뎃딘 아타르는 제후의 하인이 멋지게 차려 입은 모습을 보
고 하나님을 원망한 수도승에 대해 이야기한다. 그 수도승이 하
나님을 원망한 까닭은 하나님의 종이라는 자신이 비참하리만치
굶주리고 있었기 때문이다.[38] 아타르는 하나님을 원망하는 수도
승 이야기 군#에 속하는 이 이야기에 특별한 공감을 가질 수밖에
없었던 것처럼 보인다. 하지만 루미는 이 이야기를 받아들여 적
극적으로 개작한다.

> 뻔뻔한 수도승이 헤라트에서
> 한 멋쟁이 하인이 하늘거리는 비단옷을 입고
> 금빛 허리띠를 두른 채 자기 앞으로 지나가는 모습을 보았다.
> 그는 하늘을 향해 눈을 치켜뜨고 말했다.

"하나님, 당신은 이 세상 사람이

하인을 어떻게 대하는지 배우지 않으시렵니까?

이 제후가 하인에게 어떤 옷을 입히고

어떤 음식을 먹이는지 배우지 않으시렵니까?"

그 수도승은 기댈 데가 없고 가난하고 헐벗어서

지독한 추위에 떨고 있었기 때문이다.

그는 자기가 지켜야 할 예의를 완전히 잊은 채,

자기의 불행 속에서 뻔뻔스럽게 되고 말았다.

지식인은 하나님과 친한 까닭에,

자기도 천 배의 선물을 받으리라고 믿었던 것이다.

왕의 심복은 뻔뻔스러워도 될는지 모르지만,

그대는 그런 식으로 말해서는 안 된다.

하나님은 옷보다 더 좋은 육신을 주셨다.

제후는 화환을 선물로 주지만, 하나님은 머리를 주신다![39]

루미는 다른 자리에서 하나님이 주시는 은혜의 선물에 비하면 이 세상의 선물이 얼마나 하찮고 보잘것없는지 말한다. 사랑하는 사람이라면 자기가 매순간 하나님의 돌봄을 받고 있음을 잊지 않을 것이다.

우리가 어디에 있든, 어디로 가든,

우리는 당신의 식탁에 앉아 당신의 잔을 마십니다.

우리는 당신이 지으신 형상들입니다.

우리는 당신이 주시는 은총과 양식을 먹고삽니다.

우리는 당신의 탑에서 사는 어린 비둘기와 같습니다.

우리는 당신의 집 주위를 맴맴 돕니다.[40]

기도가 가납加納되지 않는 경우도 많다. 마울라나는 바로 여기에 하나님의 지혜가 있음을 깨닫는다.

기도를 들어주지 않으신 하나님을 찬양하라!

그분이 바라신 것은 유익이지만, 나는 그것을 파괴로 여겼다.

얼마나 많은 기도가 실패하는가!

순수한 하나님께서 그런 기도를 들어주지 않으신 것이야말로 은
총이다![41]

하나님이 늘 들어주시는 기도는 친척과 벗을 위해 드리는 중보 기도다. 하나님은 원수를 위해 드리는 중보 기도도 들어주신다. 참된 신자는 원수를 위해서도 기도하게 마련이다. 원수가 박해와 학대를 통해 신자를 하나님께 데려다주기 때문이다.

한 설교자가 앞으로 걸어 나와서

강도들을 위해 기도하기 시작했다.

그는 손을 들어 올려

"주여, 저 악하고 완고한 사람들,

착한 사람을 괴롭히는 저 사람들,

기독교의 수도사들과 모든 이교도들에게

자비를 베푸소서!"

"내가 악에서 선으로 피할 만큼

나는 그들에게서 수많은 증오와 폭력을 보았습니다.

내가 이 세상으로 향할라치면,

그들의 손이 나를 때리고 아프게 했습니다.

나는 도움을 청하면서 하나님께 가까이 다가갔습니다.

늑대들이 내게 바른길을 가리켜준 것입니다.

알고 보니 그들은 내 구원의 근원이었습니다.

나는 그들을 위해서도 기도합니다."[42]

하나님을 사랑하는 자들의 이와 같은 기도는 새가 하늘을 박차고 날아오르는 것과 같고, 신화적인 새의 제왕 시무르가 이 세상 끝으로 날아오르는 것과 같다.[43]

　　수도승들이 간절한 마음으로 기도할 때, 하나님은 그들의 기도를 확실하게 들어주신다.[44] 때문에 루미는 제자들에게 쉬지 말고 기도하라고 가르친다. 하나님께서는 메마른 기도까지도 살리시기 때문이다. 이는 마리아가 해산의 진통 때문에 바싹 마른 종려나무에 기대자, 그 나무가 갑자기 열매를 맺은 것과 같다. 참된

진통은 예기치 않은 도움을 몰고 온다.[45]

그런 이유로 루미는 하나님을 향해 수백 마디의 기도를 바친다. 그는 자신의 사명을 일컬어 '기도하는 것'이라고 말한다.

> 당신의 귀는 촛불 같습니다. 나의 기도는 끊임없이 당신의 귀 주위를 맴돌다가 불나방처럼 소실되어버립니다.[46]

여기서 그는 '샴'scham'이라는 말과 '삼'sam'이라는 말을 가지고 말놀이를 하고 있다. '샴'은 촛불을 뜻하고, '삼'은 귀로 듣는 것을 의미한다. 그는 기도하면서 하나님 주위를 맴돌다가 모든 피조물의 기도까지도 알아듣는다. 꾸란이 끊임없이 되풀이해서 말하는 것처럼, 창조계 안에는 **그분의 영광을 알리지 않는 것**이 없기 때문이다(Sura 17/44). 이 세상에서는 기도밖에 할 일이 없다. 만물은 이 말없는 기도 속에서 하나가 된다. **하늘과 땅에 있는 만물이 그분을 찬양하고, 새들도 날개를 펼쳐 그분을 찬미한다. 만물이 저마다 찬미를 알고, 하나님도 그들이 무엇을 하는지 알고 계신다**(Sura 24/41). 기도 속에서 불이 일어서고 물은 넙죽 엎드린다.[47]

> 나무들이 의무 기도를 바치고,
> 새들은 묵주 기도를 왼다.
> 제비꽃은 기도에 몰두하다가

그만 고개가 구부러지고 말았다.[48]

나무들은 사람의 기도 자세로 팔을 활짝 벌리고 있으며, 예부터 손에 비유되어온 플라타너스 잎사귀들은 기도하기 위해 손을 활짝 편다.[49] 백합은 자신의 검劍을 가지고, 재스민은 자신의 하얀 방패를 가지고 거룩한 전쟁에 뛰어들면서 "하나님은 위대하시다." 하고 외친다.[50] 이미 사나이가 한 편의 탁월한 시에서 말했듯이, 새들은 번갈아 기도를 바친다. 비둘기는 끊임없이 "쿠 쿠"kū kū 하면서 연인을 찾는다. '쿠 쿠'는 '어디 있나요, 어디 있나요.'란 뜻이다. 황새는 의연하게 서서 "라크라크 라크라크"laklak laklak 하고 되풀이한다. 황새는 "알-물크 라크, 알-이즈 라크"al-mulk lak, al-'izz lak 하고 말하고 싶어 하기 때문이다. 이 말은 '왕국도 당신의 것, 권능도 당신의 것'이란 뜻이다.[51] 모든 사람이 저마다 하나님을 찬미한다. 재단사와 목수, 건축가와 물장수도 자신들을 지으시고 일을 하게 하신 분의 능력을 자신들의 일을 통해서 찬미한다.[52]

하지만 아무리 말솜씨가 능숙한 사람이라도 다음과 같은 예언자의 말을 인정할 수밖에 없다. **나는 당신의 영광을 일일이 헤아릴 수 없습니다.**

> 머리카락이 저마다 혀를 가지고 있다고 한들,
> 감사의 마음을 어찌 충분히 노래할 수 있으랴.[53]

사람은 찬양도 감사도 제대로 바치지 못한다. 인간은 자기가 무엇을 구해야 하는지도 모른다. 실로, 신비 기도의 최종 목표는 하나님을 뵙는 것, 작은 나(我)를 버리고 곧, 너울을 벗어버리고 찬란한 하나님의 바다에 푹 잠기는 것이다. 이처럼 루미의 시에는 궁극적인 합일을 바라고 동경하는 시구로 가득하다. 이 궁극적인 합일이 이루어지면 말이나 생각은 입을 다물 수밖에 없다. 하나님은 모든 기도를 알아들으신다. 그분은 자신에게 향할 마음을 사람에게 불어넣으신 까닭에 말로 표현할 수 없는 기도도 알아들으신다. '우리는 어떻게 기도해야 할지 알지 못한다.' 그러하기에 우리는 하나님의 거룩한 면전에서 위대하신 주님께 맞지 않는 말을 하려고 해서는 안 된다.[54]

사람에게 바른 말을 일러주시고, 캄캄한 어둠 속에서 기도의 불을 붙여주시고, 사람을 기도로 이끄시고, 그런 후 기도에 대하여 상을 주시는 분은 하나님이시다. 바르게 기도한 사람은 마음속으로 하나님의 승낙(아멘)을 듣게 마련이다.

> 우리가 청하오니, 우리의 마음속에
> 바른 말을 주셔서 당신을 감동시켜 드리게 하소서!
> 기도하게 하시는 분도 당신이시고, 들어주시는 분도 당신이시니,
> 위엄에 찬 당신 앞에서는 두렵기도 하고 안전하기도 합니다.[55]

기도는 하나님의 은총의 선물이다. 사람은 스스로의 힘으로는 전

능하신 분께 다가갈 수 없다.

> 우리가 항상 당신께 눈길을 돌립니다.
> 당신은 내게 나 자신보다 더 가까이 계십니다!
> 당신은 이 기도를 선물로 주시고 가르치십니다.
> 그렇지 않고서야 어찌 흙더미에서 장미 꽃밭이 생겨나겠습니
> 까?[56]

기도는 우리를 우리의 출발점으로 데려간다. 초기 이슬람 신비가들은 이미 **주입식 기도**를 알고 있었다. 이 기도를 특히 발전시킨 사람은 이라크의 신비가 니파리(965년 사망)였다. 니파리는 하나님의 은혜를 극적인 이미지로 묘사했다.[57] 하나님의 은혜는 인간을 끊임없이 따라다닌다. 마울라나도 하나님의 은혜가 도처에서 인간을 발견하고 붙잡는다는 것을 알고 있었다. (마울라나는 이미 곰 이야기에서 그것을 언급한 바 있다.) 하나님의 말씀은 다른 모든 말보다 앞선다. 그분은 사람이 원하든 그렇지 않든 사람으로 하여금 말하게 하신다.

> 당신이 내게서 기도가 물처럼 흘러나오게 하셨으니,
> 이제 당신이 약속하신 대로 이 기도를 들어주십시오!
> 당신이 우리로 하여금 기도하게 하셨으니,
> 이제 우리에게 소원 성취를 선사하시는 분이 되어 주십시오![58]

루미는 기도하다가 마음이 변화된 사례를 수많은 시구로 표현한다. 《마스나비》에는 환상 체험을 탁월하게 묘사한 것 가운데 가장 아름다운 시편이 실려 있다. 거기에서 루미는 다쿠키가 무엇을 체험했는지 넌지시 언급한다. 다쿠키는 법열의 상태에 들어 동료들의 배를 지켜달라고 기도하다가 하나님이 자기를 통해서 기도하시는 것을 경험한다.

> 그의 입술에서는 자애로운 어머니가
> 탄원하는 것 같은 기도가 흘러나왔다.
> 그의 눈에서는 눈물이 흘러나왔고,
> 그의 기도는 그가 알지 못하는 사이에 하늘로 올라갔다.
> 그가 법열에 들자, 하나님께서 몸소 그의 기도를 하고 계셨다.
> 그분은 기도함과 동시에 기도를 이루어주고 계셨다!⁵⁹⁾

루미는 자신의 수많은 서정시에서 최종 단계로 침묵을 요청한다. 말보다 깊은 사랑의 표현이 침묵이기 때문이다.

> 이제 잠잠하고,
> 무에 이르는 침묵의 길을 가라!
> 그대가 없어져야, 그대는
> 완전한 찬미와 찬양이 될 것이니.⁶⁰⁾

기도의 마지막 단계는 침묵이다. 침묵은 지크르dhikr의 최종 단계*
곧, 항구적인 하나님 묵상의 최종 단계이기도 하다. 수피들은 오
래 전부터 침묵을 자신들의 규율로 삼아 수련하였다. 루미는 항구
적인 하나님 묵상에 대하여 이론적인 논문을 결코 쓰지 않았다.
또한 그는 침묵의 요령들을 언급하지도 않았다. 하지만 그는 항구
적인 하나님 묵상의 신비를 여느 신비가만큼 잘 알고 있었다.

> 그대가 자기를 완전히 잊을 때까지
> 하나님을 간절히 묵상하여라.
> 그러면 그대는 부르시는 이와 부름이 없는 곳으로
> 부름 받아 올라가게 될 것이다.[61]

루미는 기도 중에 이루어지는 이러한 법열의 신비를《피히 마 피
히》에서도 언급한다. 그는 의무 기도와 관련지어 아래와 같이 말

---

* 지크르는 '염신'念神을 뜻한다. 이슬람교 신비가들이 하나님을 찬송하고 정신적 성숙에 도달하
기 위해 암송하는 기도문을 뜻하기도 한다. '그대가 잊고 있을 때 그대의 신을 상기하라.'(Sura
18/24)와 '오오, 믿는 자들아! 분명한 기억력으로 하나님을 기억하라.'udhkurū(Sura 33/41)는 꾸
란의 명령에 근거를 둔 지크르는 본질적으로 신의 이름을 자주 되풀이함으로써 신을 '기억'하
는 것이다. 원래는 수도자들과 신비주의자들이 꾸란을 비롯한 여러 종교서적을 단순히 암송했
지만, 차츰 문구(예를 들면 '하나님 이외에 다른 신은 없다'lā ilāha illa'llāh, '하나님이 가장 위대하
다'Allāhu akbar, '하나님을 찬양하라'alsamdu li?llāh, '하나님, 나를 용서하소서'astaghfiru'llāh)가 정해지
게 되었다. 수피들은 규정된 자세를 취하고 호흡을 하며 이 문구를 큰 소리나 작은 소리로 되풀
이한다. 수피 교단이 창설되자 각 교단은 특정한 지크르를 채택하고, 혼자(예를 들면 하루에 5
번씩 의무적으로 드려야 하는 기도가 끝날 때마다) 또는 여럿이 함께 이 문구를 암송하게 했다.
지크르는 피크르fikr(명상)와 마찬가지로 수피들이 하나님과 일체감을 얻으려고 애쓸 때 사용하
는 방법이다-역주.

한다.

"정형화된 기도보다 더 쉽게 하나님께 이르는 길이 있습니까?"
하고 한 왕족이 물었다.

그러자 루미가 이렇게 대답했다. "외적인 형식은 기도일 뿐만 아
니라 기도에 대한 사랑이기도 하다. 형식을 지닌 기도는 처음과
끝을 지니고 있고, 처음과 끝이 있는 것은 모두 '몸'을 가지고
있다. '하나님은 위대하시다'라는 말은 형식을 지닌 기도의 서두
다. 그리고 그 끝은 '평화'라는 인사다. 신앙고백도 마찬가지다.
그것은 혀로 말하는 형식일 뿐만 아니라, 처음과 끝도 가지고 있
다. 말로 표현되는 것은 모두 처음과 끝, 형식과 몸을 가지고 있
다. 하지만 그 정신은 영원하고 무한하다."

이처럼 형식을 지닌 기도는 예언자들에 의해 창안되었다. 이슬
람교도의 기도를 만들어낸 예언자는 이렇게 말한다. **"나는 하나
님과 함께하는 시간을 갖는다. 이 시간에는 하나님이 보내신 예
언자도 천사들의 신도 끼어들지 못한다."** 여기서 우리는 기도의
정신이 형식에 있는 것이 아니라 완전한 몰입 곧, 무의식의 상
태에 있다는 것을 알 수 있다. 외적인 형식은 바깥에 머무를 뿐
안으로 뚫고 들어가지 못한다. 참된 실재인 가브리엘 천사조차
도 거기로 뚫고 들어가지 못한다.

마울라나는 마호메트 예언자가 했다고 전해지는 이 경험 곧, 기

도 중에 이루어지는 합일의 경험을 설명하기 위해 자기 아버지의 일화를 소개한다.

> 어느 날, 학자들의 우두머리이자 우리의 스승이신 바하엘-학크 와딘이 완전한 몰입의 상태에 있는 것을 그의 동료들이 발견했다. ('바하엘-학크 와딘'이라는 이름은 '하나님께서 그의 영혼을 거룩하게 하실 것이다.'라는 뜻이다.) 기도할 시간이 되자, 몇 명의 제자가 우리의 스승에게 소리쳤다. "기도 시간이 다 되었습니다!" 우리의 스승이 그들의 말에 전혀 개의치 않자, 그들은 똑바로 서서 기도에 몰입했다.
> 두 명의 제자는 스승을 따라서 앉아서 기도했다. 기도하고 있던 제자들 가운데 한 사람 곧, 차자기라는 이름의 제자가 다음과 같은 광경을 보았다. 모든 동료가 기도의 선도자 뒤에서 메카를 등진 채 기도하고 있었던 반면, 두 제자는 스승을 따라서 얼굴을 메카 쪽으로 향한 채 기도하고 있었다. 바로 그때 스승이 인격적인 합일의 상태에 들었다. 그의 자아는 더 이상 오래 버티지 못하고, 하나님의 빛 속에 흩어졌다. '죽기 전에 먼저 죽으라.'는 말 그대로였다. 그는 하나님의 빛이 되었다. 하나님의 빛을 등지고 벽을 바라보는 자는 실로 메카를 등진 사람이다. (해탈한) 사람의 영혼은 메카를 향하게 마련이기 때문이다.[62]

이는 예언자가 눈에 보이는 징표로 메카에다 카아바(중앙 성전)

를 세웠기 때문이다. 하지만 영혼은 특정한 장소에 매이지 않는다. 마울라나는 한 서신에서 아래와 같이 말한다.

> 파키흐faqīh(율법학자)가 아는 것은 기도의 형식이다. 기도의 시작은 타크비르takbīr(하나님은 위대하시다)이고, 기도의 마무리는 인사다. 가난한 신비가가 아는 것은 살아 있는 기도다. 살아 있는 기도의 전제조건은 사람이 마흔 살이 되어 위대한 성전聖戰(자기와의 싸움)에 임하고, 캄캄한 어둠의 너울을 벗고, 자기에 대하여 죽고, 하나님의 생명을 통해 살고, 하나님의 존재를 통해 존재하는 것이다.[63]

이처럼 완벽한 '가난'과 해탈에 이른 사람만이 루미의 《마스나비》에 등장하는 영웅 가운데 한 사람과 더불어 아래와 같이 기도할 수 있다.

> 당신은 먼저 소원을 주셔서 기도하게 하시고,
> 마침내 그것을 이루어 주십니다.
> 당신은 처음이자 나중이시니,
> 우리는 그 속에서 침묵하는 자일 뿐, 아무것도 아닙니다![64]

7

정화하는 사랑의 불꽃

젤랄렛딘 루미로 추정되는 초상화. 터키.

7. 정화하는 사랑의 불꽃

루미는 자기 시의 중심축에 대하여 아래와 같이 말한다.

  오직 사랑, 사랑만이 우리가 할 일이다![1)

그는 샴스엣딘과의 불타는 사랑을 경험하고 나서 시인이 되었다.
그가 사랑에 대해 말한 모든 것에는 이처럼 불타오름의 경험이
스며들어 있다. 루미는 이승에서 하는 사랑-수피들은 이것을 '은
유적' 사랑이고 부른다-을 천상에서 하는 진짜 사랑의 준비단계
로 여겼다. 그가 신비주의의 오솔길에서 만난 선배들과 제자들도
그러했다. 우리는 여자아이에게 인형을 주어 어머니의 역할을 준
비하게 하고, 사내아이에게 목검을 주어 싸우는 법을 익히게 하

지 않는가?²⁾ 그들이 "사랑은 무엇과 같은가요?"라고 물으면, 우리는 이렇게 대답한다. "사랑은 설탕 같단다."

아이는 직유법을 통해 사랑을 배운다,
그것이 참된 본질과는 거리가 멀지라도.³⁾

신적인 사랑은 다양하게 시작된다. 마울라나가 자주 기술하는 것처럼, 그것은 갑작스런 황홀감일 수도 있고, 서서히 익을 수도 있다.

낚시꾼은 큰 물고기를 단번에 잡아당기지 않는다. 낚싯바늘이 물고기의 목에 걸리면, 낚시꾼은 물고기가 (피를 흘려) 힘이 빠지도록 낚싯줄을 조금씩 잡아당긴다. 그런 다음 그는 물고기의 힘이 약해질 때까지 낚싯줄을 풀어주고 잡아당기기를 반복한다. 사랑의 낚싯바늘이 사람의 목구멍에 걸리면, 하나님은 그 사람 속에 있던 악한 기운과 쓸데없는 혈기가 다 빠져나가도록 낚싯줄을 천천히 잡아당기신다. **실로 하나님은 눌러 으깨기도 하시고, 풀어주기도 하신다─하나님 외에는 신이 없다**(Sura 2/247).⁴⁾

사랑은 존재의 중심이다. 사랑은 신비주의의 오솔길에서 맞닥뜨리는 모든 정거장 곧, 인내와 고행, 외경과 희망을 단숨에 삼켜버린다. 사랑은 모든 생명을 신하로 거느린 솔로몬과 같기 때문이다.[5] 사랑은 만물을 양육하는 자애로운 어머니이며,[6] 인간을 양육하는 유모이기도 하다. 마울라나는 모든 피조물이 사랑을 타고났다고 생각한다.

> 수탉과 늑대와 사자도 사랑이 무엇인지 안다.
> 사랑을 모르는 사람은 개보다 못한 자다![7]

그는 한 서신에서 아래와 같이 말한다.

> 1만8천 명의 사람들이 저마다 다른 것을 사랑하고, 무언가에 마음을 빼앗깁니다. 사랑하는 사람의 키는 사랑 받는 대상의 키로 결정됩니다. 사랑 받는 사람이 상냥하고 사랑스러우면 사랑스러울수록, 사랑하는 사람은 더욱 돋보입니다.[8]

이를테면 하나님을 사랑하는 사람이 가장 돋보인다는 것이다. 우리는 가장 넓은 의미에서 그러한 사랑을 인력引力으로 여길 수도 있고, 일반적인 의미에서 피조물이 보다 높은 존재의 단계를 동경하는 것으로 여길 수도 있다. 하지만 본질적인 사랑의 경험은 인간의 몫이다.

> 그분 사랑의 빛을 받지 않은 원자는 없다.
> 모든 원자가 그분 사랑의 햇빛을 받고,

모든 장미가 그분의 앞뜰에서 발산되는 향기를 실어 나른다.[9]

마울라나는 이전의 신비가들이 사랑의 본질에 대해 쓴 학술적인 논문들을 많이 알고 있었다. 하지만 그는 숨눈(907년경 사망)의 견해에 동의한다. 숨눈은 이렇게 말했다. "우리는 어떤 사물을 묘사할 때 그것보다 더 세밀한 것을 통해서만 묘사할 수 있다. 하지만 사랑보다 더 세밀한 것은 없다. 그러면 사랑은 어떻게 묘사해야 하는가?"[10] 마울라나는 《마스나비》의 앞부분에서 아래와 같이 말한다.

> 깃펜은 아무리 빠르게 써도 멈추는 법이 없지만,
> 막상 사랑에 이르면 갈기갈기 찢어지고 만다.
> 내가 아무리 사랑을 설명하려고 해도,
> 막상 사랑에 이르면, 나는 부끄러워 입을 다물고 만다.
> 설명도 그런대로 빛을 비추지만,
> 사랑은 혀가 없어도 더 많은 빛을 비춘다.[11]

10년도 더 지난 뒤에 그는 실로 음란한 이야기 속에서 아래와 같이 읊조린다.

> 사랑을 어찌 다 묘사하랴.
> 백 번을 죽었다 깨어나도 우리는 다 묘사하지 못하리라.

사랑은 오백 개의 가로대를 가지고 있으니,
하나님의 옥좌에서 이 땅까지 칸칸이 이어져 있다![12]

흔히 이승에서 사랑의 끝에 다다를 수 있다고 생각하지만, 신적인 사랑의 심연으로 들어가는 여행은 끝이 없다. 그것은 사후에도 계속된다. 그리고 마음의 갈망은 결코 잦아들지 않는다. 이는 루미보다 150년이나 앞선 가잘리가 자신의 위대한 《종교학의 진흥》에 실린 '사랑과 동경의 책'이라는 장에서 말한 바와 같다. 마울라나는 도처에서 사랑의 힘을 본다.

사랑은 대양이다.
이에 비하면 하늘은 덧없는 거품일 뿐이다.[13]

이따금 사랑은 아무도 거스를 수 없는 자석의 힘에 비유된다.

당신의 사랑은 우리를 끌어당기는 자석이고,
우리는 쇠붙이에 불과합니다.
당신은 내가 들여다본 적이 없는
동경의 원천입니다.[14]

또한 사랑은 지푸라기와 호박琥珀의 이미지로 묘사되기도 한다.
(호박은 페르시아 말로 '지푸라기 도둑'이라고 불린다.)

그의 천막 문턱은

호박으로 되어 있건만,

오오 사랑하는 자여! 그대의 야윈 몸,

그대의 마른 몸은 지푸라기가 되었구나![15]

하지만 루미가 사랑에 대해 기술한 글들을 읽다보면, 이슬람교 신비주의 안에서 할라지가 처음으로 말한 '근본적인 소원' 곧, 하나님의 가장 깊은 갈망이 자주 등장하는 것을 볼 수 있다. 고독한 창조주는 자신의 갈망을 다음과 같이 표현하신다. **나는 알려지고 싶어 하는 숨은 보화다.**[16] 알려지고 싶어 하실 뿐만 아니라 사랑받고 싶어 하시는 창조주와 모든 피조물, 특히 창조주와 인간 사이에는 역동적인 관계가 자리 잡고 있다. 이 사랑은 만물을 움직이고 떠들썩하게 한다.

사랑은 바다를 냄비처럼 끓게 하고,

사랑은 산을 모래처럼 잘게 하고,

사랑은 하늘을 백 쪽으로 쪼개고,

사랑은 땅덩이를 흔든다.[17]

잘 보면, 사랑은 긍정적인 힘이기도 하다.

하늘은 사랑하는 사람 때문에 돌고,

> 천장은 사랑하는 사람 때문에 도는 것이지,
>
> 제빵사나 대장장이 때문에
>
> 약제사나 목수 때문에 도는 것이 아니다.[18]

사랑은 만병을 치료하는 의사이기도 하다. 사랑은 플라톤과 갈
렌*을 하나로 합쳐 놓은 것과 같다.[19] 사랑은 창조의 동기이자 목
표이기도 하다.

> 하늘이 사랑을 하지 않았다면
>
> 그 가슴팍은 맑지 못했을 것이고,
>
> 태양이 사랑을 하지 않았다면
>
> 태양은 밝은 빛을 잃었을 것이며,
>
> 땅과 산이 사랑을 하지 않았다면
>
> 그 가슴팍에서 푸른 싹이 돋지 못했을 것이다.[20]

태양이 슬픈 그림자를 다채로운 이미지로 변화시켜 세계를 아름
답게 하듯이, 사랑은 살아 있는 모든 것을 변모시키는 위대한 연
금술이다. 사랑은 금광 속으로 뛰어드는 것이다.[21]

> 사랑으로 인해 쓴맛이 달콤해지고
>
> 사랑으로 인해 구리가 순금이 되고

---

* 갈렌Galen은 고대 로마의 명의였다-역주.

사랑으로 인해 찌꺼기가 깨끗해지고

사랑으로 인해 질병이 치유되고

사랑으로 인해 죽은 자가 생명을 얻고

사랑으로 인해 임금이 종이 되고….[22]

여러 해가 지난 뒤에 마울라나는 이 사랑의 찬가를 아래와 같이 지속한다.

사랑은 죽은 듯한 빵을 영혼이 되게 하고,

덧없는 것을 영원한 것 곧, 영혼이 되게 한다.[23]

만물은 사랑을 통해 창조계의 모든 단계를 거치면서 끊임없이 변모하고 성장한다. 때문에 루미는 사랑을 가리켜 사닥다리라고 부르거나 연인의 지붕에 사닥다리를 만들어 설치하는 목수라고 부르기도 한다.[24]

인간의 저속한 성품은 사랑을 통해 고쳐진다. 루미는 금욕을 위한 금욕을 가르치지 않고, 이 사랑의 연금술을 경험하여 부정적인 성품을 도야하라고 가르친다. 그의 가르침대로 하기만 한다면, 돌이 옥으로 바뀌고,

악마는 사랑하는 자가 되어 천체를 운행시킬 것이다.

그는 마성魔性을 잃고 가브리엘 천사가 될 것이다.[25]

예언자가 '나의 사탄이 이슬람교도가 되었다.'고 자랑하듯이, 사랑하는 사람도 사랑이 자기의 본성을 완전히 변화시키고, 전에는 자기의 부정적인 힘이 훨씬 강했지만, 이제는 훨씬 더 높은 차원으로 올라갈 수 있음을 경험한다.

> 이는 도둑질에 이골이 난 도둑이 개과천선하여 순경이 되는 것과 같다. 그가 전에 도둑이 되어 배운 모든 술수는 이제 선을 행하고 정의를 구현하는 능력으로 바뀐다. 그는 도둑질을 한 번도 해보지 않은 순경들보다 훨씬 유능하다. 도둑질해본 적이 있는 순경은 도둑이 다니는 길목을 잘 알고, 도둑의 습관을 훤히 알기 때문이다.[26]

이처럼 악한 충동도 사랑에 사로잡히면 깨끗하게 정화될 수 있다. 우리는 사랑 자체를 순경으로 간주할 수도 있다. 사랑이 순경처럼 옥문을 열고, 영혼을 감옥에서 끌어내어 자유로운 천상의 세계로 인도하기 때문이다.[27]

사랑은 이 세상에서 분리를 없애고 하나 되게 하는 힘이다. 사랑의 태양은 각기 다른 방향으로 흩어지는 수백만 개의 티끌을 정돈시켜 우주적인 춤을 추게 하고, 이별이 전혀 없는 중심의 둘레를 돌며 회전춤을 추게 한다.[28] 사랑은 모든 것을 능가한다.[29]

하지만 그러한 사랑을 묘사하려면 어찌해야 하는가? 루미는 그것이 불가능하다는 것을 알면서도 사랑을 묘사하려고 끊임없이 시도하고, 그럴 때마다 사랑은 설명할 수 없는 것이라고 말한다.

> 아무개가 물었다. "사랑하는 사람의 상태는 어떤 상태입니까?"
> 나는 이렇게 말했다. "그대가 나처럼 되면 그것을 보게 될 것입니다.
> 사랑이 그대를 보게 될 때가 있을 것입니다!"[30]

지적인 노력으로는 사랑을 설명할 수 없다. 지성은 **책을 운반하는 당나귀와 같다**(Sura 62/5). 실로, 지성은 예언자를 하나님의 면전으로 태워다 준 천마天馬 부라크와는 비교도 안 되는 절름발이 나귀다. '절름발이 부라크를 본 적이 있는가?'[31]

> 사랑은 가장 아름다우신 분의 머리로 날아오른다.[32]

모든 수피가 그렇듯이, 루미도 분석적인 이성과 사랑의 대립을 줄기차게 강조한다. 사랑이 살찌면, 지성은 야위게 마련이다.[33] 사랑이 통치자가 되면, 지성은 교수대에 매달린 도둑처럼 되고 만다.[34] 지성은 예배 규정을 외는 데 필요한 도구에 불과할 뿐, 자기의 한계를 넘어서지 못하기 때문이다.

> 지성이 말했다.

"여섯 개의 방위方位만 있으면 그만이다!"

사랑이 말했다.

"아니다! 길이 더 있으니, 나는 종종 그 길들을 걸었노라!"[35]

루미는 사나이가 말한 유명한 시구를 여러 차례 사용했다.

아부 하니파는 사랑에 대해 가르친 적이 한 번도 없었다.

샤피이는 사랑의 전설을 전한 적이 한 번도 없었다.[36]

이 두 사람은 초기 이슬람교의 위대한 율법학자로서 율법 신학의 상징적 인물이었다. 그럼에도 이들이 이슬람 시에 인용된 것은 사랑의 학교가 율법학자들, 의사들, 그리고 점성술사에게 닫혀 있음을 보이기 위해서다. 사랑의 학교는 불로 이루어진 학교다.[37] 이 학교에서 학생은 서서히 '끓어올라' 종이와 책 없이 하나님의 지혜를 직접 배운다.[38]

아이가 지성이 무엇인지 알지 못하는 것처럼, 지성이 있는 사람도 사랑이 무엇인지 알지 못한다.[39] 지성은 어둠 속에 놓인 지팡이와 같다.[40] 하지만 앞을 볼 수 있는 사람에게는 등불이 필요하다. 여기서 등불은 사랑 내지 연인이다. 이 등불 속에서 지성은 불나방처럼 타 없어지고 만다.[41]

왜냐하면 사랑은 질투가 심하기 때문이다. 사랑은 연인이 아닌 모든 것을 살라버린다.[42] 루미는 자신의 작품에서 샴스앳딘의 불같은 성격을 불의 상징으로 특히 중요하게 다룬다. (샴스엣 딘이라는 이름은 '태양'을 의미한다.) 사랑은 모든 것을 파괴하는 섬광이다.[43] 사랑 앞에서 영혼은 유황과 같고,[44] 정신은 기름과 같다.[45] 이러한 사랑의 불꽃을 전혀 느끼지 못하는 사람은 '불꽃의 아버지인 아부 라합'이다. 그는 마호메트 예언자의 숙적이자 불신자의 전형이다(Sura 111). 그는 지옥의 불과 연결되어 있다.[46] '영혼이 세 가지 불(연인의 얼굴, 포도주의 불, 사랑의 불)을 피해 어디로 도망칠 수 있으랴?'[47] 영혼은 전혀 달아나지 않는다. 왜냐하면 영혼은 아브라함과 똑같은 상태가 되기 때문이다. 아브라함은 니므롯의 이글거리는 난로 속에서도 시원함과 유쾌함을 느낀다(Sura 21/69).[48] 실로, 이 불은 아브라함에게 생수와 같았다.[49]

사랑은 전에 오솔길에서 맞닥뜨린 모든 정거장을 완전히 잊는다.

밤중에 나의 인내가 다하자, 사랑이 태어났다.[50]

마울라나는 경쾌하게 춤추듯이 읊조린다.

저 하프가 **타랑 타랑** 울리자,
참회가 절름거리며 걷기 시작하고,
인내는 좁은 구렁으로 떨어지고,

나와 술집만이 남았다.[51)]

사랑 외에 어느 누가 시인을 그런 상태로 몰아가겠는가? 사랑은
시인에게 이렇게 말을 건다.

> 나는 바람, 그대는 불.
> **내가** 그대에게 불을 붙였다![52)]

영혼이 연인에게 감사하고 사모하는 일을 잠시라도 잊을라치면,
사랑은 영혼의 가슴 위에 펄펄 끓는 이별의 냄비를 올려놓는다.[53)]
또한 사랑은 세금을 매기는 자로 나타나기도 한다. 하지만 세금
을 매길 만큼 값진 것이 남아 있지 않은데 무엇을 할 수 있단 말
인가?

> 오오 세금을 매기는 사랑이여,
> 가슴을 찢으시렵니까?
> 가슴을 찢어서라도
> 세금을 청구하시렵니까?[54)]

루미는 모든 것을 잡아 찢는 사랑의 힘을 다양한 이미지를 동원
하여 읊조린다. 이 이미지들은 일상생활에서 얻은 것들이다. 그
는 사랑을 넝마주이에 빗대어 말한다. 이 넝마주이는 "낡은 신발

을 버리실 분!" 하고 외치며 도시를 떠돌아다닌다.[55] 왜냐하면 사랑은 사람에게서 낡은 것과 쓸모없는 것을 없애고, 마음의 집에서 온갖 잡동사니를 없애기 때문이다. 그는 사랑을 사람들의 재산을 몰수하기 위해 배회하는 관리의 모습으로 묘사하기도 한다. '몰수'muṣādara라는 말을 압운으로 정한 시도 있다.[56] 이 시는 모든 것을 몰수하는 사랑의 본질을 암시하기 위해 중세 시대에 자주 시행된 형벌을 활용하고 있다. 하지만 루미는 사랑을 콘야에서 날마다 마주치는 인물의 모습으로만 그리지는 않았다. 그는 다양한 동물 상징을 동원하여 사랑의 야생성을 묘사하기도 한다. 그는 사랑을 모든 것을 삼켜버리는 검은 사자[57] 내지는 악어로 그리기도 하고,[58] 사람을 잡아먹는 용으로 그리기도 한다.[59] 그러므로 인간은 충분히 익어 달콤해야 한다. 사랑이라는 괴물은 설익어 신맛이 나는 사람을 결코 삼키지 않기 때문이다. 사랑은 '달콤한 빵'이 된 성인들만을 집어삼킨다.[60] 사람이 스스로 사랑에 도달하려면 어찌해야 하는가?

> '사랑'이라는 매를 잡으려고 내 마음에 덫을 놓자,
> 매가 마음을 낚아채어 날아가 버렸다.[61]

루미는 사랑을 일각수一角獸에 비유하기도 한다. 이 동물은 뿔로 사람을 들이받는다. 전설에 따르면 이 동물은 코끼리와 관계가 있다고 한다. 루미는 콘야 성곽의 돌 장식물 곁을 자주 지나다녔

음에 틀림없다. 이 돌 장식물에는 일각수와 코끼리가 새겨져 있었다. 하지만 그는 이 제재를 문헌을 통해서도 알고 있었다.[62] 그의 묘사는 기괴하기까지 하다. 그는 사랑을 벌레에 비유한다. 이 벌레는 나무들을 뚫고 들어가서 속을 완전히 후벼 판 다음 나무를 고사시킨다. 그는 그러한 장면을 콘야의 과수원에서 보았을 것이다.[63]

우리는 이 모든 이미지를 통해서 다음의 사실을 알 수 있다. 즉, 사랑은 약한 자가 감당할 수 있는 것이 아니라, 강인한 자 곧, 참'사람'만이 감당할 수 있다. 사랑의 발톱이 집을 통째로 찢어버리기 때문이다.

> 사랑에 익숙해진다는 것은 무슨 뜻인가?
> 피가 되는 것, 자기 피를 내어주는 것,
> 개를 데리고 정절의 문 앞에서 기다리는 것….[64]

> 피를 마시는 사랑을 위해
> 사랑이라는 개를 위해 우리는 그릇에 담긴 피인 것을![65]

사랑 안에서는 정상적인 행동방식이 더 이상 통하지 않는다. 사랑하는 사람은 대담해지는 것 외에 달리 할 일이 없다.

> 이글거리는 풀무 속에서도 살아남는 황금처럼,

방패가 되어 끊임없이 상처의 화살을 맞아라.66)

그러한 상태에서 인습은 아무 소용이 없다. 루미는 바그다드의 위대한 신비가 주나이드(910년 사망)의 유명한 말을 고쳐서 "사랑에는 에티켓이 없다."고 말한다.67) 사랑에는 수치심이라든가 수줍음이라든가 후회라는 것이 없다. 후회는 한때 강력한 용이었지만 이제 에메랄드와 같은 '사랑'의 빛을 받아 퇴색하고 만다. 에메랄드는 뱀의 눈을 망가뜨리기 때문이다.68) 사랑은 사랑하는 사람까지 없애버린다. 사랑은 연인의 모습을 보지 못하게 하는 '자아'라는 너울을 찢어버린다.

　　사랑이란 무엇인가? 하늘을 향해 날아오르는 것,
　　숨 쉴 때마다 너울을 찢어버리는 것….69)

하지만 감히 인간이 하나님을 사랑할 수 있기나 한 것인가? 10세기에 활동했던 신비가들은 사랑을 가리켜 하나님의 선물이라고 말했다. 사랑은 하나님의 원초적인 은총이다. 그것은 꾸란에 기록된 **'그분께서 그들을 사랑하시니 그들이 그분을 사랑했다.'**(Sura 5/59)는 말씀의 결론이다. 그분께서 먼저 인간을 사랑하시지 않았다면, 인간은 그분을 사랑할 엄두도 내지 못했을 것이다. 마울라나가 말했듯이, 이 사랑의 가지는 태초에 닿아 있고, 그 뿌리는 영원에 닿아 있다.70) 사랑은 하나님께서 태초에 아직 지어지지 않은 인류에게 "내가 너희의 주가 아니냐?"(Sura 7/171) 하고 말을 거심과 동시에 시작되었다. 마울라나와 동시대에 살았던 파흐렛딘 이라키가 노래한 것처럼, 태초에 거나하게 취한 주막 주인의 눈에서 사랑의 포도주가 흘러나왔고, 그때 영혼은 이 포도주를 처음 마셨으며, 마음은 이 포도주를 담는 술잔이 되었다.[71] 예언자들의 말씀, 수도승들의 **지크르**dhikr, 신비스러운 회전춤의 선율속에는 신적인 사랑의 말씀에 대한 기억이 메아리치고 있다. 그리고 인간은 자신이 태초에 했던 약속 곧, 하나님께 충성하고 모든 시련 속에서 그분을 사랑하겠다는 약속을 기억해낸다.

먼저 임이 합일을 추구하지 않았다면,
사랑하는 사람은 합일을 추구하지 못했을 것이다![72]

목마른 사람이 물을 찾고, 물이 목마른 사람을 찾듯이, 사랑하는 이와 사랑 받는 이도 서로 의지한다.[73] 이 영원한 사랑의 부름에 응답하는 사람은 계절에 아랑곳하지 않고 슬픔과 기쁨을 넘어서 싱싱하고 행복한 삶을 살게 마련이다.[74]

사랑하는 이와 사랑 받는 이의 관계야말로 《마스나비》와 《디반》의 중심주제다. 사랑은 모든 것을 빛나게 하고, 사랑하는 사람의 눈은 도처에서 아름다움을 발견한다. 마울라나는 아래와 같이 말했다.

사랑 받는 사람은 아름답다. 하지만 그 역逆은 아니다. 아름다운 사람이 반드시 사랑 받는 것은 아니다. 아름다움은 사랑스러움의 한 부분이고, 사랑스러움은 뿌리이다. 무언가가 사랑을 받으면, 그것은 자연히 아름다워진다. 그것은 전체로부터 떨어져나간 것이 아니라, 전체 안에 있는 것이기 때문이다. 마즈눈의 시대에 수많은 소녀가 라일라보다 아름다웠지만, 그들은 마즈눈의 사랑을 받지 못했다.[75]

물론 마울라나는 이 원초적이고 영원한 사랑의 이야기가 결코 묘사될 수 있는 성질의 것이 아니라는 것을 잘 알고 있다.

하나님을 위해, 장미 이야기를 그만두어라!
장미와 이별한 꾀꼬리에 대해 말하라![76]

장미는 오래 전부터 하나님의 찬란한 아름다움을 가리키는 상징이었다. 이 장미를 맞갖게 묘사할 수 있는 길은 없다. 하지만 슬픔에 잠긴 인간의 영혼은 도달할 수 없을 것처럼 보이는 임에 대한 그리움을 항상 새로운 곡조로 노래할 것이다. 마울라나는 한 불행한 사람을 예로 든다. 이 사람은 엄격한 금령禁令을 어기고 임을 보기 위해 부하라로 되돌아간다. 왜냐하면

임의 아름다운 모습은 사랑에 빠진 이의 스승이고,

임의 얼굴은 사랑에 빠진 이의 책이자 교본이기 때문이다.[77]

이승에서 살고 있는 연인의 아름다운 모습에 마음이 끌리기만 해도 사람들은 그를 위해 모든 짐을 짊어진다. 하물며 천상에 계시는 임의 아름다움은 어떠하겠는가! 루미는 바그다드의 신비가 쉬블리(945년 사망)의 말을 거듭 인용한다. 어떤 사람이 죽은 벗을 위하여 슬피 울자, 쉬블리는 다음과 같이 화를 낸다. "어찌하여 그대는 죽을 수밖에 없는 자를 사랑하는가?"[78] 마울라나가 '가슴'과 '한계'를 뜻하는 카나르kanār라는 단어로 말놀이를 하면서 말한 것처럼, 모름지기 사람은 껴안을 수 없고 품을 수 없는 분을 가슴에 품어야 한다.[79]

영원한 장미가 묘사를 거부하기는 하지만, 마울라나의 시구는 대부분 황홀한 임의 아름다움을 끊임없이 다듬어 쓴 것들이다. 그는 이 일을 위해서 아랍어와 페르시아어의 정제된 표현들, 온갖 말놀이, 온갖 시적인 표현들을 두루 활용한다. 그는 기다란 시행에서 아래와 같이 묻는다.

오오 벗이여, 설탕이 더 달겠소? 설탕을 만드신 분이 더 달겠소?
달이 더 아름답겠소? 달을 만드신 분이 더 아름답겠소?
오오 정원이여, 그대가 더 상냥하겠소? 그곳에서 빛나는 장미가 더 상냥하겠소?

장미와 수선화를 만드신 그분이 더 상냥하겠소?[80)

그는 그분께서 한겨울에도 봄을 몰고 오실 수 있다고 말한다.[81)
그는 세속적인 연애 시 형식으로 아래와 같이 노래하기도 한다.

당신의 뺨을 본 사람은
장미언덕으로 가지 않을 것입니다.[82)

하지만 이 모든 표현은 태양의 광채를 반사하고자 하는 연약한
시도일 뿐이다. 루미는 피와 눈물로 밤을 지새워도 떠오르지 않
으리라는 것을 알면서도 꿈결에 본 임의 모습을 간절히 그리워
한다. 그는 꿈결에 본 환상을 낭만적으로 묘사하거나, 임의 모습
을 아침 해에 비유하기도 한다. 아침 해가 의기양양하게 세계 위
에 걸터앉으면, 영혼들은 티끌처럼 겸손히 태양을 따라 걷는다.[83)
임은 밤에만 사랑하는 사람의 가슴에 보금자리를 치는 달과 같지
않은가?[84) 우주 전체가 임을 가리킨다.

당신께서 너울을 벗으시니,
보름달이 하늘에서 지고,
밤이 내게 당신의 머리카락을 가리키고,
낮의 빛이 당신의 낯을 가리킵니다.[85)

루미는 임을 길동무, 피난처를 제공하는 동굴, 노아와 정신, 여는
자와 열린 자, 아버지와 어머니로 묘사한다.

> 당신은 젖, 달콤한 사탕,
> 당신은 달, 당신은 빛나는 태양,
> 당신은 아버지, 어머니, 친척–
> 나는 온통 당신밖에 보이지 않습니다.
> 오오 상함이 없는 사랑이여,
> 기쁨에 겨워 신성한 노래를 부르는 이여!
> 나는 당신 같은 피난처와 요새를 보지 못했습니다.[86]

쉬지 않고 변하는 임의 모습을 어찌 다 묘사하랴?

> 어제 내 임은 달처럼 밝았어요.
> 아니 아니어요! 내 임은 햇빛보다 더 빛났어요!
> 환상의 나라에 흠뻑 취한 나는
> 임이 아름답다는 **것은** 알겠는데,
> 임이 **어떻게** 아름다운지는 모르겠어요![87]

루미는 눈에 보이지 않고 귀에 들리지 않는 이 달에 대하여 아래
와 같이 말한다.

플라톤이 이 아름다운 달을 살짝 보았다면,
나보다 더 당황하여 실성하고 말았을 것이다![88]

이 달은 가장 모순된 모습으로 나타나기 때문이다.

당신은 보호하기도 하시고
강탈하기도 하십니다.
당신은 우리의 곳간이기도 하시고
곳간을 허무는 분이기도 하십니다.
당신은 사랑의 옷을 백 벌이나 꿰매기도 하시고
둘로 잡아 찢기도 하십니다.
당신은 별안간 법정에서
그것을 내 탓으로 돌리기도 하십니다.
당신이 바다라면, 사람들은
당신에게서 떨어진 물방울일 뿐입니다.
당신이 이백 개의 금광이라면,
이 세계는 먼지처럼 가벼울 따름입니다.[89]

사랑하는 사람은 부정의 방법을 통해서 임에게 다가갈 수 있다.
적절하게도 루미는 가수와 술 취한 터키 왕족 이야기에서 아래
와 같이 말한다.

나는 몰라요, 당신이 달인지 우상인지.

나는 몰라요, 당신이 무엇을 바라는지.

나는 몰라요, 당신을 어떻게 섬겨야 하는지.

입을 다물어야 하나요? 말로 당신을 찬미해야 하나요?

놀랍게도 당신은 내게서 떨어져 있지 않습니다.

하지만 나는 몰라요, 당신이 있는 곳에 내가 있는지….[90]

임에게 선택받은 사람은 이 시대의 행운아다.[91] 임이 받아들인 제자는 모든 스승의 스승이 된다.[92] 왕조차 임을 사랑하면 임에게 복종해야 하고, 꿀조차도 임의 사탕수수를 씹어야 한다.[93] 사탕수수가 단 것도 임의 덕택이다.

내가 사탕수수에게 "너는 누구 덕에 그렇게 단 것이냐?" 하고 묻자,

사탕수수가 당신을 가리키며 말했어요. "저는 임의 숨결을 맛보았어요!"[94]

달처럼 빛나는 임의 얼굴은 사랑하는 사람의 마음속에 곧, 임을 끊임없이 생각하여 맑고 깨끗해진 마음속에만 깃들인다.

내 마음은 물처럼 맑고 깨끗하다.

물은 달의 거울![95]

사랑하는 사람은 요셉처럼 아름다운 임에게 드릴 것이 거울밖에 없다.[96] 그렇게 함으로써만 임은 사랑하는 사람의 마음속에서 자기의 아름다움을 알아채고, 숨어 있는 자기의 아름다운 모습을 음미할 수 있다.

사랑하는 사람은 비둘기처럼 늘 **쿠**kū **쿠**kū **쿠**kū 하고 외친다. 이 소리는 '어디 있나요? 어디 있나요? 어디 있나요?'의 뜻이다. 이 소리는 사랑하는 사람이 임을 찾기 위해 내는 소리다.[97]

> 당신만한 집이 어디 있나요? 당신 말고 또 있으면 이름을 알려
> 주셔요.
> 당신만한 잔이 어디 있나요? 오오 달콤한 주막이여![98]

임을 대신할 수 있는 것은 아무것도 없다. 임에게 가까이 다가가 닿는 것이 있을 따름이다.

> 온갖 곳을 찾아다녀 보았지만,
> 당신만큼 상냥한 것은 없었습니다.
> 바다 속 깊이 뛰어들었지만,
> 당신 같은 진주는 없었습니다.
> 온갖 술통을 열어보고,
> 일백 병의 술을 맛보았지만,
> 당신만큼 입술을 적시고

취하게 하는 포도주는 없었습니다.[99]

임이 있는 곳에서는 장례식이 잔치가 되지만, 임이 없는 곳에서는 잔치가 장송곡이 되고 만다.[100] 임의 정원에서 자라는 가시덤불이 다른 곳의 향기로운 장미보다 훨씬 아름답다.[101] 임이 살고 있는 도성은 이 세상에서 가장 아름다운 도성이다.

한 여인이 애인에게 "당신은
타국에서 수많은 도시를 보았을 텐데,
그 가운데 어느 도시가 가장 아름답던가요?" 하고 묻자,
그가 "임이 계신 도시가 가장 아름다웠어요!" 하고 대답했다.[102]

임을 만나는 것이야말로 모든 물음의 정답, 모든 문제의 해답이다.[103] 임이야말로 영약이고 위대한 연금술사이기 때문이다.

온갖 도시를 돌아다녔지만,
아무도 당신의 은혜를 보이지 않았습니다.
내가 열매를 따지 못하고, 장미를 보지 못한 것은
내가 당신의 정원에서 멀리 떨어져 있었기 때문입니다.
당신에게서 멀리 떨어졌을 때,
나는 온갖 불행을 겪었습니다.
당신이 아니 계시면 나는 죽은 목숨인데, 내가 무슨 말을 하겠

습니까?

하나님께서 나를 거듭 소생시키셨습니다.[104]

임은 아래와 같이 마법을 부린다.

> 당신은 소경의 눈 속으로 들어가시어
> 그에게 시력을 주십니다.
> 당신은 벙어리의 입 속으로 들어가시어
> 그의 혀가 되십니다.
> 당신은 추악한 악마에게로 들어가시어
> 그를 요셉으로 변화시키십니다.
> 당신은 늑대의 무리 속으로 들어가시어
> 목자가 되십니다.[105]

왜냐하면 하나님은 꾸란 이외의 경전에서 그분을 가까이하는 사람에게 눈과 손을 주시겠다고 약속하셨기 때문이다. 하나님은 자신을 사랑하는 자를 통해 활동하신다. 일찍이 수피들은 하나님의 활동에 대해 이야기하는 이러한 전승을 즐겨 인용했다.

임은 모든 것 위에 있고, 더할 나위 없이 완전하다. 만물이 그것을 인정한다.

> 당신이 달을 가리켜 "검둥이"라고 부르시면 달이 넙죽 엎드리고,

당신이 소나무를 가리켜 구부러져라 말씀하시면 소나무가 구부
러집니다.[106)

임에 비하면 만물은 아무것도 아니다. 임에 비하면 루비는 조약
돌에 불과하고, 사자는 당나귀에 불과하며, 태양은 티끌에 불과하
다.[107) 임은 봄이고, 다른 모든 것은 겨울이다.[108) 임은 겨울처럼
차가운 물질계에 사로잡힌 만물에게 새 생명을 주기 때문이다.
임의 호의는 다람쥐의 가죽을 부드럽게 하기도 한다.[109) 그런 까
닭에 임은 사랑하는 자에게 아래와 같이 말할 수도 있다.

그대는 메마른 실개천,
나는 비가 되어 그대에게 내린다.
그대는 폐허가 된 도시와 같으니,
내가 너를 새로이 세우리라.[110)

하지만 임이 이러한 기적을 일으키기 위해서는 사랑하는 사람의
완전한 자기 포기가 선행되어야만 한다. 폐허가 된 사람만이 잿
더미에서 찾은 보화를 통해 새로이 세워질 수 있기 때문이다. 마
울라나는 순수 연애 시의 이미지로 아래와 같이 말한다.

나는 당신과 함께 발가벗고 있는 것이 좋아요.
내가 옷을 벗어던지는 것은

은혜로우신 당신의 품이
나의 영혼을 옷처럼 감싸기 때문이에요.[111]

임은 모든 것을 변화시킬 수 있다. 임은 쓴맛 나는 오이를 대추야 자로 변화시킬 수도 있고, 설탕을 쓴맛 나게 할 수도 있다.[112] 요 셉처럼 눈부신 임만 있으면, 메마른 우물 내지 감옥 같은 세계는 낙원이 될 것이다.[113] 임의 능력은 대단하여 아무도 그를 거스르 지 못한다. 악이나 불신도 그를 거스르지 못한다.

당신의 그림자가 죄인과 악인에게 드리워지면,
그들의 죄가 기도와 단식으로 바뀌고 맙니다.[114]

백 년의 세월을 불신자로 살아온 사람도
당신을 보기만 하면,
당신 앞에 넙죽 엎드려
마음을 바르게 고쳐먹을 것입니다![115]

열정적인 시구 곳곳에서 임은 사랑보다 훨씬 월등한 존재로 나 타난다.

사랑은 옷을 잡아 찢고,
이성은 그 위에 헝겊을 대고 깁지만,

당신이 오셔서 마음을 꿰매시면,
사랑과 오성은 강샘에 사로잡힙니다![116)

마울라나만큼 이별과 그리움의 아픔을 노래한 이도 없다. 하지
만 그는 임이 자신과 헤어진 것이 아님을 경험으로 알았다. 그는
임이 불어대는 산들바람을 타고 보다 높은 단계로 날아가는 먼
지와 같았다.[117) 그는 임의 목소리를 메아리치는 산이었다. 그는
임의 숨결이 닿으면 피리처럼 노래했고, 임의 손길이 닿으면 하
프처럼 말했다. 샴스엣딘이라는 이름만이 그의 청춘을 되찾아줄
수 있었다.

그를 걱정하느라 이렇게 늙었고,
마음 고생하면서 불행한 세월을 살아왔는데,
그대가 샴스엣딘이라는 이름을 입 밖에 내자마자,
나의 청춘이 되살아나는구려![118)

지극히 속된 연가처럼 들리는 마울라나의 시구는 대부분 이러한
일체감 곧, 마음에서 우러난 사랑의 감정에서 비롯되었다. 그는
늘 새로운 이미지를 고안하여 자신의 당혹과 행복을 나긋나긋한
운율로 표현했다.

어제 나는 몹시 흥분한 상태로 그를 찾아갔다.

그는 고요하게 앉아서 나를 아는 척도 하지 않았다.

나는 그를 물끄러미 바라보았다. 이것은

'어제 내가 없었으면 당신이 어찌되었겠어요?'라는 뜻이었다.

하지만 내 임은 그저 먼발치를 바라보기만 했다. 이것은

'흥분을 가라앉히고 대지처럼 차분해지세요!'라는 뜻이었다.

나는 무릎을 꿇고 대지에 입을 맞추었다. 이것은

'당신 앞에 있으면 나는 먼지처럼 어찌할 바를 모르겠어요!'라
는 뜻이다.[119]

그러한 상태가 되면, 그와 임은 감시자가 볼까봐 눈썹과 눈으로
말했다.[120] 그는 임을 데려다주는 복스러운 꿈에 대해 아래와 같
이 이야기한다.

오오 형제여, 나는 어젯밤 꿈결에 임을 보았다오.

임은 들장미 숲속에 있는 우물가에서 졸고 있었다오.

임의 둘레에는 선녀들이 손을 합장하고 서 있었다오.

그곳에는 튤립이 피어 있었고, 재스민이 공간을 가득 채웠으며,

바람이 그의 머릿결을 부드럽고 나긋나긋하게 쓰다듬고 있었다
오.[121]

하지만 이토록 행복한 꿈은 오랜 밤샘 끝에만 찾아온다. 이런 이
유로 루미는 초기의 수피들과 마찬가지로 밤 기도 곧, 사랑하는

이와 임의 정겨운 대화에 특별한 가치를 부여한다. '사랑하는 사람과 도둑에게는 밤이 길고 길다.'[122] 밤은 하나 됨의 고백이 이루어지는 밀실인 반면, 낮은 우상숭배와 잡다한 것들이 설치는 곳이다.[123] 때문에 사랑하는 사람은 밤을 잠으로 허비해서는 안 된다. 마울라나는 수많은 시구에서 아래와 같은 내용을 되풀이한다.

> 달은 별을 헤아리는
> 밤에게 입을 맞춘다.[124]

그러한 순간이 되면 사랑하는 사람은 무아지경에 빠진다.

> 육체의 성 안에 앉아 있던 영혼 부인이
> 사랑에 몸 달아 너울을 벗고 뛰쳐나온다![125]

이처럼 황홀한 상태에서 마울라나는 어떻게 실개천의 둑이, 용솟음치는 물의 입맞춤을 받아, 꽃을 피우는지를 느낀다.[126] 그는 입맞춤을 통해 영혼이 교환되는 꿈을 꾼다. 입맞춤은 그가 자주 사용하는 원초적 이미지다. '영혼이 나의 입술로 다가왔다.'는 표현은 페르시아어로 '나는 정신을 잃었다.'는 뜻이다. 임의 입맞춤은 또 다른 영혼을 획득하는 길이다. 임의 입맞춤만이 사랑하는 사람을 소생시킬 수 있다.

나의 머리를 당신의 문설주 안으로 들이미니,
당신의 저고리가 내 마음을 감쌉니다.
영혼이 입술로 다가왔으니, 당신의 입술을 내게 대시어
내 영혼을 당신의 입 속에 넣게 하소서![127]

꼭 그런 식으로 부탁해야 하는가? 아래와 같이 임을 재촉하는 게 더 나을 것이다.

당신 자신의 얼굴에 입을 맞추고,
당신의 비밀을 당신 자신에게 말하소서.
당신 자신의 노래를 부르고,
당신을 보고 당신의 아름다움을 알아채소서.[128]

하지만 이처럼 행복한 나날을 노래한 시구보다 이별과 슬픔을 노래한 시구가 더 자주 눈에 띈다. 임이 그를 배신하고 화나게 했던 것은 아닐까?

임께서 우리 집을 부순 다음,
짐꾼을 시켜 실어가게 했어요.
임께서 우리 마음을 자물쇠로 잠그고,
열쇠를 치워버린 후 멀리 떠나버렸어요.[129]

이것이 임의 바람이라면, 사랑하는 사람은 따를 수밖에 없다. 붉게 타오르는 아침놀의 열기로 별들을 죽일 권한이 태양에게 있듯이, 온 세상 사람을 쏟아버릴 권리가 임에게 있기 때문이다.[130] 사랑하는 사람은 그러한 시련조차 감사하지 않으면 안 된다.

> 임께서 바라시면, 죽음조차도 달콤하고,
> 가시덤불은 수선화와 붉은 장미가 됩니다.[131]

시련은 임이 질투가 심하다는 표시이다. 임은 사랑하는 사람 안에 있는 사랑의 광채를 아무도 알지 못하게 한다. 그래서 임은 사랑하는 사람에게 시련을 안겨준다. 이는 악한 사람이 사랑에 빠진 사람의 환희를 보지 못하게 하려는 것이며, 악한 사람악의 주의를 사랑하는 사람에게로 돌리지 못하게 하려는 것이다.

> 나는 그대에게 시련과 눈물을 가득 안겨 주리라.
> 그러면 악한 사람이 그대를 알아보지 못할 것이다.
> 나는 시련을 통해 그대를 담즙보다 더 쓰게 하리라.
> 그러면 악한 사람이 그대에게 눈길도 주지 않을 것이다.[132]

임은 천성이 온화함에도 "그대의 시련은 나와 무관한 일이다." 하고 말한다. 마울라나는 이것을 가리켜 '교묘한 농간'이라고 부른다.[133] 하지만 임은 매정함 속에 은혜를 숨겨 둔다. 이것이야말로 하나님이 인간을 다루시는 방식이다. 사랑하는 사람은 밤중에 이별의 불길에 냄비처럼 들끓고, 낮에는 만족할 줄 모르는 모래처럼 자신의 피를 마셔대지만[134] 갈증은 더욱 심해진다.

> 당신을 그리는 마음에 목 타게 하시고 물도 주지 마소서!
> 내가 잠에 넌더리를 치게 하소서!
> 나는 밤낮 없이 무릎 꿇고 기도하면서
> 당신의 환영을 볼까 하여 눈길을 보냅니다.
> 그러다가 당신의 환영을 발견하기라도 하면,
> 죽음의 문턱을 향해 서둘러 달려갑니다.[135]

사랑하는 사람은 슬픔 속에서 피 곧, 사랑의 혈관 속에서 고동치는 피로 변한다.

> 나는 사랑의 혈관 속에서 물결치는 피가 되었다.
> 나는 사랑하는 사람들의 눈에 고인 액체가 되었다.[136]

그가 건너야 할 곳은 피의 바다다. 그는 이 바다를 횡단하고 나서 하나님의 식탁을 발견한다.[137] 이별과 사랑의 아픔을 노래한 루미의 시들은 이후에 등장하는 페르시아 시인들, 특히 인도-페르시아계 시인들의 마조히즘적 시들과는 사뭇 다르다. 루미의 비가悲歌는 참된 경험에서 태어난 것이다. 그의 비가는 이후에 등장하는 시인들의 탄식보다 훨씬 강한 감동을 자아낸다. 그들은 시의 효과를 내기 위해 루미가 고안한 이미지보다 훨씬 잔혹한 이미지를 끊임없이 만들어내야 했기 때문이다.

사랑과 슬픔은 떼려야 뗄 수 없는 관계이다.

나는 사랑의 길에서 풀죽기도 하고 눈물을 흘리기도 한다.[138]

할라지는 다음과 같이 대담한 말을 했다. "그분은 슬픔을 주기도 하시고, 행복을 주기도 하신다." 루미는 아래와 같이 말한다.

고행하는 사람이 구하는 것은 은혜로운 당신!raḥmat
사랑하는 사람이 구하는 것은 쌀쌀맞은 당신!zaḥmat[139]

사랑하는 사람은, 꾸란이 보도하듯이(Sura 12/31), 줄라이카의 식탁에 둘러앉은 여인들과 같다. 이 여인들은 요셉의 아름다운 모습에 온몸이 마비될 정도로 마음을 빼앗긴다. 그들은 요셉의 아름다운 모습을 보자 자신들이 칼로 오렌지를 자르는 것이 아니라 자신들의 손을 베고 있다는 것을 전혀 알아채지 못했다. 이처럼 임을 본 사람은 고통을 전혀 느끼지 못한다.[140] 다른 또 하나의 비유를 들어보자. 사랑하는 사람은 이삭처럼 제물로 바쳐지기도 한다. 그는 제물로 바쳐짐으로써 새로이 살아나기 때문이다.[141] 할라지의 처형과 관련하여 무엇보다도 다음과 같은 하나님의 말씀이 떠오른다. 꾸란 이외의 경전에서 하나님은 당신 자신을 사랑하다가 죽은 자들에게 당신 자신 곧, 당신의 아름다움을 배상금으로 주겠다고 약속하신다. 루미는 4개 국어로 된 시의 아랍어 시구에서 이 말씀을 아래와 같이 이해한다.

> 당신이 나를 죽이셨지만,
> 당신은 나의 배상금입니다![142]

사랑하는 사람이 사랑의 시련을 받아 말라 죽으면 말라 죽을수록, 임은 그의 가슴속에 더 많이 깃들인다. 그리고 사랑하는 사람은 사랑이 겉으로는 쌀쌀맞아 보이지만 단 하나밖에 없는 기쁨의 원천임을 경험한다. 사랑은 '상심'이라는 뱀을 현혹하는 에메랄드,[143] 사로잡힌 쥐처럼 찍찍거리는 고양이와 같다.[144]

> 당신은 사자와 같고,
> 나는 노루처럼 사로잡혔습니다.
> 이처럼 자유를 두려워하는
> 동물을 아무도 보지 못했을 것입니다.[145]

《마스나비》의 끝머리에는 아래와 같이 기록되어 있다.

> 나는 이 선물보다 더 달콤한 것을 보지 못했다.

건강인들 이 질병보다 아름다울까![146]

사랑하는 사람이 사랑의 불꽃 속에서 운향 씨앗처럼 춤을 추는 것은 그런 이유에서다.[147] (사람들은 시력이 나빠지는 것을 막기 위해 운향을 태웠으며, 이것이 불에 타면서 탁탁 내는 소리를 종종 춤에 비유하곤 했다.) 또한 사랑하는 사람은 화로에서 향기를 퍼뜨리는 향나무처럼 달콤한 향기를 발산한다.[148] 마울라나는 "금의 순도는 사랑의 불꽃 속에서 이루어지는 시련을 통해서만 시금試金 될 수 있다."고 종종 말한다.[149] **불꽃은 금의 순도를 높이고, 시련은 고결함을 돋운다**고 아라비아 격언은 말한다. 사랑하는 사람은 자기가 시련의 불꽃 속에서 정화되는 것을 느낀다. 그러하기에 그는 고통 속에서도 기쁘게 살고, 고난 속에서도 행복의 보기가 될 수 있다.

온 세상이 가시밭이라면,
사랑하는 사람의 마음은 늘 장미꽃밭이다.[150]

사랑하는 사람은 슬퍼하지 않는다. 그는 걱정할 줄 모른다. 그렇다고 자신의 희생을 자랑해서도 안 된다. 루미는《마스나비》에 실린 한 이야기에서 아래와 같이 말한다.

연인이 애인에게 자기가 어떻게 섬겼으며

무슨 일을 했는지 열거하기 시작했다.

"보십시오, 나는 당신을 위해 아무 일이나 가리지 않고 다 했
   습니다.

전쟁터에서 화살에 맞기도 했고, 창에 찔리기도 했습니다.

당신의 사랑이 내게 수많은 고통을

안겨주었다는 소리도 들었습니다.

아침에도 잠을 잘 때에도 나는 웃음을 잃었고,

밤에도 기력을 잃었습니다."

이처럼 연인이 자기가 겪은 괴로움과 고통을

애인에게 낱낱이 고한 것은 불만을 늘어놓기 위해서가 아니다.

그는 자기의 사랑을 일백 번이라도 밝히 증명해보이고 싶었던
   것이다.[151]

하지만 이렇게 자기의 희생을 끊임없이 되풀이해서 말한들 무
슨 소용이 있겠는가? 그가 사랑의 불꽃 속에서 양초처럼 눈물을
흘릴지라도, 임은 그에게 "당신은 길을 잘못 들었어요." 하고 말
할 것이다. 그가 자랑하는 이 모든 희생은 '사랑'의 곁가지일 뿐
이다. 진정한 사랑의 뿌리는 임의 품에서 자기를 버리고 죽는 것
이다. 사근사근한 연인이라면 임의 말을 듣고 기쁜 마음으로 복
종할 것이다.

   그는 곧바로 장미처럼

행복하게 웃으면서 영혼을 버렸다.

900년경에 바그다드의 주나이드는 위와 같이 말하면서 다음과 같이 이야기했다. "내가 무슨 죄를 지었습니까?" 하고 사랑하는 사람이 묻자, 임은 "그대의 존재야말로 아무도 필적할 수 없는 죄 덩어리다." 하고 말했다.[152] 사랑의 길에서 자기의 희생을 떠벌리는 것은 부질없는 짓이다. 《마스나비》는 또 다른 사람의 행동거지를 기술한다. 그가 임의 면전에서 편지를 읽자, 임이 그를 꾸짖는다.

> "내가 그대 곁에 있건만, 그대는 편지를 읽으려 하는군요.
> 그것은 참된 사랑이 아닙니다!"[153]

그러한 행동은 사랑하는 사람이 아직도 사랑의 대상에 온전히 몰두하지 않았음을 보여줄 뿐이다.
　　루미는 사랑하는 사람과 임을 묘사하기 위해 정원이라는 상징을 반복해서 사용한다. 이는 9세기 말엽에 바그다드에서 활동했던 수피들, 특히 누리를 본보기로 삼은 것이다. 사랑하는 사람은 어떻게 처신해야 하는가?

> 한 시간 내내 눈물짓는 구름처럼,
> 오래 참고 견디는 산처럼,

언제나 넙죽 엎드리는 물처럼,
낮고 겸손한 길가의 흙먼지처럼.[154]

이렇게 된 사람만이 임 곧, 시들지 않는 정원을 발견할 수 있다.
사랑하는 사람은 어디에서나 눈에 띈다. 그는 사원의 높은
첨탑 위에 있는 낙타와 같다.

낙타가 사원의 첨탑 위로 올라가서 말했다.
"나는 이곳에 살며시 숨었어요! 아무에게도 알리지 마셔요!"
사랑하는 사람은 이 낙타와 같고,
사랑은 첨탑의 꼭대기와 같으며, 첨탑은 영원과 같다.[155]

사랑하는 사람은 자신을 숨기려 하지만 곧 발각되고 만다. 그가
입을 열면 사랑의 향기가 나오고, 그가 피크$_{fiqh}$(율법)라는 단어
를 말하면 그것은 파크르$_{faqr}$(가난)라는 단어로 들리고, 그가 '불
신'이라는 말을 입 밖에 내면 그것은 '신앙'을 촉구하는 말로 들
린다.[156] 그가 사랑 때문에 범한 잘못은 다른 사람의 바른 행위보
다 훨씬 값지다.[157] 모름지기 사랑하는 사람은 자신의 행복한 처
지를 이해하지 못하는 자들을 멀리해야만 한다. 그는 몰지각한
사람들 틈에 끼는 것을 가젤 영양이 당나귀의 외양간에 있는 것
이나, 꾀꼬리가 까마귀 무리에 섞여 있는 것으로 여긴다. 그는 몰
지각한 사람들의 무리에 끼기보다는 차라리 고독한 임의 안식처

를 찾아가서 행복했던 나날을 임과 함께 추억할 것이다. 그는 임의 이름만을 끊임없이 반복해서 메아리로 울리는 산이 되고 싶어 할 것이다.[158]

　그 이유는 임의 이름이야말로 그가 가장 소중히 여기는 보물이기 때문이다. 그는 임의 이름만을 끊임없이 되뇐다. 무언가를 사랑하는 사람은 그 무언가를 끊임없이 이야기하게 마련이다. 루미는 형식적인 지크르dhikr의 규정들에 대해 전혀 언급하지 않는다. 루미가 살던 당시에 신비가들 사이에는 아흔아홉 개의 가장 아름다운 신명神名 하나하나에 집중하는 방법이 폭넓게 유포되어 있었지만, 루미는 이 방법에 대해서도 전혀 언급하지 않는다. 하지만 그는 임의 이름을 깊이 사랑했다. 그는 자신이 지은 상당수의 서정시에 자기의 이름을 달지 않고 임의 이름을 지은이로 달아놓았다. 이것은 그가 아래와 같은 상태를 넘어섰음을 보여주는 가장 좋은 증거다.

　　다정한 임께서 나를 온통 사로잡았건만,
　　나는 그분의 이름밖에 몰라요!159)

임의 이름은 기적을 일으킨다.

　　그들이 배가 고파서 임의 이름을 부르자,
　　임의 이름이 그들을 배부르게 하고, 흠뻑 취하게 했어요.

임의 이름은 추운 날에 그들의 가죽외투가 되어 주었어요.
이 모든 것은 임의 이름이 사랑으로 한 일이에요![160]

사랑하는 사람이 입 밖에 내는 말은 온통 임의 이름뿐이다.
루미가 《마스나비》의 앞부분에서 말한 대로, 모든 상징, 모든 암
시는 임의 이름을 가리킨다. 루미는 사랑으로 번민하는 줄라이카
에 대해 이야기한다. 보디발의 아내인 그녀는 요셉에게 흠뻑 반
해서 요셉만을 생각하고, 오로지 그에 대해서만 말한다.

줄라이카는 운향에서 용연향(알로에)에 이르기까지
만물에게 '요셉'이라는 이름을 붙여주었다.
그녀는 만물의 이름 속에 요셉이라는 이름을 숨겨두고서
심복에게만 이 사실을 털어놓았다.
"불꽃이 밀랍을 연하게 했지요." 하고 말했을 때
그것은 '임이 내 마음에 쏙 들었어요.'라는 뜻이다.
"저기 달이 뜨는 모습을 보세요." 하고 그녀가 말했을 때
"버들가지에 물이 올랐어요." 하고 그녀가 말했을 때
"잎사귀들이 떨고 있네요." 하고 그녀가 말했을 때
"운향이 아름답게 불타고 있어요." 하고 그녀가 말했을 때
"울새와 장미가 이야기를 나누었어요." 하고 그녀가 말했을 때
"제후가 비밀을 털어놓았어요." 하고 그녀가 말했을 때
"행복이 찬란히 빛나고 있어요." 하고 그녀가 말했을 때

"양탄자를 털어 내게 주세요!" 하고 그녀가 말했을 때

"짐꾼이 물을 가져다주었어요." 하고 그녀가 말했을 때

"태양이 지고 다시 떠올랐어요." 하고 그녀가 말했을 때

"당신이 어제 음식을 조리했어요!" 하고 그녀가 말했을 때

"지금 채소가 준비되어 있어요." 하고 그녀가 말했을 때

"빵에 소금기가 부족하네요!" 하고 그녀가 말했을 때

"하늘이 거꾸로 돌고 있어요." 하고 그녀가 말했을 때

"나의 머리가 아파요!" 하고 그녀가 말했을 때

"나의 두통이 멎었어요." 하고 그녀가 말했을 때

여기서 찬양하는 대목은 '안겼다'는 뜻이고,

잔소리하는 대목은 '이별'을 의미한다.

그녀가 십만 개의 이름을 댄다고 한들,

그것은 요셉을 염두에 두고 한 것이리라.

그녀는 오로지 요셉만을 원했던 것이다.[161]

이러한 시구들은 이론적인 '존재의 통일'과는 아무 관계가 없다. 여기서 루미는 신지학적인 사변이 아니라 가장 강렬한 사랑에 기인하는 경험을 이야기하고 있는 것이다. 그는 사랑하는 사람과 임이 떼려야 뗄 수 없는 관계임을 경험했다. 왜냐하면 대립으로 인해 떨어져 있을 때에도 그들은 협력 관계에 있기 때문이다. 사랑하는 사람과 임이 대립하여 이별하는 이유는, 사랑하는 사람이 가을처럼 퇴색할 때, 임은 다시 봄처럼 눈부시게 빛나기 때문

이다.[162]

　　사랑하는 사람은 이 원초적인 사랑의 빛을 받고 눈이 먼다. 그는 임 외에 아무것도 보지 못한다. 다른 모든 것은 그림자일 뿐이다.[163] 그는 '하나님 외에는 신이 없다.'는 검劍에 맞아 희생양처럼 죽임을 당하고, 그런 다음 '하나님으로' 머문다.[164] 이 신앙고백의 비밀을 제대로 이해한 사람이라면 장미처럼 웃으면서 자기의 영혼을 내맡길 것이다. 왜냐하면 그는 임 안에서 송두리째 없어지고, 그의 장막도 완전히 해체되며,[165] 죽음의 천사가 그에게 손을 뻗칠 수 없게 되기 때문이다.[166] 남는 것은 이름이라는 껍데기뿐이다. 임이 그를 시험하여 "그대는 나를 더 사랑하는가, 그대를 더 사랑하는가?" 하고 물으면,

> 그는 이렇게 대답한다. "나는 당신 안에서 완전히 없어졌습니다.
> 나는 머리끝에서 발끝까지 온통 당신으로 가득 차 있습니다.
> 내게 남은 것은 이름밖에 없습니다.
> 내 존재 안에는 다정한 당신 외에 아무것도 자리하고 있지 않습니다."[167]

그는 임과 전혀 구별이 되지 않는다. 루미의 견해에 의하면 할라지가 그러했다고 한다. 할라지는 "나야말로 절대적인 진리이다." 하고 외쳤다. 그가 완전히 사라지고, 불길 속의 쇠붙이처럼 되었기 때문이다. 초기의 수피들은 하나님만이 '나는'이라고 말할 권

리를 가지고 있다고 말했다. 루미는 이 사상을 보다 자세히 설명
한다.

> 하나님 앞에서는 두 개의 나가 있을 수 없다. 그대가 '나는'이라
> 말하고 하나님께서 '나는'이라 말씀하신다면 (이원성이 있어서
> 는 안 되기 때문에) 그대가 하나님 앞에서 죽거나, 그분이 그대
> 앞에서 죽으셔야 할 것이다. 그분이 죽는 일은 있을 수도 없고,
> 생각할 수도 없다. 그분은 **살아 계신 분, 영원히 죽지 않으시는**
> **분**이기 때문이다(Sura 25/58). 설령 그분께서 그대를 위해
> 죽는 일이 가능하다고 해도, 그것은 이원성이 사라지게 하기 위
> 함이니, 그분은 이토록 사랑이 깊으시다. 하지만 그런 일은 일어
> 나지 않는다. 따라서 그분께서 그대에게 자신을 알리시고 이원
> 성을 없애실 수 있도록 그대가 죽어야 할 것이다.[168]

사랑하는 사람은 자기의 영혼을 임에게 내맡기고, 임은 사랑하는
사람이 자의식의 흔적을 조금이라도 보일라치면 매를 든다. 사랑
의 밀실은 가축의 외양간이 아니고,[169] 사랑의 향연은 설익은 자
를 위한 것이 아니기 때문이다.

> 어떤 사람이 애인의 집을 찾아가서 문을 두드렸다.
> 애인이 안에서 물었다. "거기 문 앞에 서 있는 당신은 누구셔
>   요?"

그러자 그가 대답했다. "나야 나!"

"그렇다면 돌아가세요. 이 식탁에는 설익은 사람이 앉을 자리가
　없어요!" 하고 애인이 말했다.

이별의 아픔이 불꽃이 되어 설익은 사람을 푹 익힐 때에만,

그는 위선에서 풀려날 수 있다.

그 가련한 사람은 일 년간 여행을 떠났다.

그는 이별의 불꽃 속에서 철저하게 불타올랐고,

푹 익어서 여행에서 돌아왔다.

그는 다시 애인의 집 둘레를 빙빙 돌다가,

자기 입에서 경솔한 말이 흘러나오지 않도록

온갖 주의를 기울이면서 문을 두드렸다.

"거기 문 앞에 서 있는 분은 누구세요?" 하는 애인의 외침이 들
　렸다.

"임, 당신이 문 앞에 서 있습니다!" 하고 그가 말했다.

"이 비좁은 집은 두 명의 나를 받아들이지 않지만,

당신이 나라고 하시니, 이제 안으로 들어오세요!"[170]

아흐마드 가잘리(1126년 사망)가 말한 대로, 사랑하는 사람과 임
은 서로를 들여다보는 두 개의 거울이기도 하다.[171] 하지만 이 신
비는 이성의 수고로는 결코 설명되지 않는다.[172] 사랑하는 사람
과 임은 가브리엘 천사도 뚫고 들어갈 수 없을 만큼 '고차적인 합
일'을 경험하기 때문이다.[173] 사랑하는 사람은 임의 아름다운 모

습을 받아들이기 위해 자기의 마음거울을 부지런히 닦는다. 그는 숨어 있는 보화 곧, 영원한 임이 드러나도록 자기의 마음거울을 시련의 매로 깨뜨리기도 한다. 그는 철학적 이론의 표현이 아니라 인격적 체험으로써 아래와 같이 말한다.

> 임은 전부이시고, 사랑하는 사람은 너울이다.[174]

8

음악과 춤
: 우주의 회전

춤추는 데르비시 수도승, 네지혜 아라즈Nezihe Araz의 그림.

8. 음악과 춤 : 우주의 회전

마울라나의 저작은 온통 하나님의 신비, 임의 신비, 사랑의 신비 주위를 맴돌면서 말로 표현할 수 없는 것을 말로 표현하려는 시도라고 할 수 있다. 말로는 '천상의 사과나무 향기'를 가져올 수 없다. 루미는 그것을 잘 알고 있었다. 그는 창조적인 사랑의 신비를 쉽게 설명하는 데 적합한 수단으로 음악과 춤을 꼽았다.

아래의 이야기는 뤼케르트가 독일어로 번역한 것인데, 루미가 느꼈던 것을 무미건조한 이론들보다 훨씬 잘 전달하고 있다.

전에 우리의 스승이신 젤랄렛딘께서 말씀하셨다.

"음악은 낙원의 현관문에 달려 있는 종이다!"

그러자 어리석고 뻔뻔스러운 어릿광대 한 사람이 말했다.

"문에 달려 있는 종이 마음에 들지 않는군요!"
그러자 우리의 스승이신 젤랄렛딘께서 말씀하셨다.
"나는 문이 열리는 소리를 듣는데,
그대는 문이 닫히는 소리를 듣고 있구나!"[1]

예부터 이슬람 정통주의는 모든 종류의 음악에 대해 반감을 품어왔다. 수피즘을 다룬 여러 안내서들에는 음악과 춤을 허용해야 하는지 그렇지 않은지를 두고 논하는 장편의 논문들이 실려 있다. 이 안내서들은 고참에게는 사마sama'(경청)와 여기서 비롯된 춤을 허락했지만, 신참이 이것을 즐기는 것은 허락하지 않았다. 신참이 그것을 속된 쾌락으로 변질시킬 우려가 있었기 때문이다. 위대한 스승들은 특히 수피즘의 본질에 대하여, 신비주의의 오솔길이 엄격하게 요구하는 것에 대하여 알려고 하지 않고 그저 '수피즘을 춤과 쾌락쯤으로' 깎아내리려고 하는 자들을 골칫거리로 여겼다.[2] 마울라나의 전기 작가들은 마울라나가 음악을 싫어하는 신학자들, 자신의 춤을 신랄하게 비판하는 신학자들과 자주 논쟁을 벌였다고 보도한다.

마울라나가 생애 대부분을 보낸 아나톨리아 지역은 예부터 음악으로 유명한 곳이었다. 고대 아나톨리아 지역은 프리지아의 피리 소리로 유명했다. 콘야 지역은 프리지아에 인접해 있었다. 바하엣딘 왈라드가 콘야로 초빙되던 해에, 셀주크 왕국의 북동쪽 국경에 위치한 디브리기에는 한 수용소가 돌로 화려하게 장식된 사원 옆에 세워졌다. 이 수용소에는 정신병자들이 수용되어 있었다. 이들은 물방울이 수조에 떨어지면서 내는 곡조 띤 소리를 통해서 우울증을 치료하거나 잠시 동안 기분을 전환했다고 한다. 중세시대의 이슬람 의사들은 음악요법을 훤히 알고 있었다. 루미도 음악을 일종의 치료법으로 여겼다. 루미는 교수로서의 정상적인 삶을 청산할 만큼 샴스와 강렬한 사랑을 나누었다. 그가 이 사랑의 경험을 소화하는 데 도움을 준 것이 바로 음악이다. 음악은 수많은 나날을 갈피를 잡지 못하고 서성이며 그리움에 젖어 있던 그에게 낙원의 문을 활짝 열어주었고, 그는 이 낙원에서 영원한 회전춤을 추며 만물을 보았다.

마울라나는 사랑의 집이 하프 소리와 수금 소리가 끊임없이 울리고 창문과 지붕이 온통 노래와 시가詩歌로 이루어져 있다고 묘사한다.3) 그는 임이 집을 어떻게 변화시키는지 묘사한다.

나는 임을 보았다. 임은 집 주위를 맴돌고 있었다.
임은 수금을 타면서 곡을 연주했고,
밤의 포도주에 흠뻑 취해
격렬한 박자로 달콤한 노래를 연주했다.4)

그는 임의 노래를 선물로 청한다. 그는 자기의 낯이 화끈한 포도주에 달아오르자 임이 이 세상의 태양 곧, "사랑하는 자들의 임"이라고 말한다. 모든 마음은 임 앞에서 설렘으로 가득 찬다. 마울라나는 꿈결에 본 임의 모습이 자기의 마음속에서 춤을 추고 있다고 종종 노래한다.[5] 임 앞에서는 모든 것이 악기가 되고, 모든 사건이 음악이 된다.

음악의 힘이 가장 분명하게 드러나는 때는 봄철이다. 왜냐하면 봄철은 겨울철의 오랜 침묵을 깨고 시작되기 때문이다. 정원은 새들의 노랫소리에 취해 움직이고, 잎사귀들은 잔혹한 겨울의 무덤 위에서 손뼉 치며 춤을 춘다.[6]

> 가지들은 쉬지 않고 경쾌한 춤을 추고,
> 잎사귀들은 가수처럼 손뼉을 친다.[7]

이렇게 가지들이 춤을 추고, 잎사귀들이 손뼉을 치는 것은 아래와 같은 이유 때문이다.

> 소식 들었나요? 글쎄 꾀꼬리가 여행에서 돌아와
> 회전춤을 추면서 새들의 스승이 되었다지 뭐예요![8]

《디반》에서 재삼재사 변형되어 등장하는 이 시구는 태양이 백양궁*으로 접어들고 사랑의 봄바람이 불기 시작할 즈음 일어나는 기적을 설명한 것이다. 행복한 춤에 참여하지 않는 것은 바싹 마

---

* 백양궁白羊宮은 황도십이궁의 하나다. 고대에는 춘분점이 이 별자리에 있었으나, 현재는 세차운동에 의하여 춘분점이 동쪽에 이웃한 물고기자리로 가 있다-역주.

른 가지뿐이다.[9]

　《마스나비》는 「갈대피리의 노래」라는 시와 함께 시작된다. 이 시는 페르시아 문학, 터키 문학, 인도-이슬람 문학 내에서 수천 시구의 모범이 되었으며, 최근에도 아라비아 시인 가운데 한 사람에게 영감을 주었다. 갈대피리는 고향의 갈대밭에서 잘려 나온 것을 슬퍼하면서 만물을 눈물짓게 한다.[10] 피조물들은 갈대피리 소리를 듣고 자신들이 태초에는 모든 존재의 근원이신 하나님으로부터 떨어져 있지 않았건만 창조 행위를 통해 분열의 세계로 들어오게 되었음을 깨닫는다. 피리에서 울려 퍼지는 소리는 불이다. 그것은 포도주를 숙성시키는 사랑의 불이다. 마울라나의 시에서 피리는 독이기도 하고 해독제이기도 하다. 피리의 선율parda은 인간으로 하여금 영원한 본향을 기억하지 못하게 하고 임에게서 멀어지게 하는 베일parda을 잡아 찢는다. 피리는 사랑하는 사람이 피눈물의 길을 갈 수밖에 없다고 말하는 비극적인 사랑의 시를 알고 있다. 또한 피리는 끊임없이 새로운 이야기와 이미지를 만들어내어 비밀을 말하려고 하는 시인과 같다. 시인은 피조물의 온갖 단계를 거쳐 원초적인 임에게 이르고자 하는 간절한 그리움을 표현한다. 또한 피리는 갈대 펜과 같다. 갈대 펜은 훌륭한 작가가 자신을 잘라서 모양을 가지런히 다듬으면 이별과 슬픔에 대해 이야기하면서 종이 위에서 춤을 춘다.[11] 갈대피리와 펜은 임의 달콤한 숨결을 간직하고서 임에 대해 이야기하는 사탕수수와도 깊은 관계가 있다.[12]

루미야말로 임의 숨결, 임의 입술을 간절히 그리워하는 피리,[13] 임이 말한 내용을 전달하고 싶어 하는 피리다.[14] 꾸란에서 하나님은 **"우리가 아담에게 우리의 숨을 불어넣었다."**(Sura 15/29)고 말씀하시지 않았는가? 하나님은 인간을 자신의 피리로 삼지 않으셨는가? 시인은 임의 손길이 닿으면 소리를 내는 현악기이기도 하다.

> 나는 하프처럼 임의 품에 기대고,
> 나의 슬픈 노래는 임의 손가락에서 나온다.[15]

시인의 혈관은 연약한 몸을 현악기처럼 팽팽히 조인다.[16] 이따금 현을 퉁기면 연약한 악기는 강해진다.

> 은혜로운 당신의 품에 안기면,
> 나는 하프처럼 소리를 냅니다.
> 줄이 끊어지지 않을 만큼
> 가볍게 채로 쳐주세요![17]

임의 입술이 닿을 때에만 피리와 오보에가 소리를 내듯이, 수금도 임의 손길에 완전히 의탁한다. 수금은 제 스스로의 힘으로는 아무 소리도 내지 못한다는 것을 잘 알고 있다.

물음도 대답도 그분에게서 온다. 나는 그저 수금과 같을 따름이다. 그분께서 나를 채로 치자마자, '나는 서둘러 소리를 낸다!'[18]

이 음악의 세계에서 사는 자는 마울라나만이 아니다. 음악은 우주 전체에 스며든다. 실로 음악은 우주를 움직이는 장본張本이다. 루미는 모든 움직임을 회전춤으로 보았다. 그는 먼지에서 창공에 이르기까지 모든 피조물이 회전춤을 추고 있음을 깨달았다.[19] 꿀벌은 춤을 추면서 꿀을 만들고,[20] 마음은 사랑의 불길 속에서 운향 씨처럼 춤을 춘다.[21] 꾸란은 주께서 모습을 드러내시니 시나이산이 진동했다고 전한다(Sura 7/143). 루미는 이 진술을 이렇게 받아들인다. 즉, 산이 임의 모습에 흠뻑 취해서 춤을 추었다는 것이다.[22]

> 가브리엘은 주님의 아름다운 모습에 반해 춤을 추고,
> 악마는 여자 악마에게 반해 춤을 춘다.[23]

마울라나는 창조 행위를 가리켜 신성한 음악의 첫 번째 음이라고 말한다. 하나님의 음성은 미래의 피조물을 깨워 우주적인 회전춤에 참여하라고 다그치는 음이기 때문이다. 마울라나는 '장소 아닌 곳에서' 들려오는 소리 곧, 회전춤을 추라는 소리를 고대한다.

나뭇가지가 대지 위에서 회전춤을 추는 것은
천상의 춤에서 비롯되고,
생명이 나뭇가지처럼 춤추는 것은
영혼의 춤에서 비롯된다.

그런 다음 그는 하나님의 음성을 듣는다. 하나님은 "~가 있어
라!" 하고 말씀하시면서 무無를 유有로 부르신다.

한 외침이 무 속에 자리를 잡자마자,
무가 말했다. "실로, 나는
나를 즐겁게 하고 푸르게 하고 싱싱하게 하는
저 땅으로 들어갔습니다!"
무는 태초에 터져 나온 하나님의 외침을 듣고
감격해서 춤을 추었다.
그것은 전에는 무였지만 이제는 유가 되었다.
마음과 튤립과 무화과나무가 되었다!(24)

마울라나에게 회전춤과 음악은 태초에 터져 나온 하나님의 외침
을 이 세상에서 되풀이하기 위한 발판이거나, 적어도 그 외침을
상기시키는 도구다. 회전춤은 그를 낙원으로 데려다주어 하나님
을 직접 뵙게 하는 창문, 천상에 이르는 사닥다리다.(25) 모든 먼지
는 태양 앞에서 춤을 추지 않는가?

우리는 아침마다 그분 앞에서 먼지처럼 춤을 춘다.

그것은 그분을 태양처럼 떠받드는 자들의 의무이므로!(26)

이 춤을 통해서 먼지들은 특정한 목표를 향해 나아간다. (우리는
먼지를 오늘날에 맞게 '원자'로 번역해도 좋을 것이다.) 먼지들은
제각각의 움직임을 버리고 중심의 둘레를 돌면서 합일로 나아간
다. 그런 다음 태양의 힘을 받아 생기를 되찾는다. 현상들이 모순
된 것처럼 보이고, 삶의 길이 다양한 것처럼 보이지만, 그 중심에
는 신적인 사랑이 자리하고 있다. 우주의 질서는 만물을 감싸 안
는다. 여하한 것도 이 질서에서 벗어날 수 없다. 마울라나와 그의
제자들은 샴스엣딘 곧, 타브리즈의 태양 앞에서 스스로를 먼지처
럼 여겼다. 그들은 샴스엣딘에게서 영원하고 신성하며 모든 것을
껴안는 임의 모습을 보았다.

춤추는 자가 발을 구르는 곳에서는 생명의 샘이 솟구친다.(27)
하지만 회전춤은 임이 함께 있을 때에만 의미가 있다. 태양이 없
는데 어찌 먼지가 춤을 출 수 있겠는가? 태양이 없으면 먼지들은
쓸쓸히 얼어붙고 말 것이다. 때문에 마울라나는 늘 새로운 변주
곡으로 임을 부른다.

어서 오셔요, 어서 오셔요, 당신은 영혼, 그래요 회전춤의 영혼
이십니다!

어서 오셔요, 당신은 걸어 다니는 소나무, 회전춤의 정원이십

니다!

어서 오셔요, 당신의 그늘 깊은 곳에는 태양의 우물이 있습니다.
당신은 하늘에서 춤추는 천 개의 샛별을 따서 내게 주십니다.[28]

말년의 마울라나는 자유롭고 독창적인 회전춤의 열기가 조금이
라도 식으면, 그리고 후사멧딘이 함께 있지 않으면, 회전춤을 추
지 않는 경우가 종종 있었다.

당신의 은총이 보이지 않으니 아무도 춤추지 않습니다.
모태에 있는 태아도 당신의 은총이 있어야 춤을 춥니다.
어찌 모태에서, 무에서 춤추는 일이 있을 수 있나요?
무덤 속의 백골도 당신의 빛을 받아 춤을 추는 걸요![29]

회전춤은 모든 것을 감싸 안는다. 회전춤은 삶의 신비를 구체적
으로 드러낸다. 삶은 황홀에 겨워 중심 곧, 신적인 사랑의 둘레를
돌면서 죽고, 그런 다음 보다 고차적인 삶으로 깨어난다. 이 신비
를 암시하는 게 바로 메블레비 수도승의 복장이다. 메블레비 수
도승들은 흰색의 춤옷을 입은 다음 그 위에 검은색의 망토를 걸
친다. 이 망토는 캄캄한 이승생활을 상징한다. 그들은 망토를 걸
친 채 장상長上의 앞을 천천히 세 번 지나가면서 엄숙하게 인사를
주고받는다. 그런 다음 그들은 망토를 벗고, 부활한 몸의 색깔인
흰색 옷을 입은 채 자신의 축을 따라 돌며 큰 원을 그려나간다.

그들은 한 손바닥은 하늘을 향해 펼치고, 나머지 한 손바닥은 땅을 향해 펼친다. 하늘을 향해 손바닥을 펼치는 것은 하늘에서 오는 은총을 받으려는 것이고, 땅을 향해 손바닥을 펼치는 것은 은총을 퍼뜨리려는 것이다. 이 의식에는 별들의 회전춤, 천체의 춤과 같은 태곳적 이미지들이 녹아들어 있다. 이 의식은 거듭 새롭게 해석되었으며, 터키의 가장 뛰어난 작곡가들에게 영감을 주었다.[30] 의식이 끝날 즈음이면 환희가 절정에 달하고, 수도승들은 다음과 같이 터키어로 된 시구를 노래한다. "회전춤은 **루하 기다** ruha ğïda다." 루하 기다는 '영혼의 양식', 영의 양식을 뜻한다.

하지만 참된 신자에게는 회전춤이 '피 흘리는 춤'이기도 하다.[31] 이는 할라지가 족쇄를 차고 춤을 추면서 사형장으로 끌려간 것과 같다. 회전춤은 삶과 죽음, 성盛과 쇠衰의 부단한 상호작용을 상징한다. 바로 여기에 회전춤의 심오한 의미가 있다. 마울라나는 뤼케르트가 임의로 개작한 시에서 그것을 아래와 같이 극명하게 말했다.

북아, 소리를 울려라! 피리야, 소리를 내어라!
아침놀아, 춤추며 솟아라!
회전하는 빛의 영혼인 태양을
주께서 중앙으로 끌어올리셨다.
가슴아! 세계야! 너희가 춤을 추지 않는 것은
중심에 사랑이 없기 때문이다!

......

영혼아, 별아, 너를 흔들어 움직이려거든,
네 구차한 목숨을 버려라.
회전춤의 힘을 아는 이는 하나님 안에서 살 것이다.
그는 사랑이 어떻게 살해하는지 알기 때문이다―알라 후!

"오 고귀한 메블라나 젤랄렛딘,
하나님께서 그의 신비를 거룩하게 여겨주시기를."

데르비시 수도승 모자 형태의 글씨.

미주

1. 마울라나 젤랄렛딘 루미 : 한 신비가의 전기

1) D 911.

2) Joseph von Hammer-Prugstall, Geschichte der schönen Redekünste Persiens, Wien 1818, S. 164.

3) FA 45/181 = F. 44/210.

4) D 2529.

5) Abdülbaki Gölpïnarlï, Mevlâna Celâleddin, hayatï, felsefesi, eserlerinden seçmeler, Istanbul, 1952, u. ö., S. 54.

6) 참조. Louis Massignon, La Passion d'al-Hosayn ibn Masour Al-Hallâj, martyr mystique de l'Islam, 2 Bd., Paris, 1922, neue Ausgabe, 4 Bd., Paris, 1977; A. Schimmel, al-Halladsch, Märtyrer der Gottesliebe, Köln, 1969.

7) The Kashf al-Maḥjūb', the Oldest Persien Treatise on Sufism, By... Hujwīrī, translated by R. A. Nicholson, London-Leiden, 1911, repr. 1959, Paperback.

8) Abū'l-Majd Majdūd Sanā'ī, Dīwān, hersg. Mudarris Rażawī, Teheran, 1341 sch/1962, S. 996.

9) 시무르에 대해 알려면 Hellmut Ritter, Das Meer der Seele, Leiden, 1955를 보라.

10) D 302; D 1312 등등.

11) M V 2940ff.

12) FA 10/52 = F. 11/62.

13) D 458.

14) Helmut Ritter, Das Proömium des Maṯnwī, in: Zeitschrift der deutschen Morgenländischen Gesellschaft 93, 1932.

15) Badī'uzzamān Furūzānfar, Risāla dar taḥqīq-i aḥwāl wa zindagī-i Maulānā Dschalāladdīn Muḥammad maschhūr be-maulawī, Teheran 1315 sch/1936.

16) id.

17) 마흐붑 시라지(Maḥbūb Sirāj)가 자신의 논문에서 마울라나가 네 권으로 간행된 그의 아버지의 저작 곧, 마아리프(Ma'ārif, ed. B. Furūzānfar, 2. Aufl. Teheran 1972)와 어떤 관계를 맺고 있는지 다루었다.

18) D 1764.

19) D 2187.

20) D 2669.

21) Sipahsalar S. 128.

22) D 310.

23) Gölpīnarlī, Mevlâna, S. 50. 마칼라트(Maqālāt) 샴스엣딘에 관한 기초 연구서가 아직도 나오지 않고 있다.

24) Sipahsalar S. 122; Sultān Walad, Waladnāme, ed. Jalāl Humā'ī, Teheran, 1315 sch/1936, S. 197, 287.

25) Sipahsalar S. 126.

26) RE 327 a5.

27) id. 343 b4.

28) D 2054.

29) D 227.

30) D 2572.

31) D 133.

32) D 1439.

33) D 2389.

34) Sultān Walad, Walanāme S. 49.

35) M I 1741.

36) 이 무덤의 발견은 콘야의 메블라나 박물관의 관장이었던 메흐메트 왼더(Mehmet Önder)에 의해 1958년에 이루어졌다.

37) D 336.

38) D 2186.

39) RE 345 b5.

40) Sultān Walad, Walanāme S. 59-61.

41) D 576.

42) D 2214.

43) R 534.

44) D 1081.

45) D 1768.

46) Furūzānfar, 1.c.

47) D 650.

48) FA 22/106 = F 23/126.

49) Mektuplar Nr. LVI.

50) 그녀의 결혼식을 축하하는 시(詩)가 D 2667이다.

51) D 2364.

52) Sipahsalar S. 97.

53) FA 10/54 = F 10/64.

54) FA 3/23 = F 2/30.

55) Mektuplar Nr. LXII.

56) Aflaki I 470.

57) id. I 257.

58) Mektuplar Nr. LXII.

59) id. Nr. CXXIII.

60) D 1093; M III 517.

61) FA 38/152 = F 38/181.

62) F 39/158 = F 39/186.

63) Aflaki I 375.

64) id. I 490.

65) id. I 425.

66) Abdülbaki Gölpīnarlī, Mevlâna'dan sonra Mevlevilik, Istanbul 1953, S. 246ff.

67) Aflaki II 488 = D 570.

68) M I 1019.

69) D 1639.

70) FA 52/203 = F 49/230.

71) D 181.

72) D 2280; D 1028.

73) D 1291.

74) /

75) DT Nr. 11.

76) D 2936.

77) FA 21/105 = F 22/125.

78) M I 1-18.

79) D 738.

80) M IV 16ff.

81) D 1889.

82) M IV 754.

83) M II 2282.

84) M II 1458.

85) M V 2497.

86) M I 135f.

87) M VI 1525.

88) M IV 789f.

89) M III 4232f.

90) M III 3901ff.

91) M III 4158ff.

92) D 683.

93) D 2905.

2. 경험의 거울에서 떨어진 먼지 : 시인 루미

1) Sipahsalar S. 71.

2) FA 44/173 = F 43/202.

3) M IV 2203.

4) D 1499.

5) D 1949.

6) FA 18/65 = F 17/100.

7) FA 54/207 = F 51/233.

8) D 1100.

9) D 697.

10) D 2329.

11) D 2938.

12) M I 1727.

13) D 2080.

14) D 1344.

15) M V 1897; M II 493.

16) D 916.

17) D 468.

18) D 771.

19) D 1538.

20) D 468.

21) D 229.

22) D 46.

23) D 775.

24) D 2820.

25) D 1206.

26) M IV 1262.

27) M III 1297.

28) D 2115.

29) M V 228f.

30) M III 3637; M V 3597; M IV 2069, D 2568.

31) FA 44/176 = F 43/205.

32) FA 25/119 = F 26/141.

33) FA 7/41 = F 7/50.

34) M VI 4898.

35) M III 792f.

36) FA 23/109 = F 24/130.

37) FA 19/97 = F 20/114.

38) M II 3622.

39) M II 3312.

40) M V 84ff.

41) M VI 698ff.

42) D 1751; M II 29.

43) M II 3681ff.

44) M III 1259ff.

45) M I 1136.

46) M II 3291.

47) FA 42/165 = F 41/195.

48) Sipahsalar S. 92.

49) D 463. 이 시는 니콜손(Nicholson)
의《시선》(詩選)에 실려 있는 9
번 시와 달리 두 편의 시로 나뉘어
져 있다.

50) D 1304.

51) D 1600.

52) D 1213.

53) D 771.

54) D 2130.

55) D 779.

56) D 500.

57) M IV 2578.

58) D 809.

59) M VI 3921ff.

60) D 1241.

61) D 2809.

62) D 225.

63) D 2429.

64) D 1389.

65) D 782.

66) D 1958.

67) Louis Massignon, La vie et les
œuvres de Rūzbehān Baqlī, in:
Studia Orientalia Ipanni Pedersen
dicata septuagenario, Kopenhagen,
1953.

68) D 2368.

69) M I 2332.

70) D 1198 u. a.

71) M III 1483.

72) M VI 1650ff.

73) M II 203ff.

74) M II 2392ff.

75) D 1940.

76) M IV 98.

3. 태양과 베일 : 루미의 신관과 세계관

1) DT. Nr.23.

2) M II 362.

3) FA 41/161=F 40/190.

4) M III 2520.

5) FA 15/80=F 16/94.

6) M VI 3721ff.

7) M V 2560f.

8) FA 21/104=F 22/123.

9) M III 1359.

10) D 1044.

11) M II 1627ff.

12) D 484.

13) M III 3068f.

14) D 933.

15) D 3048.

16) FA 26/124=F 27/148.

17) M V 57ff.

18) M II 1964f.

19) M III 3562.

20) M VI 1215.

21) M I 2591f.

22) M III 330.

23) M III 26ff.

24) M VI 3124ff.

25) D 1286.

26) M I 613.

27) M III 1372.

28) M IV 2881f.

29) D 1291.

30) RE 336a 1.

31) D 2530.

32) M V 495.

33) FA 24/115=F 25/136.

34) M I 141.

35) FA 9/47=F 10/56.

36) M V 233.

37) M II 791.

38) M V 598.

39) M I 3863.

40) M V 512.

41) M V 1028.

42) M III 1899ff.

43) M I 245.

44) M V 3295.

45) M IV 2816.

46) M III 3210ff.

47) M II 1655ff.

48) FA 25/119=F 26/142.

49) M I 3860.

50) FA 4/28=F 4/35.

51) D 2672; M VI 880-81.

52) M V 1665.

53) FA 7/43=F 8/52.

54) FA 57/187=F 54/215.

55) FA 60/224=F 57/249.

56) Muhammad Iqbal, Six Lectures on the Reconstruction of Religious Thought in Islam, Lahore 1932 und oft, S. 60.

57) D 1215. 이 개념을 보다 상세하게 살펴보려면 《승리의 태양》(The Triumphal Sun) S. 312-13을 보라.

58) M IV 3259ff.

59) M IV 3700ff.

60) FA 59/220=F 56/245.

61) M II 1741.

62) M IV 215ff.

63) M IV 113ff.

64) M II 3637ff.

65) M I 3078.

66) M I 766.

67) M IV 3281.

68) Sanā'ī, Ḥadīqat al-ḥaqīqa, hrsg,
Mudarris Raẓawī, Teheran 1329
sch/1950, Kap. I, S. 60.

69) M I 3008.

70) 참조. P. Nwyia, Exégèse coranique
et langage mystique, Beirut, 1970,
S. 249.

71) M II 3107.

72) M III 1259ff. 이 이야기의 전모에
대해 알아보려면 Fritz Meier, Das
Problem der Natur im esoterischen
Monismus des Islams, Eranos
Jahrbuch XIV, 1946, S. 174를 참
조하라.

73) D 900.

74) M V 1891ff.

75) FA 26/126=F 27/150.

76) D 570.

77) 참조. A. Schimmel, Turk and
Hindu. A poetical image and its
application to historical facts, in:
Proceedings of the IV Levi della
Vida Conference, Wiesbaden, 1975.

78) M V 1018f.

79) M VI 2772.

80) 무('adam)에 대해 살펴보려면
Triumphal Sun, S. 239-244를 보라.

81) FA 37/149=F 37/177.

82) M VI 36ff.

83) M III 1008.

84) FA 7/38=F 7/49.

85) D 96; D 655.

86) M VI 1222ff.

87) D 2776.

88) FA 2/22=F 1/29.

89) M I 3899ff.; 참조. D 1090.

90) M IV 1357.

91) D 1339.

92) RE 328 a. 2.

93) M III 1730ff.

94) D 2501.

95) M II 1670.

96) M IV 3654ff.

97) FA 23/112=F 24/133.

98) M V 1720ff.

99) RE 319 b. 2.

100) M V 1686f.

101) D 1521.

102) M III 3023.

103) FA 26/130=F 27/155.

104) M V 3358ff. 이 이야기는 이크발
의《영원의 책》(Buch der Ewigkeit,
1932)에 수록되어 있다. Botschaft
des Ostens, Ausgewählte Werke,

übersetzt und herausgegeben von A. Schimmel, Tübingen, 1977, S 177을 보라.

105) D 2820.

106) D 765.

107) D 922.

4. 인간, 타락한 아담

1) FA 25/118=F 26/140.

2) D 463.

3) M V 3574; FA 4/27=F 3/34.

4) M I 1234.

5) M V 1563ff.; M I 1238f.

6) D 463; D 1688.

7) D 251.

8) D 68.

9) M I 1634f.; D 2082.

10) D 1372.

11) M III 3291f.

12) FA 4/27=F 3/34.

13) M V 2547.

14) FA 54/208=F51/234.

15) D 725.

16) M I 3311ff.

17) M III 4258ff.

18) Sanā'ī, Dīwān, S. 656.

19) D 2984.

20) M I 2914.

21) FA 25/118=F 26/138.

22) D 2622. 타조는 페르시아 말과 터키 말로 '낙타새'를 의미한다.

23) FA 2/22=F 1/29.

24) D 441; M II 2221; M V 2887.

25) 자말레딘 한스비(Dschamāleddin Hānswī, 1260년 델리에서 사망)가 다음과 같은 격언을 만들어냈다. "현세를 찾는 사람은 여성이고, 내세를 찾는 사람은 어지자지이며, 주님을 찾는 사람은 남성이다." 이 격언은 자주 인용되었다.

26) D 2280.

27) M VI 2799f.

28) FA 20/98=F 21/114.

29) M VI 2050ff.

30) M I 2437.

31) M VI 4320f.

32) D 1134.

33) M VI 210ff.

34) M V 3077ff.; FA 40/160=F 39/189.

35) D 1299.

36) M II 1227ff.

37) FA 15/78=F 16/92.

38) M V 180f.

39) D 1337.

40) M V 3181.

41) M V 1791.

42) M III 4500.

43) M III 3438f.

44) Ritter, Meer der Seele, S. 102, 155;

M II 1413. 예언자 전승의 기초에
대하여는 AM Nr. 40을 보라.

45) D 385.

46) M V 1537.

47) M I 929f.

48) M V 3112ff.

49) M V 3004.

50) M V 3102.

51) M V 3093.

52) M I 838;M V 1731.

53) M I 1328.

54) M II 2187.

55) FA 6/35=F 6/43f.

56) FA 55/209=F 52/235.

57) FA 15/77=F 16/90.

58) M III 527.

59) FA 11/55=F 12/65.

60) M I 1019.

61) D 2649.

62) D 1077.

63) D 790.

64) M IV 3621.

65) D 1290.

66) M III 2548.

67) M VI 2632ff.

68) M IV 1987ff.

69) D 1656.

70) D 2782.

71) M IV 2619; D 1380.

72) 참조. A. Schimmel, Nur ein

störrisches Pferd..., in: Ex Orbe
Religionum, Festschrift Geo
Widengren, Leiden, 1972.

73) M IV 1533ff.

74) M IV 1431 u. a.

75) M III 2554f.

76) D 1353.

77) FA 7/38=F 6/47.

78) M III 2557.

79) M IV 2301ff.

80) M IV 1256f.

81) M IV 1923f.

82) D 840.

83) D 202.

84) M IV 2110.

85) D 689.

86) RE 320 a. 4.

87) M IV 568.

88) FA 26/122=F 27/145f.

89) D 2937.

90) M I 115.

91) RE 327 b. 5.

92) D 830.

93) M III 2402ff.

94) M IV 408.

95) D 968.

96) D 143.

97) D 673.

98) M II 1369.

99) D 574.

100) D 923.

101) D 757.

102) D 898.

103) M I 3665.

104) D 2142; D 332.

105) M V 874; M IV 1852.

106) M V 2878; D 1683 u. a.

107) Triumphal Sun, S. 137과 S. 427의 각주 59번을 보라.

108) D 141; 참조. AM Nr. 466.

109) M I 3574.

110) D 1001.

5. 하늘로 이어진 사닥다리 : 피조물의 상승에 대하여

1) FA 31/141=F 31/166.

2) Mektuplar Nr. CVI.

3) D 1602.

4) D 925.

5) D 977.

6) D 617.

7) D 648.

8) D 617.

9) D 1531.

10) M VI 1896.

11) D 728.

12) D 2114.

13) DT Nr. 8 u. a.

14) Mektuplar Nr. CXXXII.

15) M IV 2373ff.

16) M IV 1449.

17) M IV 333f.

18) M III 2095.

19) M III 2735f.

20) M IV 301.

21) M III 166.

22) M IV 1402.

23) M I 2830f.

24) M I 1088.

25) FA 4/29=F 4/37.

26) AM Nr. 303. Aflaki I 396에 의하면 마울라나는 아내에게 이 전승에 대해 다음과 같은 말로 설명했다고 한다. "당신이 무식하지 않다면, 어찌 낙원으로 만족할 수 있겠소?"

27) Sulṭān Walad, Waladnāme S. 209.

28) FA 21/103=F 22/133.

29) M VI 2353.

30) D 1093.

31) M II 3508ff.

32) M V 363; D 105.

33) M III 3261.

34) M III 4324.

35) M IV 829ff.

36) M V 2227ff.

37) M IV 2504.

38) M VI 1222ff.

39) D 3156.

40) M III 1335f.

41) D 3171; AM Nr. 460.

42) D 1739; AM Nr. 728.

43) D 777.

44) D 372.

45) D 2728.

46) RE 322 b 4; 참조. D 1523.

47) FA 27/132=F 158; 참조. Hujwiri, Kashf, Nicholson S. 365ff.

48) M I 1914; AM Nr. 20. Benedikt Reinert, Die Lehre vom tawakkul in der älteren Sufik, Berlin 1968을 보라.

49) M V 2469.

50) M I 3002ff.

51) D 2142.

52) Mektuplar I.

53) FA 16/87=F 17/102.

54) D 395.

55) D 1253.

56) D 1069.

57) M I 2374.

58) D 2352.

59) D 2015.

60) D 3102.

61) D 890.

62) M IV 1856.

63) M V 672.

64) 참조. D 1948.

65) FA 42/167=F 41/196.

66) M VI 823.

67) D 587.

68) M III 4158ff.

69) M III 3755ff.

70) M VI 1579ff.

71) M V 134f.

72) M V 2143ff.

73) D 1989.

74) M IV 2344f.; M I 1532 u. a.

75) FA 5/33=F 5/41.

76) D 297.

77) M IV 2348.

78) D 2865 (이것은 Nicholson, Selected Poems, Nr. 46보다 더 짧다.)

79) FA 26/126=F 27/150.

80) M VI 4067.

81) M I 2237. 비바르기(bībargī)라는 표현에 대해 살펴보려면, Fritz Meier, Der Geistmensch bei dem persischen Dichter 'Aṭṭar, in: Eranos Jahrbuch XIII, 1946, S. 322를 보라.

82) M II 1317f.

83) M III 3535.

84) D 2948 u. a.

85) D 2573.

86) D 911.

87) D 1940; D 1378.

88) D 304.

89) D 1142.

90) M V S. 47.

91) D 863.

92) M III 3901ff.

93) M IV 3637ff.

94) Le Divan d'al-Hallāj, essai de reconstitution, par L. Massignon, in: Journal Asiatique, 1931, qaṣīda X.

95) FA 5/32=F 5/40.

96) FA 26/129=F 27/153.

97) D 2433.

98) M V 2014.

99) FA 28/134=F 29/161.

100) N VIII. D 《디반》에는 없음.

101) M II 1348ff.

102) M V 3066; M II 1250 u. a.

103) M I 1425.

104) M III 575.

105) M III 588.

106) M II 2528f.

107) M III 2703.

108) 마울라나의 예언자 이해 (Prophetologie)를 이해하려 면, John G. Renard, A Flight of Royal Falcons. Studies in Maulana Rumi's Prophetology, Ph. D. Diss. Harvard, 1978을 참조하라.

6. 기도

1) D 942.

2) M III 189ff.

3) Nathan Söderblom, Främmande Religionsurkunder, Uppsala 1907, Bd. 2, S. 981. Friedrich Heiler, Das Gebet, München, 1923 und Reprint, S. 225도 참조하라.

4) M III 2140ff.

5) M I 3899ff.

6) FA 55/212=F 52/238.

7) M III 3033.

8) M IV 2213f.

9) D 1418.

10) FA 8/43=F 8/53.

11) D 3038.

12) D 2984.

13) D 2046.

14) D 2971.

15) FA 45/183=F 43/212.

16) M IV 11.

17) D 1525.

18) DT Nr. 17, Vers 35336.

19) D 940; M VI 2669.

20) Sipahsalar S. 41ff.=D 2831.

21) R 81=RE 317b 2.

22) D 1194.

23) D 2344.

24) D 2339.

25) M III 2374f.

26) M VI 2305.

27) FA 45/180=F 44/209.

28) D 528.

29) M V 2311.

30) M III 203.

31) M V 2259.

32) M VI 4227ff; 참조. FA 10/49=F 11/59; AM Nr. 730.

33) M I 2084f.

34) M II 1270ff.

35) M III 171.

36) M II 1797.

37) M II 497.

38) Ritter, Meer der Seele; Kapitel 10: Das Hadern mit Gott. Der Narr (S. 159 folgende).

39) M V 3165.

40) D 1673.

41) M II 159.

42) M IV 81ff.

43) D 1633.

44) D 1273; D 2227.

45) M V 1184f.

46) D 1425.

47) D 873.

48) D 805.

49) D 927.

50) D 1000.

51) Sanā'ī, Diwan, S. 29; D 741 und oft; M II 3753.

52) FA 21/104=F 22/24.

53) M V 2315.

54) M II 2505f.

55) M II 691f.

56) M II 2448f.

57) Niffarī, Mawāqif and Mukhāṭābāt, ed. and translated by A. J. Arberry, London, 1935; Mawqif XI 16.

58) M V 4161f.

59) M III 2209ff.

60) D 2628.

61) Nicholson, Selected Poems Nr. IV. 《디반》에는 없음.

62) FA 4/24=F 2/31; Sipahsalar 25ff.

63) Mektuplar Nr. XIX.

64) M IV 3500.

7. 정화하는 사랑의 불꽃

1) D 1475.

2) D 27; M V 3597.

3) M III 1406.

4) FA 26/127=F 27/151.

5) D 2073; D 1894.

6) R 49.

7) M V 2008.

8) Mektuplar I.

9) M I 2022.

10) Hujwiri, Kashf/Nicholson S.137.

11) M I 112-14.

12) M V 2189f.

13) M V 3853.

14) D 1690.

15) D 754.
16) Louis Massignon, Interférences philosophiques et percées métaphysiques dans la mystique Hallajienne: notion de l'Essentiel Désir, in: Mélanges Maréchal II, Paris 1950.
17) M V 2735.
18) D 1158.
19) M I 24.
20) D 2674.
21) D 1861.
22) M II 1529ff.
23) M V 2014.
24) D 2897.
25) M VI 3648; 참조. D 1021.
26) Fa 32/142=F 32/170.
27) D 1643.
28) M II 3727.
29) M II 1770.
30) D 2753.
31) D 1997.
32) D 133.
33) D 2190.
34) D 429.
35) D 132.
36) Sanā'ī, Diwan S. 605; M III 3832.
37) D 1657.
38) D 1478.
39) M V 3932.
40) D 1047.
41) FA 9/47=F 10/56.
42) M V 588.
43) D 2304.
44) 원서에 각주 내용이 빠져 있다-역주.
45) D 176.
46) D 1690.
47) D 1077.
48) M III 3919.
49) D 785; 참조. D 449.
50) M VI 4162.
51) D 1332.
52) D 1586.
53) M VI 1995.
54) D 2809.
55) D 1125.
56) D 2288.
57) D 2152; D 919.
58) D 1331.
59) D 471.
60) D 1136.
61) D 1689.
62) D 920; 이 돌 장식을 찾아보려면 Richard Ettinghausen, The Unicorn, Washington D. C., 1950, Tafel 3 을 보라.
63) D 3141.
64) D 2102.
65) D 1531.

66) D 1848.

67) D 317.

68) DT Nr. 38.

69) D 1919.

70) D 395.

71) 'Irāqī, Kulliyāt, Hersg. Sa'īd Nafīsī,
Teheran 1338 sch/1959, S. 193; E.
G. Browne, A Literary History of
Persia, Vol. III, Cambridge, 1928,
repr., S. 126.

72) M III 4393.

73) M I 1741.

74) M I 1793.

75) FA 16/83=F 17/98.

76) M I 1802.

77) M III 3846.

78) M V 3590; Farīduddīn 'Aṭṭār,
Tadhkirat al-auliyā, hersg. von
-Leiden. Bd. II 172.

79) D 455.

80) D 628.

81) D 2078.

82) D 787.

83) D 2331.

84) D 321.

85) D 2839.

86) D 1690.

87) RE 328 a 5.

88) D 2293.

89) D 2075.

90) M VI 704ff.

91) D 656.

92) D 557.

93) M II 1985.

94) D 1417.

95) RE 320 a 5.

96) M I 3192ff.

97) M II 1987.

98) D 7.

99) D 770.

100) D 705.

101) D 1926.

102) M III 3808.

103) M I 97.

104) D 1508.

105) D 2890.

106) D 1090.

107) D 33.

108) M III 507.

109) D 2336.

110) D 3055.

111) D 551.

112) M III 537.

113) M III 3811.

114) D 766.

115) D 1005.

116) D 2777.

117) D 1694.

118) D 207.

119) D 1236.

120) RE 345 b 4.

121) D 1962.

122) D 1201.

123) D 947.

124) D 97.

125) D 1198.

126) D 704.

127) RE 334 b 1.

128) D 2148.

129) D 2348.

130) M I 1749.

131) M III 1424.

132) M III 4151f.

133) D 2718.

134) M III 3893.

135) D 1751.

136) D 1661.

137) D 1388.

138) D 684.

139) D 1804.

140) M V 3257.

141) D 2213. 여기서 마울라나가 이슬
람교의 전통을 따라서 이스마엘을
언급하지 않고 이삭을 순교자로
말하고 있는 것은 주목할 만한 가
치가 있다. 그는 동일한 시에서 성
조지(St. George)를 순교자로 언급
하고 있다.

142) D 2121; 참조. M II 2439.

143) D 3101.

144) D 1298.

145) D 2839.

146) M VI 4599.

147) D 2401 und oft.

148) D 716 und oft.

149) M II 1458.

150) D 662.

151) M V 1242ff.

152) Hujwiri, Kashf/Nicholson S. 297.

153) M III 1406ff.

154) D 3041.

155) D 1624.

156) M I 2880.

157) M II 1765f.

158) M III 1345ff.

159) RE 323 b 1.

160) M VI 4035ff.

161) M VI 4023ff.

162) M III 4445.

163) M III 2362.

164) M III 4098; M V 589.

165) M III 3023.

166) D 728.

167) M V 2020f.

168) FA 6/36=F 6/45.

169) D 1335.

170) M I 3056ff.

171) M VI 1083. 아흐마드 가잘리
(Aḥmad Ghazzālī)에 대해 알아
보려면, Hellmut Ritter (Hersg.)

Sawāniḥ, Aphorismen über die
Liebe, Istanbul 1942와 Richard
Gramlich (Übersetzer), Gedanken
über die Liebe, Wiesbaden, 1976
을 보라.

172) M I 1740.

173) M I 1066.

174) M I 30.

8. 음악과 춤 : 우주의 회전

1) 'Abdur Raḥmān Dschāmī, Nafaḥāt
al-uns, Hersg. Mahdī Tauḥīdīpūr,
Teheran, 1336 sch/1957, S. 462;
Friedrich Rückert, Erbauliches und
Beschauliches aus dem Morgenlande.
장 전체를 보려면 The Triumphal
Sun, S. 178ff를 참조하라.

2) Hujwiri, Kashf/Nicholson S. 416ff.;
D. B. Macdonald, Emotional
Religion in Islam as Affected by
Music and Singing, in: Journal of
the Royal Askatic(?) Society, 1901;
Marijan Molé, La Danse exstatique
en Islam, in: Sources Orientales Band
6, Paris 1963.

3) D 332.

4) D 2395; 이 시에 대해 살펴보려
면 Hans Heinrich Schaeder, Die
islamische Lehre vom Vollkommenen
Menschen, ihre Herkunft und
ihre dichterische Gestaltung,
in: Zeitschrift der Deutschen
Morgenländischen Gesellschaft,
79/1925를 참조하라.

5) R 279.

6) D 2120.

7) M IV 3267.

8) D 782.

9) RE 329 b 2.

10) 원 자료를 보려면 H. Ritter, Das
Proömium을 참조하라.

11) D 2994.

12) D 7.

13) D 1628.

14) M I 27.

15) RE 321 b 1.

16) D 1405.

17) D 1915.

18) D 1352.

19) D 1936; D 1355.

20) D 2924.

21) D 1867.

22) M I 867.

23) D 2327.

24) D 1832.

25) D 1734; D 1295.

26) D 797.

27) RE 322 a 5.

28) D 1295.

29) D 186.

30) Hellmut Ritter, Der Reigen
der Tanzenden Derwische, in:
Zeitschrift f. vergleichende
Musikwissenschaft I/1933; ders. Die
Mevlānafeier in Konya, in: Oriens
XV 1962.

31) M III 96.

약어略語 표시

루미의 비유적 표현들과 신학 사상을 가급적 완전하게 명시한 것을 보려면 A. Schimmel, The Triumphal Sun. A Study of the works of Jalāloddin Rumi, London, 1978을 보기 바란다. 이 자리에서는 꼭 필요한 전거만 제시하고자 한다.

- **Aflaki**   Aḥmad ibn Muḥammad Aflākī, Manāqib al-'ārifīn, ed. Tahsin Yazīcī, 2 Bände, Ankara 1959-61.
- **D**   Kulliyāt-i Schams yā Dīwān-i kabīr, ed. Badī'uzzamān Furūzānfar, 10 Bände, Teheran, 1336 sch/1957ff. (시에 붙여진 번호에 따라 인용했음.)
- **DT**   die tarjī'bands in Band 7 des Dīwān.
- **F**   Fīhi mā fīhi, Teheran s. d.
- **FA**   영어 역본: Discourses of Rumi, durch A. J. Arberry, London, 1961 (FA에서 나타나는 변형은 괄호로 처리하였다.)
- **Mektuplar**   Mevlâna'nin mektuplarĭ, (마울라나의 서간집), türkische Übersetzung mit Kommentar von Abdülbaki Gölpinarli, Istanbul, 1963.
- **M**   Mathnawi-yi ma'nawi, ed. with critical notes, translations and commentary, by R. A. Nicholson, Vol. 1-8, London, 1925-1940 (책과 시행의 숫자에 따라 인용함)
- **R**   Rubā'iyāt, Vierzeler in Band 8 des Dīwān.
- **RE**   Rubā'iyāt, Handschrift Esad Efendi Nr. 2693, Istanbul.
- **Sipahsalar**   Farīdūn ibn Aḥmad Sipahsālār, Risāla dar aḥwāl-i Maulānā Dschalāleddīn Rūmī, ed. B. Furūzānfar, Teheran, 1325 sch/1946.
- **AM**   Aḥādīth-i Mathnawī (마스나비에서 사용된 예언자 전승들), ed. B. Furūzānfar, Teheran, 1334 sch/1955.

※본서에서 아랍어 인용은 글씨체를 굵게 했다.

참고 문헌

Mehmet Önder, Mevlâna Bibliografyasī: I Basmalar, II Elyazmalarī(루미의 저작들을 다룬 포괄적 전기), Ankara, 1973, 1974.

Arberry, A. J., The Ruba'iyyat of Jalaluddin Rumi, London, 1959.

—, Tales from the Mathnawi, London, 1961.

—, More Tales from the Mathnawi, London, 1963.

—, Mystical Poems of Rumi, First Section, Poem 1-200, Chicago, 1968.

Bausani, Alessandro, Persia Religiosa, Mailand, 1959.

Bürgel, J. Christoph, Licht und Reigen. Auswahl aus dem Diwan, Bern, 1974.

—, Lautsymbolik und funktionelles Wortspiel bei Rumi, in: Der Islam 51/2, Berlin, 1974.

Chelkowski, Peter, (Herausgeber): The Scholar and the Saint, al-Bīrūnī and Rūmī (Sammlung von Vorträgen), New York University, 1975.

Chittick, William C., The Sufi Path of Love. The Spiritual Teachings of Rumi. SUNY, Albany, 1983.

Hammer-Purgstall, Joseph von, Bericht über den zu Kairo im Jahr 1251 h (1835) in sechs Foliobänden erschienenen türkischen Kommentar des Mesnewi Dschelaleddin Rumi. SB Oesterr. Ak. d. Wiss., Phil. Hist. Kl. 1851, Neu herausgegeben in Zwei Abhandlungen zur Mystik und Magie des Islam, hrsg. von A. Schimmel, Wien, 1974.

Iqbal, Afzal, The Life and Thought of Rumi, Lahore, 1956 und später.

Meier, Fritz, Der Derwischtanz, in: Asiatische Studien, 8/1954.

—, Zum 700. Todestag Mawlānās, des Vaters der Tanzenden Derwische, in:

Asiatische Studien, 28/1, 1974.

Meyerovitch, Eva, Mystique et poësie en Islam, Djalal-ud-Din Rumi et Pordre des Derwisches tourneurs, Paris, 1972.

Nasr, Seyyed Hossein, Jalal al-Din Rumi, supreme Persian Poet and Sage, Teheran, 1974.

Nicholson, Reynold Alleyne, Selected Poems from the Dīvān-i Shamsi Tabrīz, Cambridge, 1898, repr. 1961.

———, Tales of Mystic Meaning, London, 1931.

———, Rumi, Poet and Mystic, London, 1950.

Redhouse, James W., The Mesnevi...of Mevlâna (Our Lord) Jalâl-u'd-Din Muhammad, er Rumi...Book the First, London, 1881.

Ritter, Hellmut, Das Meer der Seele. Gott, Welt und Mensh in den Geschichten Farīduddīn 'Aṭṭārs. Leiden, 1955.

———, Das Proömium des Matnawī-i Maulawī, in: ZDMG, 93/1932.

———, Die Mevlânafeier in Konya vom 11.-17. Dezember 1960, in: Oriens XV, 1962.

Rosen, Georg, Mesnevi oder Doppelverse des Scheich Mevlana Dschalaladdin Rumi, herausgegeben von Friedrich Rosen, München, 1913.

Rückert, Friedrich, Ghaselen: Dschelaleddin Rumi, Stuttgart, 1819.

Schimmel, Annemarie, Dschelaleddin Rumi. Aus dem Diwan. Übertragen und eingeleitet. Stuttgart, Reclam, 1964.

———, The Triumphal Sun. A Study of the works of Jalaloddin Rumi. London, 1978.

Whinfield, H., Masnavi-i, Spiritual Couplets. Translated and abridged...London, 1887.

독자와 연구자에게 꼭 필요한 책이 몇몇 소책자와 나란히 출간되었다. 그 책은 아래와 같다.

Fritz Meier, Baha-i Walad, Grundzüge seines Lebens und seiner Mystik. Acta Iranica III 14, E. J. Brill, Leiden, 1989.

이 책은 루미의 아버지와, 그의 문헌들을 깊이 파고든 최초의 연구서다. 그 문헌들은 그가 보았던 환시들과, 그가 느꼈던 하나님 사랑에 대한 가장 고무적인 생각들을 담고 있다. 마이어는 이를 통해 루미의 독특한 신비주의 상당수를 해명한다. 또한 그는 루미의 가족이 발흐 본고장 출신이 아니라 발흐 지역에 속한 박시Wachsch 출신이었으며, 한동안 사마르칸트로 여행했고, (이것은 루미가 이야기한 것 곧, 1211년 콰리즘샤가 사마르칸트를 포위한 것을 해명해준다.) 발흐에서 잠시 체류한 후 남동쪽으로 나아갔다고 밝힌다. 내가 본서에서 언급한 것도 그가 밝힌 사실에 따라 수정되어야 할 것이다.

찾아보기

ㅅ

ㅇ

* * *

꾸란(Koran)

Sura 1, Fātiḥā(첫째 장)

Sura 2 Vers 31 101; Vers 117 74; Vers 138 79, 86; Vers 187 108; Vers 247 171; Vers 253 70; Vers 256 70, 74, 134

Sura 3 Vers 14 93, 94; Vers 26 70; Vers 54 77; Vers 156 70

Sura 5 Vers 59 181

Sura 7 Vers 54 74; Vers 143 207; Vers 171 55, 84, 89, 102, 181; Vers 179 106

Sura 8 Vers 17 113; Vers 30 77

Sura 9 Vers 112 82; Vers 182 140

Sura 10 Vers 63 148

Sura 12 Vers 18 135; Vers 31 193; Vers 59 116; Vers 72 104

Sura 15 Vers 29 104, 206

Sura 17 Vers 23 157; Vers 44 71, 164; Vers 70 101, 109

Sura 18 Vers 65 178

Sura 19 Vers 23 141

Sura 21 Vers 69 178

Sura 23 Vers 55 71

Sura 24 Vers 35 122; Vers 41 164

Sura 25 Vers 58 200

Sura 25/226 51

Sura 33 Vers 78 101, 109

Sura 35 Vers 16 138

Sura 40 Vers 69 159

Sura 50 Vers 16 69, 88, 131

Sura 51 Vers 56 83, 154; Vers 58 75

Sura 55 Vers 18 73

Sura 57 Vers 3 86

Sura 62 Vers 5 177

Sura 63 Vers 7 72

Sura 66 Vers 5 111; Vers 8 133

Sura 68 Vers 4 108

Sura 70 Vers 9 72

Sura 75 Vers 2 117

Sura 84 Vers 19 147

Sura 89 Vers 27 117

Sura 96 Vers 19 156

Sura 99 Vers 7 110

Sura 101 Vers 5 72

Sura 111 178

Sura 112 86

* Sura는 꾸란의 장(章)을 의미하고, Vers는 절(節)을 의미한다.